我靠美顏穩住天下

2

著 望三山　繪 黑色豆腐

我靠美顏穩住天下

2

contents

我靠美顏穩住天下 2

contents

第四十章

薛遠這副作態，明顯是不怕被人發現。

事實正是如此，在天子腳下發生這等欺辱朝廷官員的事，打得是顧元白的臉面。他讓京城府尹嚴加巡查，勢必要將這些擾亂治安的人通通給抓起來。

但抓來抓去，除了抓到了幾個偷雞摸狗的東西，關於那日教訓褚衛的人，一個也沒有發現。

褚衛是個書生，即便平時也練些強身健體的武術，終究比不過專業人士。他可以明顯感覺到那日將他堵在深巷之內的人都非常人，出手快而狠，處處挑的是不會傷筋動骨但絕對疼痛難忍的地方。

他的臉上完好，從外表看來分毫的傷也未受，對方就是故意的。

除了薛遠，褚衛不知道還能有誰，偏偏他抓不到薛遠的馬腳。

狀元郎的俊臉沉著，與之相反的，薛遠這幾日的心情還算不錯。

顧元白好幾次醒來時就見到薛遠候在一旁，未來的攝政王臉皮厚極了，一旁的侍衛們都在宮外候著，他謹記著殿前都虞侯的職責，光明正大地湊在顧元白面前。

換衣服他在，束髮他也在。有時候顧元白需要一杯水，他都會比田福生還要先端上來。

薛遠也不知道自己是怎麼回事，但就是無比厭惡其他心中有鬼的人待在顧元白身邊。按理來說，薛遠和褚衛井水不犯河水，但一想到褚衛對小皇帝的心思，他心底的殺意都壓抑不住。顧元白應當不會知道，他是用了多大的力氣才能克制自己想直接拿刀砍了褚衛的想法。

很快，就到了春獵當日。

這一日黎明之前，一千騎兵和步兵已經趕往了圍場。平原廣闊地方由騎兵探查、深林陡峭地方由步兵深入，等兩隊完全圍合起圍場之後，就要派人快馬加鞭地通知聖上。

皇帝狩獵，自然不單單是因為娛樂，其中有很多的政治考量和戰略目的，非一兩句就能說清。

顧元白今日難得一身乾淨俐落的騎射服，配飾鑲身，叮噹作響。身上攜帶著弓箭，還有一柄便於藏匿的小巧弩弓，長髮高束，英姿勃發。

經過幾日的休息和補養，他今天的氣色很是不錯。浩浩蕩蕩的大隊人馬已經恭候在外，顧元白揮退上前想要為他再次整理衣裝的宮侍，朗聲道：「出發吧！」

紅色旌旗飛揚，馬蹄聲連綿不絕，顧元白撩起袍子，翻身上了溫順高大的駿馬。

他身上的紅色金繡紋龍頭騎裝同旌旗一同飛揚。

顧忌著顧元白的身體，馬匹上的馬具一應俱全之餘還覆上了柔軟的墊子，駿馬邁步，不緩不急地朝著圍場而去。

王公大臣隨侍在聖上身邊，離得愈近，愈是顯出自己得聖恩寵。

馬走得很慢，又有馬具軟墊加底，顧元白的神情很是遊刃有餘。等到了圍場之後，便有人將獸群放出，倉皇的獸群四處逃竄，這個時候，就需要皇帝來射出第一箭了。

顧元白好面子得很，前幾日為了這一箭不斷練習，他不需要提起多重的箭，拉開多滿的弓。他甚至不需要射死獵物，顧元白只需要射中即可，他也忍受不了自己射不中。

將弓箭拿到手上，從身後抽出羽箭，搭弓射箭，瞄準，鬆弓。

「嗖」的破空之音，羽箭急速飛射向前，於亂獸之中射中了一隻雄鹿的後腿。

「好！」

「聖上好箭法！」

周圍早已在腹中打好彩虹屁的王公大臣們奮力叫好，激動得臉都紅了，聲音一個比一個高，生怕別人將自己的彩虹屁壓了下去。

顧元白露出愉悅的微笑，含笑聽著周圍的彩虹屁，等到他們說得差不多了，才道：「好了，都各去打獵吧。兩個時辰後集聚此地，朕看看是哪位大臣狩獵最多，到時重重有賞！」

臣子們連聲謙虛，和親王駕馬從一旁駛過，看了一眼被紅色勁裝映襯得面色很好的顧元白一眼，眉目一壓，隨即率先駕馬如風一般駛出。

和親王走了，宗親接著跟上，其後便是大臣，年輕的侯府公子和大臣家的兒子最後策馬而上。

煙塵飛揚，顧元白吩咐人在此準備燒炙獵物的用具後，也帶著侍衛們駕馬慢悠悠地駛入了深處。

他沒想搶臣子們的風頭，狩獵與其是說皇帝的享樂活動，不如說是給臣子們的表現機會。正如同他先前同秦生說的一樣，「嚴」與「寬」，上位者不能搶了下屬們的功勞。

圍場裡頭一眼望去皆是綠色，看著就讓人神清氣爽暢快無比。廣闊的平原地上時不時竄過幾隻獵物。顧元白讓侍衛們也隨意用羽箭，同樣是誰獵得最多誰就有賞。此話一出，多數的人都開始蠢蠢欲動了，侍衛長沉穩問道：「聖上，獵物是按個頭大的來算贏，還是按多的來算贏？」

顧元白沉吟一會，笑道：「就看哪個擒獲的難度更大了。」

那若是想贏，野兔、野雞這些就註定是贏不了了。侍衛們彼此對視了一眼，不少人都朝著薛遠看了過去。

都虞侯剿匪的事蹟已經傳得滿京城皆知，他們自然不會不知道。聽那日同薛遠一起殺敵的禁軍兄弟們說，薛遠殺起人來真的瘋得很，很有能力。上次同兄弟們蹴鞠輸給侍衛長張大人他們已經夠憋屈，這要是輸給薛遠，那大家這個御前侍衛的名號就丟大了。

薛遠注視到了他們的視線，被挑釁似地勾起了唇，瞧著彬彬有禮，實則暗藏興奮。

這囂張的模樣，簡直讓早就看不慣他的侍衛們冷笑連連。

一個人比不上薛遠，不信三四個人一起還比不上薛遠。

侍衛們燃起了衝勁，顧元白樂見其成，他悠然自得地緩緩騎著馬。即便是比賽騎射，這些侍衛們也不能離開顧元白，他們只能抓住時機，在周圍有動物掠過時及時出箭。

身邊的羽箭破空之音時不時傳來，還有侍衛們壓抑不住的喜悅聲，顧元白不由笑了，心中升起萬千豪氣，也從箭筒中抽出一根羽箭，拉滿了弓，對準了一隻通體如火般的赤狐。

「嗖」的一聲，那赤狐被聲音驚動，慌亂一躍逃離了顧元白的箭端。

顧元白眉頭一挑，正要接著抽箭射去。就見另外一隻羽箭急速而逝，擦著赤狐頸部的皮毛，將牠牢牢實實定住在地！

顧元白側頭一看，薛遠已經收了弓箭翻身下了馬，上前將羽箭拔起，拎著赤狐的脖子故意道：「這野狐真是不懂事，聖上親自射箭，怎麼還敢躲？」

顧元白樂了，故意朝著薛遠瞄準了箭，「不若薛侍衛親手拿著，朕再來射上一射？」

「這野狐皮毛柔順而光亮，通體火紅，」薛遠上前，隨手晃了晃野狐，笑迷迷道，「聖上，射死了就可惜了，還壞了這一身的皮毛。」

薛遠將野狐給送到了顧元白身邊，野狐的一雙狐狸眼可憐巴巴同顧元白對視，顧元白不由伸過手，撫了撫野狐的頭。

毛髮細軟，是隻好狐。

他摸著狐狸，狐狸紅毛也映著他的手，薛遠看著他乾淨透著粉意的指甲，又是頭皮一麻，跟得了怪病似的。

不行，得扒褲子看一眼，裝乖也得看一眼。

再不看一眼，薛遠覺得自己別想安生了。

從小在軍營混大的大老粗薛遠產生懷疑了。

真的有男人能如此精緻漂亮嗎？

怎麼大家都是男人，還不一樣了呢？

顧元白收回了手，回頭一看薛遠好像在出神，於是屈指在薛遠頭上一敲，笑道：「薛侍衛，回神了。」

薛遠回過神，看了眼手中的狐狸，「聖上，此狐放在臣這？」

聖上道：「算你一分功。」

薛遠提著狐狸翻身上了馬，一行人又往前走了一會兒，不到片刻，就有人上前通報，說是發現了一頭野熊。

在圍場之中，若是發現了野熊、老虎這樣的凶獸，一般都會通知皇帝，皇帝會興致大發地帶人前去獵殺，有時候五六個侍衛一起，還能將這些野獸們給活活抓住。

顧元白帶人朝著野熊的位置趕去，身後時刻記著比賽的侍衛們更是激動，等趕到一看，果然見到一隻健壯而獠牙外露的大型野熊。

這野熊正在用著食，血腥味濃重無比。侍衛們分散著包圍，正要一擁而上時，遠處的天邊突然響起轟隆一聲雷鳴。

這響動激動了野熊，野熊抬起了頭，朝著響動看去。脖子一扭，致命點恰好在薛遠的眼前暴露。

薛遠太瘋了，他清楚地知道什麼叫做機不可失，該出手時就出手，他連猶豫都沒有，拿著大刀猛得朝著野熊撲去，快狠準地斬入了野熊的脖頸。

鮮血噴灑，野熊狂暴地怒吼了幾句，反身回擊，劇烈掙扎幾下之後，終於是重重摔倒在了地上。

薛遠避了開來，周圍的侍衛們驚駭地看著他，全都呆了。薛遠咧嘴一笑，斬下熊掌道：「聖上，這分功也算在臣的身上？」

顧元白看了一眼死得透透的熊，壓下驚訝，朗聲笑道：「算你的！」

這下，誰都知道比不過薛遠了。

野熊太大，帶也沒法帶，侍衛們上前拖著野熊，派人來將這東西給先拖回營地。

薛遠擦過身上的血，一邊想著贏了狩獵後能有什麼獎勵，一邊帶著熊掌上了馬，他抬頭看了看遠處的天邊，皺眉道：「聖上，一會怕是有雨。」

今日春獵的日子欽天監算了數次，都沒有算出有雨，顧元白想起剛剛那聲雷鳴，也不由皺起了眉，心道要是真的有雨，那這欽天監真是丟大人了。

侍衛長憂心道：「此處若要回程，快馬加鞭怕是趕不及了。」

更何況聖上如何能快馬加鞭？

薛遠突然道：「來了。」

眾人聞聲看去，就見一片黑壓壓的雨雲從遠處開始蔓延，昏天黑地之下，簡直就是要壓城而來。

這裡面，怕是只有小皇帝一滴雨水也淋不了。

顧元白調轉馬頭，道：「走！」

黑雲在身後追著，暴雨打落在枝葉草地上的聲響愈來愈大，狂風吹起，整個天地像是陡然裂為了兩半。

在大雨被狂風吹到顧元白身上前，落後他一步的薛遠突然鬆開了韁繩，腳下一動，踩著馬背一躍落在了顧元白的身後。

溫順的馬匹突然承擔了又一個人的重量，被嚇得步子都亂了一瞬。

薛遠從顧元白手中拿過韁繩，抬頭揚鞭，「駕！」

顧元白想問他這是在做什麼，還沒側頭，腰間就圈上了一隻鐵臂，手臂用力，直接將顧元白在馬上硬生生地調轉了個圈。薛遠把小皇帝的頭壓在自己的懷裡，而後披風一揚，徹徹底底將顧元白隔絕在風雨之外。

「聖上，」顧元白感覺靠著的胸膛在說話時有微微的顫動，「風雨要來，您忍著臣點。」

快馬急行，大風不斷吹動著披風。在披風之下，隨著馬匹的顛簸，顧元白表情逐漸變得怪異了起來。

披風下並非就是無光，只是稍顯昏暗而已。在這昏暗的光下，顧元白目光正前方就是極其尷尬非禮勿視的地方。

腦袋被薛遠護在胸前，眼睛只能朝下，而滿目的視線之中，這礙眼的東西就佔據了主位。

尷尬得顧元白索性閉上了眼睛。

他趕去想工作，一想到工作也就不記得尷尬了。滿腦子都是關於各處的章程，最近的事情便是反貪腐和建起商路，一來一回也是好幾月之後的事了。

顧元白專心致志，薛遠策馬奔騰。

黑雲的速度看上去慢騰騰的，其實快極了，很快就攜裹著風雨朝著一群人吹來。薛遠下意識抱緊了顧元白，顧元白被他的手臂禁錮得嚴實，手下往馬背上一撐，想要挺起身子看看外頭如何。

薛遠悶哼一聲，疼得表情扭曲。

顧元白從披風裡探出了頭，正好瞧見薛遠的痛苦表情，他納悶低頭，就見自己的手掌掐住了薛遠的大腿肉，不巧，快與薛遠的兄弟碰上了。

顧元白淡定收回手：「薛侍衛還好？」

薛遠的痛苦過去之後，瞧見顧元白這樣的表情，心癢的感覺猛地竄上心頭，他嗓子癢癢，正要抬頭去撓一撓喉結，卻感覺身下有些不對。

他低頭一看，兄弟抬頭了。

§

這頭抬得有些莫名其妙。

在顧元白親眼注視下，看完了抬頭的全過程。

顧元白臉色陰晴不定地抬起了頭，想問問薛遠腦子裡都在想些什麼：「薛侍衛火氣真大。」

一抬頭，就看見薛遠臉上不耐煩的神情，他直接暴力將抬頭的兄弟壓下，恭恭敬敬道：「聖上，不用管它。」

顧元白：「……朕也沒想要管它。」

聖上紅色騎射服映得唇色有了紅潤的氣色，薛遠瞥過他的唇，感覺喉嚨更癢了。

他皺著眉撓了兩下脖子，顧元白還正面對著他，兩個人中間夾著一個精神奕奕的東西，即便是被主人給壓下去了，也還是朝著顧元白豎起長槍大炮。

薛遠自己都不耐地有些煩躁。

顧元白面無表情道：「薛侍衛，平心靜氣。」

馬匹顛簸，顧元白推開薛遠的胸膛，抬頭去看後面的雨雲。狂風卷著朝著他臉上襲來，薛遠又重新將顧元白護在了懷中，駿馬被他駕得愈來愈快，眼睛不斷在周圍的地勢上巡視，總算在不遠處找到了一處山洞。

「聖上，不用在意這個東西，」薛遠口吻淡淡，「過一會它就沒了精神了。」

猛男，薛遠原來是這麼猛的猛男。顧元白對他肅然起敬，就顧元白這小弱身子，有反應的時候也會該爽則爽，這傢伙看起來很是熟悉的樣子，不是每次硬起來都這樣解決吧？

守身如玉，太守身如玉了，拇指姑娘估計都沒接觸過。

顧元白歎了口氣，拍了拍薛遠的肩膀。隨即正色道：「薛侍衛，朕受不得寒。如今反貪腐重要關頭，朕若是病下了，監察的人沒了朕撐腰，時間一旦延後，這場反貪腐就沒了意義。」

薛遠簡短道：「臣知道。」

說完，薛遠又將顧元白壓在了披風下，嗓子低啞帶著玩笑道：「聖上，臣這就帶您進山洞了，要是有一滴雨水落在您身上，臣這就跟您告罪賠命。」

最後，果然如薛遠所說，在風雨落在顧元白身上的前一刻，薛遠帶著顧元白奔進了山洞之中。

幾乎是他們剛進去，外頭就落下了傾盆大雨。跟在後面的侍衛們眨眼就成了落湯雞，薛遠翻身下了馬，將顧元白從馬上扶了下來，轉頭看著這群落湯雞時，嘴角毫不留情地勾起譏諷的嘲笑。

侍衛們本來怒目而視，但眼神剛放在薛遠身上，就猛地怪異了起來。

薛遠坦坦蕩蕩地迎著他們的視線，身下的不對勁比他的俊臉還要顯眼。侍衛長面色一變，大步走上前擋在聖上身前，警告地看了薛遠一眼。

薛遠還在笑著，似乎對他的敵視沒有反應。實際上，薛遠也納悶，按理說不管就能消下去，可剛剛和顧元白騎了一通馬，倒是愈來愈精神了。

愈見小皇帝就愈是精神，真是奇了怪了。

薛遠正打算平心靜氣，好好冷靜一會，突然聽到有人說：「……聖上，臣給您看看是否受了傷……」

薛遠猛地扭頭，就看見侍衛長正單膝跪在顧元白面前。薛遠臉色變得難看，他起身大步朝著顧元白走去，也單膝跪在侍衛長旁邊。

「臣身上還有上次給您上藥時的藥瓶，」薛遠道，「這種事臣來就好，別再讓侍衛長勞累了。」

他側頭對著侍衛長親切地勾起唇，「有這個時間，張大人不如帶同僚們想想辦法推起火堆，畢竟這雨，感覺不是一時半會就能停的，聖上受不得涼。」

顧元白道：「現在這樣還能堆起火？」

薛遠對著他時的表情可是柔和了不止一丁半點，「柴多無濕。」

顧元白頷首：「那就去吧。」

侍衛長沉默了一會，起身離開。薛遠心中冷笑，眼中浮浮沉沉。

顧元白雖沒淋到雨，但身子虛弱，還是吹了不少陡然降溫的冷風。薛遠為他檢查是否有劇烈騎行而留下的傷口時，動作都不敢太大。

等到附近的人都不在了，薛遠才探身湊到顧元白身旁，低聲道：「聖上可還有其他地方受傷了？」

顧元白道：「沒了。」

薛遠低頭看了一眼顧元白的褲子。

裝乖的面具戴得再久，本質還是桀驁。薛遠勾唇一笑，左手倏地摸上了顧元白的褲子，恭敬道：「臣擔心聖上又被磨破皮了。」

「就看一眼，」這位忠心臣子裝模作樣地道，「臣擔心聖上，就只看一眼，要是臣多看上一眼，就把這雙眼睛剜了獻給聖上。」

大家都是男人，他就是好奇一下，想要知道是自己的眼睛出錯了，還是男人也有這麼大的差別。

顧元白搞不懂他的想法。

讓薛遠幹伺候人的活，也沒見他有過抗拒的想法。而現在，還如此殷勤地擔憂顧元白的身體，伺候人的手法學得愈來愈好了。

愈思愈是懷疑薛遠的目的不純，莫非是為了看顧元白兄弟一眼，好確定他可不可以留下子嗣？或許還是為了打擊他的自尊，或是用此來展示自己的「能力」，好暗示顧元白，他薛遠本錢如此雄厚，以後的子嗣定會枝繁葉茂。

這些時日哪怕顧元白懶得管，也察覺出了薛遠和褚衛似乎並沒有他想像之中燃起戀愛火花的意思。直到現在還沒想要走基情的路線，那等以後，如果顧元白真的讓薛遠和褚衛成為了忠臣，這份忠心又能維護上多久呢？

他們看著下一代的小皇帝，又是否會生出不臣之心？

顧元白想得愈來愈多，愈來愈深，但不管薛遠在想什麼，顧元白知道，瘋狗提出來的條件，絕大部分不能答應。

於是，他淡定反問道：「薛侍衛怎麼不給朕看看你有沒有受傷呢？」

薛遠眼皮猛得一跳，沒說話。

顧元白嘴角玩味地勾起，品味到了趣味，「怎麼，薛侍衛，你還真的受傷了？」

他話音剛落，薛遠就倏地站了起來，乾淨俐落地解開褲腰，露了出來。

顧元白就看見了滿眼旺盛的毛。

朕的……眼睛。

第四十一章

朕的……眼睛被辣到了。

顧元白正想要移開眼，卻突然瞧見了薛遠腰上的傷口。那是一個疤痕可怖的刀傷，即便是現在看起來仍然可見當初受傷時的慘重，幾乎可以喪命。

「這是怎麼弄的？」顧元白皺眉，想知道會是什麼樣的遭遇能使文中的主角攻受到這樣的致命傷。

「天生就長了這樣，」薛遠皺眉，「臣是個粗人，比不得聖上。」

顧元白眉心跳動，「朕說的是你腰上的傷！」

薛遠的臉色一下子冷了起來，他沉默著把褲子提上，就要轉身去跟著侍衛們撿柴火。

顧元白厲聲道：「給朕回來！」

薛遠腳步一頓，停了一會兒，才轉過身重新面對著顧元白。

他的眉峰壓著，眼中陰翳，黑色的沉沉霧氣遮住了眼中的神色，但誰都能看得出來，他此時的心情非常之不好。

像是一點就炸的油桶，還在壓著離顧元白遠點，怕傷了聖上。

原本快要從喉間破口而出的訓斥被顧元白壓了下去，他冷哼一聲，道：「不是要為朕療傷嗎？」

薛遠眼中神色幾變，最後上前走進，低聲道：「聖上哪兒傷了？」

先前還求著顧元白讓他看一眼，結果一提到他腰上的傷，這瘋狗現在都沒了剛剛的低身軟求了。

顧元白不悅道：「左側小腿間。」

薛遠低著頭，單膝跪在了地上，將顧元白的左腿抬起，勁裝腳踝收得緊，他還要一一鬆開，然後將褲腿往上捲。

顧元白今日穿的是大紅衣，若是受傷了流血了當真難以從外頭看出來。顧元白只是覺得這處有些疼，等薛遠將左腿小腿露出來時，他定睛一看，原來還真的被劃出了一個口子。

應當是被枝葉或是馬上配飾不經意間所劃傷，薛遠見到了傷口，臉色一沉，手下更加輕柔。他從懷裡掏出上次未用完的藥瓶，清洗完傷口之後，就給顧元白上了藥。

認真無比，抹著藥的手沒有一絲抖動，他怕顧元白會疼得抽回腿，還騰出了一隻手牢牢攥住了顧元白的腳踝。

掌心如火燙的一般。

顧元白淡淡看了一眼傷口，「薛九遙，朕問你，你剛剛轉身走什麼？」

薛遠卻道：「聖上，張大人他們回來了。」

顧元白抬頭一看，只一個眨眼的功夫，薛遠已經退了下去，親自上手準備去點燃那些已經淋了雨水的濕木。

過了片刻，侍衛長拿了濕帕走了過來，溫聲解釋道：「聖上，薛大人說這些濕木一旦被點燃，便會有大煙氣，唯恐嗆著您，還是用濕帕捂住口鼻為好。」

顧元白接過濕帕，看了一眼薛遠的背景，侍衛長順著他的目光看去。即便是不喜歡薛遠，但忠誠可靠的侍衛長還是說道：「薛大人懂得很多。」

顧元白將帕子蓋住口鼻，最後道：「你要多同他學點好東西。」

張緒臉色一扭，差點想說薛侍衛身上還有好東西嗎？但因為說這話的是聖上，他便只以為自己是因為偏見而忽略了薛遠身上的優點，於是點了頭，道：「臣會聽聖上所言的。」

顧元白輕輕頷首。

§

等火堆燃起來後，洞穴之內的煙霧也慢慢散去。

顧元白坐在火堆旁，火光映著面孔。這會的薛遠異常沉默，在一旁專心致志地撥弄著火堆。

顧元白道：「薛侍衛，朕要問你幾個問題。」

薛遠餘光瞥過他，暖光在小皇帝身上跳躍，臉色被火烤得微微發紅，嫩得跟豆腐似的。他不自覺地軟了語氣，「聖上想問什麼？」

顧元白道：「問你軍中軍需，問你軍中兵馬與新舊兵，還有那些受傷了的老兵。」

這些問題顧元白自然瞭解，但從另一個角度看這些問題時，沒準會有不一樣的收穫。

薛遠對這些東西那可是熟悉很了，他張口就來，說得條條是道。哪些還行，哪些嗤之以鼻，有一些想法，竟然與顧元白的想法重合到了一起。

顧元白眉頭一挑，笑吟吟地看著他說，等他說完軍中分配和新兵老兵的摩擦之後，顧元白重複了一遍自己最想要知道的問題：「那些傷了的老兵呢？」

薛遠似笑非笑道：「聖上，他們就慘了。」

「受傷輕的用不著浪費藥，自己熬過去。受傷重的用不著浪費藥，自己等著死。斷腿的、沒了手的，因為不能上戰場，拿不了大刀長槍，所以就根本沒有療傷的必要了。」

薛遠眼中冷漠，還不忘側頭朝著周圍聽他說話的侍衛們露出獠牙滲人的笑，「真是個省藥材的好手段，是也不是？」

侍衛們神情複雜，都看出來了薛遠說的是反諷的話。

但這樣的場景，即便是說得再多，也沒有親自去看一眼的衝擊力來得強。只是薛遠親身經歷過戰場，所以說起這種話時，天生帶有三分讓人信服的氣場。

顧元白又問了：「你腰側的傷是怎麼來的？」

薛遠慢慢看向他，勾唇，「聖上真的想知道？」

他的表情不對，像是快要暴起的大型野獸。

顧元白點了點頭。

薛遠突然暴起，如同惡狼一般重重把顧元白推倒在地。他雙手撐在顧元白的頭側，雙目泛紅，整個人在顧元白身上擋下一片黑影，「聖上，知道兩腳羊嗎？」

「聖上！」侍衛們倏地起身，抽出佩刀對準著薛遠，將他們二人圍在了中間，「薛遠，放開聖上！」

瘋狗真的發了瘋，樣子可怖，但明明是這麼重的一下，但顧元白竟然沒覺得有多疼。

薛遠可能連自己都沒有注意到，他將顧元白放倒在地時的動作都不自覺放輕了許多。

顧元白：「什麼是兩腳羊？」

「在戰場上，打仗輸了的一方會被掠奪一清，」薛遠咧開嘴，陰沉沉道，「沒有食物的時候，他們把女人們當做畜生，當做食物，當做軍妓、軍餉隨身攜帶。稱呼其為兩腳羊。那些遊牧民族還把這些女人們分成了三六九等，食物也有不同的烹飪方式，聖上，長得漂亮的會被放在缸中，用小火慢慢煮熟，這也就是他們對待漂亮女子的優待了。」

薛遠脖子上的青筋因為憤怒而繃起，他壓抑著，「我們這群守在邊關的，想殺這些遊牧人。可他娘的不管同朝廷說幾次，朝廷都不允我們開戰！驅趕他們能驅趕幾次？不殺絕了他們還不知道厲害！要軍餉軍餉沒有，要糧食朝廷不給，武器都他娘的鈍了！補兵，哪來的兵?!」

薛遠冷笑，「老子那天，見那群遊牧人又來，就提前守在百姓家裡。他們害怕啊，見我們天天駐守在邊關就是不開戰，他們以為我們是和遊牧人一夥的。我們才剛出現在他們門前，他們就以為我們要把他們家的娘們搶走吃了，滿頭白髮的老嫗拿著菜刀就衝了出來，被手下的兵下意識給揚起大刀，切了。」

「這就坐實了我們這群官兵是孬種的事實，」薛遠低下頭，炙熱的鼻息噴灑在顧元白的臉上，「他們暴動了。暴動的百姓不是他們死，就是他們殺死我們。軍隊壓下了暴動，沒想殺他們，但他們卻拚命著殺我們。老子這傷，就一個屁大點的賤孩拿著刀捅過來的。」

洞中沉默，只能聽見薛遠粗重的呼吸聲。

「但也多虧他們暴動了，」薛遠突然咧出一個笑，「搶了這群死人的糧食，我們才能接著活了下去。」

侍衛中有人聞言暴怒道：「你們怎麼能——」

薛遠轉頭狠戾地看了他們一眼，說話的人不由閉上了嘴。

「聖上問了臣這麼多的問題，臣也想問聖上一件事，」薛遠低頭看著顧元白，直視著和他完全不一樣的嬌嫩的小皇帝，伸出一隻手去抬起小皇帝的下巴，手要控制力氣，所以緊繃得開始發抖：「聖上，你當時在做什麼呢？」

聖上微微蹙起了眉，道：「薛遠，朕受不得疼。」

薛遠的雙手猛地抖了一下。

他僵硬地看著顧元白，如同是受了重大衝擊一般，瘋氣徹底煙消雲散。他緩緩地從小皇帝身上下去，然後拉起了顧元白，啞聲道：「哪兒疼？」

瘋了，薛遠都覺得自己瘋了。

顧元白就說了「受不得疼」這四個字，一瞬間就擊散了薛遠心中剛剛升起的怨氣。

上一刻回憶的痛苦就這麼戛然而止，對統治者的仇恨和那些恨不得吃其血肉的怨氣又重新冷靜了下去。因為這些事升起的新的怒火和狠意，也像是被冷水陡然澆滅。

顧元白坐起了身，他的髮上沾染著地上的塵土，下巴上的指印清晰可見。薛遠看著這個被他弄出來的指印，眼中陰煞轉而對準了自己。

薛九遙，你不知道他體弱嗎？

薛遠抬手給了自己一個一巴掌。

又一想，你完蛋了薛遠。

剛剛那麼重的恨意和怨氣，你就這麼追究不下去了。

顧元白緩了緩，其實沒有多少疼，薛遠不自覺地護住了他。他這麼說，只是看薛遠要發瘋了，所以提醒他。

只是沒想到這句話的效果竟然這麼好。

好到有些……出乎顧元白的預料了。

顧元白呼出一口氣，然後側過身，如同剛剛薛遠對他的那樣，他也捏住了薛遠的下巴，扭過這張臉，讓他清清楚楚地和自己直視。

火光跳躍，周圍的人不敢說一句話，呼吸聲中，對方的呼吸聲比自己的還要炙人。

「朕既然來了，掌權了，那就不會再發生你所說的事情，」顧元白輕描淡寫，「薛侍衛，你信朕嗎？」

薛遠抬頭看著顧元白，來不及搭話，他聽到了一種奇怪的聲音。

那聲音砰砰亂跳著，好像還是從胸腔裡傳出來的。

第四十二章

薛遠老實了，不瘋了，很輕易就被顧元白給安撫了下來，顧元白自己都有些意外。

他烤了一會兒火，想著薛遠說的那些事，這簡直像是一根刺一般紮入了心裡。不止是他，對所有邊關將士來說，朝廷的不作為，都是一根深深的刺。

遊牧人是必須要打的，還要把他們打怕，把他們的地盤留作己用，人捉回來做免費的勞動力。但在打之前，大恒的騎兵得先練起來。

想要騎兵練起來，就得要大批大批的馬。

遊牧人的騎術兇悍，而騎兵一向是步兵的天敵，培養不起來大批騎兵，就征服不了整個草原上的遊牧人。

朝廷現如今騎兵不夠，交通不發達，暫且不能打下遊牧人的地盤，只能先派人在商路建起之前狠狠打上他們一頓，給他們一個教訓，讓他們知道聽話。官府為張氏的商路保駕護航，提供武力支援，沒法整治整個草原的散落部隊，但也能殺雞儆猴讓他們乖乖地接受邊關互市。

火光在顧元白臉上晃動，一旁的薛遠突然從出神的狀態中回過了神，他倏地衝出了山洞。

山洞外頭還是傾盆大雨。

顧元白：「……」薛遠是當真有病。

被聖上說有病的薛遠淋了一身的雨水，覺得這水應該能沖走他腦子裡的水。他抹了把臉，覺得自己清醒了，理智了，於是轉身回了山洞，第一眼就見到了人群中間的顧元白。

小皇帝聽到了腳步聲，撩起眼皮看了他一眼，莫約是薛遠太過狼狽，他有些驚訝，隨即便唇角勾起笑了起來。

薛遠定定地看著顧元白，眼神當中似乎有什麼閃過，可等顧元白想要抓住這種感覺時，薛遠卻收回了視線，大步朝他走來。

衣服濕透，緊貼著他高大強悍的身體，雨水的濕痕跟了他一路。薛遠直直走到顧元白身邊，顧元白忍笑看他：「薛侍衛，你淋壞腦袋了嗎？」

薛遠心臟跳動的速度讓他心煩，他看著顧元白淡色的唇，「聖上，臣好像有些不對。」

顧元白長袍鋪開，嚴陣以待：「哪裡不對？」

「臣……」臣看見你就心臟砰砰跳，薛遠沉吟一下，「臣總想……」扒你褲子。

怎麼說都不對勁。

薛遠往張緒侍衛長身上看了一眼，問自己想不想扒他褲子，只想了一下，頓時臉色一變，噁心得都快要吐了出來。

噁心完了之後，薛遠心道，看樣子不是老子的問題了，老子還是不喜歡男人。

那為什麼對著顧元白就會亂跳，就想扒他褲子？

為什麼到了現在……心裡頭想的全是顧元白。

薛遠困惑。

半晌，他俯身籠住顧元白，在他耳邊慷鏘有力地低語道：「臣想看您那裡到底是不是粉色。」

這種語氣，就像是在探尋一個極致的答案一般的語氣。

無關那些雜七雜八的東西，薛遠就想知道自己是不是看上一眼就能恢復原狀了。

顧元白莫名其妙，「哪裡？」

薛遠鼻息炙熱，坦坦蕩蕩地說了：「子孫根。」

圍著火堆坐了一圈的侍衛們正三三兩兩的低聲說著話，就聽見一旁傳來了「嘭」的一聲響動，他們扭頭一看，就見都虞侯大人被他們聖上給一腳踢到了子孫根上。

聖上臉色難看，冷笑連連。薛遠已經跪倒在地，痛苦地彎著腰感受著又疼又爽的感覺。侍衛們瞧著薛遠這樣的神情，都已經感受到了他的痛苦，不由渾身一抖，一陣發寒。

顧元白這一腳下了狠力，還好薛遠及時後退一步卸下了力道，否則就真的要廢了，成為薛家第一個太監。

但卸了力道還是疼，薛遠疼得弓著背，顧元白看他如此，臉上的表情總算是舒爽了。

他走上前，「呵」了一聲：「還知道疼？」

薛遠滿頭大汗，他抬頭看了一眼顧元白，心口又開始亂跳起來。他順著心意伸手握上了顧元白的腳踝，疼得倒吸冷氣道：「聖上，別踹疼你自己了。」

§

在天上暴雨落下那一刻，欽天監的心都涼了。

但這會兒沒人去管他們心涼不涼，宮侍和禁軍忙忙碌碌，不斷去將在外狩獵的王公貴族和大臣們一一接回來避雨。可最著急最重要的聖上，卻一直沒有被人發現。

皇上讓欽天監測過許多次天氣，就是因為現如今處於反貪腐行動的關鍵時期，顧元白是主心骨，他要是病了，那在休養生息的時期，沒有皇帝做靠山，反貪腐的人都會縮手縮腳，會被那些地頭蛇搶走主動權。

但就是這麼重要的日子，欽天監都沒能算出有雨！

宮侍和禁軍急得嘴上燎泡，生怕聖上淋了雨，又怕聖上沒穿夠衣服。和親王被親衛渾身濕漉著被護送回來後，就得知了聖上還未回來的消息。

和親王站了一會，猛然驚醒之後就轉身朝外大步離開，讓親衛們準備蓑衣，牽著馬匹準備深入雨中，去找那個不省心的皇帝。

親衛勸道：「王爺，禁軍們已經出動去尋了。我們全去，也不過杯水車薪。」

「那就杯水車薪吧，」和親王翻身上馬，雨滴打在蓑衣上，順著滑落到身下，「快點。」

親衛無奈，只能套上蓑衣跟上。馬匹在大雨滂沱之中行路困難，好幾次因為雨水而打滑數次，和親王扯著嗓子喊了聖上幾句，最後耐心耗盡，便大聲叫道：「顧斂——」

顧斂是聖上的名，字元白，元有開端根源之意，白有清正賢流之意，正好對應了斂字。先帝去世時聖上還未立冠，彌留之前便留下了這兩字作為顧元白的字。

和親王已經叫習慣了顧元白的名字，他這時扯嗓一叫，身邊的親衛臉色倏地一變，阻止道：「王爺！不可直呼聖名！」

和親王抹了把臉，臉上閃過一絲苦澀，他喃喃道：「本王竟然忘了……」

他出神了一瞬，回過神來，繼續同屬下們高聲叫道：「聖上——」

山洞之中，被眾人焦急尋找的聖上正悠然烤著火，被他踹了一腳還笑嘻嘻的薛遠又精神飽滿地為他燒著火。顧元白面無表情，對著他還沒有好臉色。

薛遠平時不是話多的人，但瞧著面無表情的小皇帝，他的嘴巴就開始一刻也不停下，面上笑容不斷，逗著聖上想要他露出笑來。

他身上面對火堆的一面已經被火烤乾，後面的黑髮還打結在一塊兒。樣子說不出是英俊還是醜，但挺有逗樂人的天賦。

「聖上，」薛遠笑迷迷道，「臣給您說個趣事。」

他挑了個書生下鄉教書，卻不識穀物硬要不懂裝懂的故事。武人和文人的矛盾天生，文人嫌棄武人粗魯，武人嫌棄文人裝模作樣。因此薛遠的這個故事一講完，侍衛中低調的只是彎了彎嘴角，還有不少人直接笑了出來。

顧元白瞥了一眼薛遠，雖然還想再踢他一腳，但也聽進去了這個故事。

初聽起來好笑，但是細細一思，就覺得倍感無奈和恨其不爭。

大恒朝的書生，有一些確實從未下過地，一輩子也不知道碗中的穀物是怎麼來的。也有很多的讀書人入仕之前生活清苦一心為民，卻在入仕之後貪污腐敗，讓當地百姓也不得安生。這樣的事情屢屢不絕，拿著公款吃喝玩樂奢靡成性，顧元白記憶深處記得最清楚的一個人，就是《憫農》的作者李紳，因為反差太大，小時候差點被衝擊了三觀。

他歎了口氣，開始發愁自己的頭髮和壽命，長路漫漫，何時才是個頭。

薛遠見人都笑了，唯獨小皇帝卻歎了口氣。他有些手足無措，拿出領兵打仗的底氣，沉聲道：「聖上要是不喜歡這個故事，臣這還有好幾個。」

他話音剛落，山洞中的人就聽到了外頭高呼「聖上」的聲音。靠洞門近的侍衛連忙起身，謹慎往外頭一看，回稟道：「聖上，是和親王帶人來了！」

「他們來做什麼？」顧元白看看洞外未見減弱的雨勢，「如此大雨，哪怕他們尋到了朕，朕也沒法跟他們回去。」

不是顧元白怕淋雨，而是顧元白的身體和這個國家的命運息息相關，他不能拿著自己去冒險。

侍衛遲疑道：「臣讓和親王回去？」

「讓他們也進來吧，」顧元白道，「烤一烤火，等雨停了再一起走。」

侍衛便跑到了洞口前，竭力去叫喊不遠處的和親王。過了片刻，身披蓑衣的和親王及其親衛十數人就走進了山洞。他們將身上吸滿了水的蓑衣脫下，和親王抬眼一看，瞧見顧元白面色都好，便也鬆了一口氣。

「那群欽天監的都是幹什麼吃的，」和親王皺著眉走到顧元白身邊坐下，伸手去烤火，「連這麼重要的日子都算不準。若不是你們能找了處山洞，怕是一群人都得受些風寒。」

顧元白點點頭，贊同道：「確實該罰。」

和親王不由笑了，又看了他一眼，不由自主道：「聖上烤了多長時間的火了？面上都紅了。」

「是嗎？」顧元白有些口渴，正要讓張緒給他拿過水，右側就有一個水囊遞了過來，正是薛遠。

顧元白接過喝了一口，笑著道：「和親王，外頭情況如何了？」

和親王同他說了，看著顧元白認真聽的樣子，他的表情有一瞬間的柔和，而後又猛地僵硬了起來。語氣也逐漸變得硬生生，「……諸位大臣們很關心聖上，並無人受傷或是患病。」

顧元白頷首，「不錯。」

和親王凝望著火堆，開始沉默不語。

跳躍的火堆在他眼底，也像是把他放在火上炙烤一般痛苦。

或者說，就是因為顧元白在他的身邊，他離顧元白如此的近，才會如此痛苦。

第四十三章

還好這個山洞很大，擠下如今二三十個人也綽綽有餘。

在營中等待的田福生擔憂聖上會餓，便讓每隊人馬都帶上了一些包裹嚴實的糕點。和親王的護衛隊很是細心，將糕點拿出來時，糕點仍然完整。

顧元白不餓，讓侍衛們把糕點給分吃了。

說起來也巧，等侍衛們用完了糕點之後，外頭的雨勢就開始轉小，不到片刻，天邊重新亮起，太陽的強光照射大地，風雨已經停了。

顧元白帶頭走了出去，外頭的泥水泥濘，沾滿了龍靴，還有些濕滑。一旁的和親王正在糾結要不要出手扶住顧元白，另一頭的薛遠已經上了手，一手握住顧元白的手，一手在後面隔空搭在腰上，笑迷迷道：「聖上小心腳下。」

顧元白每一步都走得很穩，勁裝衣擺落在腳旁，已經被甩上了一些走動間的泥點子。

薛遠看這些泥點子很不順眼，他索性彎腰撩起了顧元白身後的袍子，顧元白低頭一看，視線往他臉上一瞥就收了回來，一秒也不願意多看，連笑臉都不衝薛遠露出一個。

還在生氣呢。

馬匹被人牽了出來，又用尚且乾淨的披風將上方的雨水與皮毛擦過了一遍。

顧元白翻身上了馬，餘光瞥到一旁的薛遠，特地用眼神看過他的下方，嘴角勾起，惡劣夾雜冷意地低聲道：「畜生東西。」

這句話音量低，只有薛遠聽到了。

薛遠猛得抬起了頭，就對上了聖上居高臨下的視線。

韁繩揚起，顧元白嘴角弧度惡劣，馬匹聽話地轉身，蹄子揚起的泥水濺了薛遠一身。薛遠閉了閉眼，喟歎一聲，低頭看一眼自己的袍子，那被聖上罵做是「畜生東西」的玩意兒，已經微微抬起了頭。

「……」薛遠低聲自言自語，「怎麼還把你罵得起了頭了呢？」圍場地面潮濕，雨水打滑。狩獵是狩不了了，但是聖上的安撫活動還沒進行完。

營地之中早已被清理出來，適合用於燒炙的獵物放在一塊。薛遠打死的那頭熊在獵物中極其惹人注意，來來往往的人都要往這上面看上一眼。

薛遠砍下來的熊掌，顧元白賜給他讓他帶回薛府了。接下來該賞賜的賞賜，該安撫的安撫，宮中御膳房的廚子正忙著處理食材，香味遠遠就飄了鼻子跟前。

顧元白親自洗了手，讓人做了一個簡單的燒烤台，炭火點上，一群人隨侍在聖上身邊，興致勃勃地學著燒烤。

「諸位大臣，」顧元白淡淡笑道，「前些時日辛苦了，這一日就好好休息。等回去之後，又要開始忙碌了。」

臣子們連連謙虛，表示能為聖上分憂，這些都不算什麼。

顧元白笑了笑，恰好有御膳房的廚子帶著米去洗，顧元白將他叫了過來，伸手抓起一把米，歎了口氣道：「好米，好田。但這樣的好米，天下之間能有多少百姓能吃得上呢？」

聽著他的話，眾位臣子也歎了口氣，低聲附和了幾句，心中暗暗將聖上的這句話來回琢磨，怎麼琢磨怎麼覺得這是在反貪腐之前的最後提醒。

顧元白自己動手烤了一串肉，與眾臣同樂了一番，終於在天色將暗之前帶著浩浩蕩蕩的大部隊回了京城。

薛遠拿著熊掌回了薛府，同薛將軍練完了一會大刀之後，他將大刀往旁邊一放，坐在一旁出了神。

薛將軍道：「我兒在想什麼？」

薛遠皺眉，「我覺得我很不對勁。」

「哪兒不對勁？」

總是在想顧元白這樣的不對勁。

從圍場回到府中直到現在，除了剛剛練刀那會兒沒想著他，現在腦子裡全又是顧元白了。

想他生氣的表情，想他笑的時候，還想扒他褲子。

薛遠道：「我總是在想聖上。」

薛將軍驚愕，隨即就是大笑，「哈哈哈，這就是忠君之心了，身為臣子，自然得時時刻刻為聖上著想。」

忠君之心？薛遠嗤笑。

「我想起他心口就亂跳，」薛遠雙眼一瞇，「這是忠君之心？」

薛將軍肯定地點了點頭，老懷欣慰地拍了拍薛遠的肩膀，「這正是臣子們想要為聖上幹出一番大事業的心。」

薛遠沉默不語了。

他還能有這個玩意？

§

春獵之後，朝堂上下的官員便開始緊密探查家中的產業。特別是本家不在京城的官員，快馬加鞭寄回了一封又一封言辭激烈的信，讓家中趕緊將什麼腐敗貪污的東西都給解決了。

隱田，佃戶，不得因小失大！

如此過了幾日，等這一天的早朝上，顧元白一身繁複沉重龍袍，面色嚴肅地下達了全國範圍內開展大型反貪腐活動的命令。

當日，被聖上徹底清洗一遍的禦史台和監察處以及新組建的東翎衛，全部開始忙碌了起來。

全國上下的所有人，沒有官員會知道反貪腐的機構會有兩波，顧元白要的就是這一明一暗的兩波人，把所有妄想應付朝廷的大蛀蟲都給找出來！

快馬飛行，禦史台的人被東翎衛的精兵們護著朝京城周邊最近的一個糧倉奔去。

禦史台的人中，除了先前就在的身家清明的舊臣之外。新塞進去的人手全是監察處專門培養出來的人才，他們從暗處轉到明處，如今的禦史台，已經完全把控在聖上的手中。

孔奕林與剛入東翎衛的秦生就在其中。

孔奕林心知此事是聖上的一個對他才能的試探，便沉心靜氣，決心一定要做出一番出眾的成績。前頭領路的是察院禦史，也是一個忠誠的保皇派。察院禦史在糧倉前翻身下馬，不理周圍滿頭大汗想要上前客套的官員，直接讓人來開了糧倉門。

各地產地的畝產和收上來的糧食都被記錄在冊，這些冊子已經被戶部交給了禦史台和監察處。察院禦史看著自己手中的冊子，沉聲道：「開始。」

他完全不聽官員的話，也不看官員遞上來的統計。只筆直地立在糧倉門前，不停記錄著下屬上前通報的資料。

「一處陳米三百六十一袋，新米一百五十六袋。」

「下官隨意在陳米之中查了二十袋，其中有七袋有蛀蟲和泥沙交混。」

一道道通稟聲響亮沉穩地在糧倉各處響起，在一旁等著接過的官員頭上的虛汗愈來愈多，雙腿愈來愈是發軟。

這個反貪腐的力度，也太嚇人了！

這簡直就是把整個糧倉給翻了一遍的力度！

與此同時，以京城為中心，禦史台官員帶著官員們輻射一般往四處探查。做好準備迎來第一批反貪腐的官員，也不禁各個滿頭大汗。

誰也沒想到監察官員們會有這樣大的力度。

各個儲蓄倉如果出了問題，那麼周圍的官員就要接受禦史台的重查。而一旦查出貪污苗頭，那就不客氣了。

一切按著律法來，貪污了多少銀子就處以何種律法，如果當地的百姓表示你這個官不止幹了貪污的事，那就大條了，徹底跑不掉了。

朝廷開展的反貪腐活動轟轟烈烈，消息傳到地方時，各地官員全都收斂了起來。貪官心慌，便開始亡羊補牢，吃的民脂民膏在暗中偷偷還回去，倒賣的東西想辦法買齊了弄回去各個儲蓄倉。有的人錢財實在不夠，只能咬咬牙掏出家底補上，再打算應付完監察人員之後再把這些東西拿去換回來錢。

百姓不知其中圈圈繞繞，都開始歡欣鼓舞了起來。清官們比聖上還要關注這些貪官污吏一事，有的人已經決定主動出擊，去主動抓捕貪官送予聖上處理。

摩拳擦掌，既能解決了這些蛀蟲，又說不定可以立功調回京城。

京城啊，京官啊，那是整個大恒朝政治權力最中心的地方。

此次機會在一些人的眼裡，未必不是青雲踏上的機會。

孫小山是監察處的小小官員。

他出生在一個大雪天氣，被父母拋棄在了老樹根下。被人撿了之後，便是豬狗不如的過著在人腳底下撿食吃的日子。

有錢人們對他動輒打罵，孫小山疼得受不了的時候，就撲上去舔有錢人的鞋子，那些人就會笑，然後放下腳，讓孫小山給舔乾淨。

這樣的時候是最不疼的時候了，孫小山要是能舔得乾淨，還能得到一碗不是那麼豬食的飯。那飯香得他只要一想起來就直流口水，於是就舔得更加賣力了。

有錢人叫他畜生，說他是豬狗不如，孫小山心道，他還羨慕那些豬呢，被宰前能吃好多頓飽飯，還不要挨揍不用舔人鞋子，那多好啊，孫小山羨慕極了。所以小時候的夢想，孫小山就想做一頭豬。

就這樣賴活著度過了一年又一年，孫小山長大了，每次一碗的寡湯水吃不飽了，半夜餓得咬自己的肉，有時候能咬出血味，又噁心又急切地吮上一口，恨不得吃了自己，但又怕疼。餓得連乾淨的土看著都直咽口水，聞著飯香就滿肚子抽筋。

之後有一次，有錢人家帶著客人來讓孫小山舔鞋子，孫小山以為有飯吃了，著急撲上去就要讓客人開心。客人卻一腳踹上了孫小山，把孫小山踹得都要死了，客人還厭惡地說：「真噁心。」

隨後，噁心的孫小山便又在一個大雪天氣，被人捲著草席扔在了亂墳崗裡。

孫小山又餓又冷，等他最後鑽出草席的時候，真的以為就要死在這裡了。

死了也是解脫啊，孫小山想，這樣絕望的、挨餓的人生，活著有意思嗎？

然而在大雪那日，孫小山被監察處的人給撿回來了。

孫小山原本以為這又是一個可以讓他舔鞋的地方，但監察處的人給他們這群瘦骨嶙峋的人提供了暖和的衣服，帶他們回去的第一天，就給了他們香噴噴的、濃厚得跟米飯一樣的大白粥吃。

粥裡加了酸菜和脆脆的蘿蔔，那味道絕了，活到這麼大，這是第一頓好吃得能感覺到飽的飯。吃得孫小山舌頭都要被自己吞掉了。

他邊吃邊哭，眼淚砸進碗裡都能在白粥上砸出污泥。

給他們飯的人還笑著道：「慢點吃，還有一大鍋呢。你們可真是可憐，這幾天只能吃粥了。等你們緩幾天，咱們這還有大魚大肉呢！」

「大魚大肉？」孫小山聽見自己身邊的人恍惚地道，「我們也能吃嗎？」

監察處的人嘿嘿一笑，樂了，「你們不能吃誰能吃啊？過兩天有你們享福的。」

等他們被人帶著洗了澡，準備帶往睡覺的地方時，孫小山落在最後，他殷切地問道：「我會舔鞋子，你們需要舔鞋子嗎？」

被他問的官員一愣，隨即難受地拍了拍孫小山的腦袋，手掌溫暖的感覺孫小山現在還記得起來。

「放心吧，有聖上在，沒人敢讓你舔鞋子的。」

孫小山感覺害怕，他知道自己什麼都不會，可什麼都不會的自己，有什麼資格去吃頓飽飯呢？但他們真的吃到了。

等吃了許多許多頓的飽飯之後，他們見到了大碗大碗的肉。那些肉擺在他們的面前，孫小山第一次看見這些肉時，眼睛都紅了。

那真是天底下最好吃的肉了，孫小山吃一塊肉都要嗦上十幾口筷子，他覺得自己吃肉是在玷污肉。他替肉覺得委屈，但卻忍不住渴望，一口又一口地大口吃著肉。

那天他吃肉吃到了飽，第二天起床時，孫小山又吃到了一頓飽飯。

這是在進監察處之前從不敢肖想的日子。

等到之後孫小山開始學習認字、學習各種技巧的時候，第一堂的課上，監察處的前輩曾對他們說過一句話。

前輩站在窗口，落日的餘暉灑下，前輩說：「這世界上總有些人對咱們百姓不好，讓百姓們吃不上飯。」

「而聖上是唯一對我們好的人，他想要保護天下百姓，讓天下百姓們吃得飽穿得暖。」

「但總有一些人，他們要來動搖聖上的江山，他們不想要百姓好過。」

孫小山對此深以為然。

整個監察處對聖上的忠誠，是外人想像不到的。

監察處創立的時間早，聖上缺人用。因此人人都努力得很，努力養出健康的體魄，努力去為聖上辦事。

孫小山拚了命地學習，想要回報聖上。而等他學成了，開始為聖上而做事時，他見識到了許許多多，想要動搖聖上江山的人。

這些貪官污吏就是其中大頭。

馬匹踏過了利州的邊線，身後的精兵說道：「孫大人，這就到了。」

孫小山從回憶中拔出神，他憐憫地看了一眼路旁行屍走肉一般的農戶，道：「咱們快馬加鞭，去找出那群土匪落草為寇的原因。」

看吧，在聖上勵精圖治的時候，總有一些人在敗壞聖上的江山。

這些大恒的百姓，都在過著被貪官奴役的日子。

在聖上的治下，他們本來是可以吃飽飯、吃上肉的，可這大好局面，全被這些蛀蟲給毀壞了。

監察處所有人的目標，就是將對聖上有危害的所有蛀蟲一網打盡。

沒有人可以阻止聖上將大恒變得更好的腳步。

第四十四章

監察處的人在反貪腐活動開展之後，就將利州的情況先一步稟明給了顧元白。

顧元白看完之後直接勃然大怒。

利州的知州今年處決了一個貪官污吏，這貪官據說為非作歹、強搶民女、貪污成性，利州知州查都沒查就將此人給押入了大牢。此案件後經過大理寺審查，發現有疑雲，便讓利州知州重新決斷，但利州知州一意孤行，直接將這名官員給斬了。

監察處的人查到，被處死的官員雖有些貪污行為，但罪不至死，更沒有為非作歹、強搶民女的惡行，完全是他人造謠誣陷。如果只是這樣，那只能判知州一個判案有誤、是非不分的罪名，但監察處一查，查出了一件好玩的事。

補上這位被誤判處死者官職的地方官，竟然是京城「雙成學派」的人。

細細一番調查之後，監察處的人發現知州也是雙成學派的人。

結黨營私，帝王生平大忌。

顧元白看著監察處送回來的信，聖上的怒火讓殿中的人瑟瑟發抖地跪倒在地，他冷笑兩聲，「好，好得很。」

他才清洗了前朝內廷，官員之中的黨派不敢結，就拿著學派開始結黨營私了？

顧元白將信紙放在桌上，還是怒火燒心，重重拍了下桌子，冷顏道：「將國子學掌教召來。」

第二日一早的早朝結束，眾位大臣不及退下，就被聖上以視察學子的名頭帶到了國子學。

國子學中的學子們讀書朗朗，清脆而悅耳。掌教帶著眾位講師早已等在國子學之前，恭迎聖上駕到。

一眾臣子跟在聖上身後，只以為聖上是心血來潮，便也笑著隨侍在側，見識了一番國子學的大好俊才。

等看完了這些學子之後，眾位大臣以為這就結束了，卻沒有想到掌教面色嚴肅地請他們進了一處學堂。

學堂之中已經放置了數把椅子，大臣們面面相覷，掌教已經走向了前方，沉聲道：「請聖上、大人們坐下吧。」

工部尚書看向最前面的位置：「聖上，您坐？」

顧元白卻向著眾人身後走去，道：「朕坐在最後。」

「那如何使得？」戶部尚書驚慌道，「聖上怎能坐在我等之後？」

但顧元白已經坐了下來，他面色淡淡，「坐吧。」

眾人疑惑不解，紛紛坐了下來。

平日裡官職高的在前面，因為這會兒聖上在最後坐著，所以那些官職高的也變成了坐在後面。

等眾位官員全都落座以後，掌教開了口，他的第一句話就驚得滿屋臣子心中驟停，「下官要給各位大人講一講先帝時的牛高之爭。」

牛高之爭，是先帝在世時的一場黨亂之爭，以朝中重臣牛大人一派為首，與另一派以高大人為首的黨羽腥風血雨的政鬥。

先帝喜佛，性格說得好聽點是仁善好聽諫言，說得難聽點就是耳根子軟。那時牛高之爭禍亂朝政，先帝也只是各打三十大板，讓他們各自收斂一些。牛高二黨見先帝手段如此軟弱，便更加囂張地同對方爭奪起了朝廷地位和權力，他們仗著的正是「法不責眾」四個字。

直到如今的聖上出生後，先帝才打算硬起來為自己的幼子清除黨亂，那場禍害朝政八九年的牛高之爭的黨羽，這才相繼落馬。

這一件事，也成為人人不敢提起的事，成了不可言說的禁言。

而現在，國子學的掌教就當著眾位朝廷命官和聖上的面，直接說起了這事。

政治敏銳度高的官員已經察覺出了不尋常，離聖上愈近的人，愈是挺直了身體緊繃著聽著掌教說出的每一字。

「結黨營私，是歷朝歷代都有的弊端，」掌教高聲道，「先帝在時的牛高之爭只是其一，而這牛高之爭，便是兩派以朝中重臣為首的爭端。這場爭端的戰場不止在京城，也是在地方……」

已經有人頭上沁出了細汗，微微低著頭，不敢接著再聽。

這時，聖上的聲音就從身後傳了出來，不鹹不淡道：「給朕抬起頭，認認真真地聽。」

於是臣子們被迫抬起了頭，不敢錯過一瞬。而隨著愈聽，他們心就愈沉。

掌教已經說到了兩派地方官員因為黨爭而互相誣陷廝殺的事，這些事蹟被血淋淋地揭露出來，每一句話都足以讓人膽戰心驚。

聖上就坐在最後，無數人的背影都會被聖上看進眼底，有的官員餘光一瞥，就看到守衛在講堂外側的腰配大刀的侍衛們，暫態之間，後背就被汗水浸濕了。

終於，不知道過了多久，這場艱難的黨羽之爭總算是講完了。掌教從前頭走下來到聖上身邊的時候，坐在前頭的官員們大半部分都齊齊鬆了一口氣。他們頭腦得到了半分的輕鬆，開始細想聖上為何今日帶他們來國子學，而又帶他們來聽這一趟話的目的了。

掌教恭敬道：「聖上，臣已經講完了。」

顧元白端坐在雕花木椅之上，聞言微微頷首，手指敲著扶手，表情看不出喜怒，道：「那就重頭再講一遍。」

掌教額角有汗珠滑落，他不敢有片刻耽誤，大步又朝著前方走去。

這一遍又一遍地，整個屋中的氣氛極度緊繃，顧元白放眼望去，肉眼可見的，一些人已經坐立不安了。

田福生給顧元白送上了茶，顧元白慢慢喝著，心底中原本的怒火已經沉了下去。

以高官為首的黨派，和以學派、地方出身為首的黨派，有什麼區別？

全是想佔有顧元白的土地、權力和資源，用顧元白的東西去收攏顧元白的官員，徹徹底底地慷他人之慨。

但皇帝之慨，哪有這麼好慷的？

顧元白解了渴就將茶杯放下，他對著站在後門處筆挺的薛遠勾勾手，薛遠唇角勾起笑，走了過去，低聲道：「聖上有何吩咐？」

心口砰砰，這真的是君臣之心？

薛遠餘光偷瞥著顧元白，想看見他笑，不想看到他如此氣憤。氣壞了怎麼辦？這大概真的就是忠君之心了。

顧元白道：「你去將太傅李保請來，他當年親身經歷過牛高之爭，講起來總是要比掌教有所感慨。」

薛遠站起身，陰影打下一片，乾淨俐落地應了一聲是，轉身就大步朝外走去。

顧元白被陰影遮了一下眼，下意識朝著薛遠背後看了一眼，這乍一看，他竟然發現薛遠好像又長高了些。

顧元白皺眉問：「薛九遙今年年歲幾何？」

田福生想了想，不確定道：「應當已有二十有四了。」

二十四歲還能長個子？顧元白看著前頭各個精神緊繃的官員，漫不經心地想，那朕才二十一，怎麼沒見長？

前頭的官員們祈禱著希望掌教能說得快些。等這一遍終於說完了，掌教還不敢下去，聖上身邊的小太監過來道：「掌教大人，快請下吧。您今日辛苦了，外頭炎熱，您可先回去歇息一番。」

眾人見掌教走了下來，俱都以為這已經結束了，心頭陡然一鬆，面上都露出了放鬆的神情。但身後的聖上沒人說話，也就沒人敢出聲亂動。

長達一刻鐘有餘的寂靜後，門旁又響起了腳步聲。眾人抬頭一看，就見名滿天下的大儒李保拄著拐杖走了進來，一步一步挪到了前頭，見到底下眾位官員緊盯的目光後，深吸一口氣，鏗鏘有力地道：「今日老夫就在這，給眾位大人講一講先帝當年禍亂朝政的牛高黨亂之爭！」

眾位臣子頭暈目眩，心臟又猛得提了起來。這一鬆一緊，嚇得人簡直兩股戰戰。

外頭的日頭雖大但是不烈，屋裡的人卻像是七月盛夏一樣，熱得都要喘不過來氣。

等李保講完被人送出去後，這會再也沒有人敢放鬆了。

顧元白等了一會，才悠悠問道：「諸位大人可有何想法？」

不敢動，不敢有。

六部尚書和各府重臣拿著餘光看著彼此，樞密使趙大人眼觀鼻鼻觀心，政事堂的參知政事也是如此，此兩府可沒有什麼結黨營私的爛事。

過了一會兒，終於有人站了出來，道：「黨羽之亂只會禍亂朝綱，一旦發現必須嚴懲不貸！」

「刑部尚書說得對，」聖上道，「那這嚴懲，應該又如何嚴懲呢？」

刑部尚書道：「視其程度，分級追究。」

顧元白頷首，聲音溫和了起來，「刑部尚書說得對，朕也是這麼想的。」

各位大臣聽出了聖上語氣中的緩和，緊繃的精神微鬆。

刑部尚書卻不敢胡思亂想，他直覺聖上的話還沒說話，而這話，必定就是今個兒這一齣的主要內容。

果然，聖上語氣不變，又問道：「那若是黨派中的地方高官動用手中私權，剷除了另一黨派罪不至死的官員，在其空缺上安插自己黨派的人，這該當何罪？」

刑部尚書壓力陡然一大，他慎之又慎，思之又思，「當以徇私枉法、結黨營私、德行不佳以做處罰。」

聖上沒說好與不好，只是轉而叫道：「吏部尚書，你說該如何？」

眾人不明白聖上為何突然叫起吏部尚書，轉頭朝吏部尚書一看，吏部尚書也滿頭霧水，但還是恭恭敬敬地道：「臣認為刑部尚書說得對。」

聖上親手把持朝政到如今也有一年半的功夫了，大家也研究出來了一個細節。聖上要是心情好，那就是喚臣子為某卿某卿，若是心情不好，或者哪個官員犯了他的忌諱，那就是會口氣淡淡地叫全了官職，就如同此時叫吏部尚書一樣。

「朕也認為刑部尚書說得對，」顧元白笑了起來，「如今正好也發生了一件朕所說的事，既然吏部尚書認為理應如此，那便去同大理寺一同處理好吧。」

吏部尚書不負責處理這些，他眼睛一跳，心中升起不妙的感覺：「是。」

顧元白終於起身，在宮侍的陪侍下往外走去，剛走了兩步才想起來，轉過頭道：「吏部尚書，此案中的官員涉及到的派別，正是『雙成學派』了。」

朝中是雙成學派中的人猛然驚醒。

聖上笑了一下，然後聲音驟冷：「朕希望你不要也犯了徇私枉法的錯。」

「朝廷重官，應以國以民為重，」顧元白的目光在眾位臣子的身上一一掃視，道：「朕也望眾卿應知，今日你們所聽的三堂課，到底講了些什麼。」

本身就是各派代表人物的朝中眾人冷汗已出，沉沉躬身：「是。」

顧元白走出了講堂，還站在講堂中的諸位臣子卻腿腳僵硬。正當眾位大人感到後怕之事，突聽一道聲音響起：「諸位大人，還請走吧，各衙門的事務都耽擱不起片刻。」

埋在眾位臣子之中的薛將軍覺得這聲音太耳熟了，抬頭一看，可不就是自己的兒子。

薛遠彬彬有禮地笑著，瞧起來氣度很是不凡。

眾位臣子驚醒，開始三三兩兩地出了門。薛將軍往邊上走去，走到薛遠跟前，低聲道：「聖上今日是怎麼了？雙成學派出了什麼大案？」

薛遠低頭瞥了一眼薛將軍，懶洋洋道：「薛將軍這是要打聽聖意？」

薛將軍氣得臉色一板，大步走了出去。

等人都走完了，薛遠才將腰間的佩刀正了正，快步追著聖上的方向而去。

他走到國子學門外時，皇上的馬車已經走遠了。薛遠失笑，往周圍一看，上前將薛將軍從馬上拽下來，翻身上了馬，韁繩一揚，「駕！」朝著顧元白的方向追去。

薛將軍氣得在原地跳腳，「逆子、逆子——！」

不過一會，薛遠就追上了大部隊，他策馬趕到顧元白的馬車一旁，清清嗓子，「聖上，您若是心情不好，也可拿臣出出氣。」

剛說了兩個字就忍不住發笑。

前幾天聖上罵他畜生東西都能把他罵硬了，還是算了吧。薛遠最近覺得自己火氣太大，要是又被罵硬了，嚇著人怎麼辦。

一隻白皙的手掀開了車窗，顧元白在馬車裡露出半張下巴，淡色的唇好笑地勾起，配著線條俐落的下頷，顯出幾分半遮半掩的冷厲美感，「薛侍衛這說的是什麼話？朕生氣了難道就會拿身邊人出氣了？」

更何況顧元白早就不氣了，何必為了一群蠢人去氣著自己。要是憋悶了的話……

顧元白不由透過車窗去看了看薛遠的脖子。

他仍然還記得上次咬薛遠時抒發心底怒氣和壓抑著的各種煩躁的感覺。說真的，很爽。在大恒穿越至今，也只有薛遠能受得住讓顧元白出氣，氣撒在薛遠身上，他皮糙肉厚，瘋狗一般，顧元白可以短暫地做出不符合皇帝言行的動作，可以做自己。

其他人不行，侍衛長不行，田福生不行，褚衛不行，監察處的人不行，都不可以。

顧元白是一座山，他們心中的山，這座山不能崩潰，不能煩躁，要沉穩，不能做出發洩自己心中壓抑的舉動，要高深莫測，要一心為國為民。

時間長了，總有些寂寞。

孤高寡人便是如此吧，但說到底，顧元白還是一個二十一世紀喜歡冒險喜歡刺激的積極向上有為青年。

薛遠瞧見顧元白目光不離他的脖頸，突然覺得先前被咬的地方都癢了起來，他伸手摸了摸早已癒合的脖子，餘光一瞥顧元白，俯身在馬背上，一手壓在馬車上頭穩住身子，頭靠近車窗，低聲哄騙道：「聖上可是又想咬臣一口了？」

顧元白撩起眼皮看他一眼。

薛遠舔了舔唇，突然笑了：「聖上不是喜歡看蹴鞠？今日要是心情不好，臣同張大人等人一起賽一局給您看看。」

「臣覺得賞賜也不必多，」薛遠黑眸盯著顧元白，半真半假道，「您笑一笑，開心了，這就夠了。」

第四十五章

薛遠盯著人看的時候，像是一頭肉食性的野獸在盯著即將到手的獵物。

他說的話再好聽，顧元白也升不起感動。反而覺得薛遠這話話裡有話，要麼是在裝模作樣，要麼就是在心中幸災樂禍。

第一印象實在是太重要了，薛遠留給顧元白的第一印象、第二印象、第三印象……都不是很好，他現在說這種類似於關心的話，效果也沒有田福生或者張緒侍衛長說起來得好。

因此聖上的臉上並沒有出現薛遠想要看到的笑容和柔和，反而是敷衍地點了點頭，然後毫不猶豫地關上了車窗。

車窗合起，帶起的風吹起了薛遠兩鬢的髮絲。

薛遠直直僵硬了片刻，才緩緩直起身子，他收了笑，面無表情地抬手摸了摸自己的唇角，心道，他笑起來就那麼嚇人嗎？

顧元白他是什麼意思。

正是這時，馬車另一側的侍衛長也駕馬靠近，隔著馬車溫聲勸道：「聖上，諸位大人會將此事給辦好的，您莫要憂心，龍體為重。」

車中的聖上歎了一口氣，也溫聲回道：「朕無礙，無需擔憂。」

張緒笑了笑，直起身來不再多說。忽地感覺到一陣絕非善意的視線，他順著視線回頭一看，就見到了對面面無表情看著他的薛遠。

聖上說了要多同薛遠學習，侍衛長便笑了笑，很是沉熟穩重地保持著御前侍衛長的風度。

薛遠收回視線，看著自己的手，慢慢握緊了韁繩。

§

禦史台和監察處的動作還在繼續。

在反貪腐之前，顧元白已經留出了月餘的時間，讓那些有能力探查到聖上有反貪腐意思、有能力補上自己所貪污錢財的大頭有時間能把款項補上。這些人現在還不能動，顧元白只讓他們把吃進去的都給吐出來，就可以睜一隻眼閉一隻眼。

而剩下沒有能力接受顧元白提前放出信號的人，更沒有抵抗顧元白的能力。

明面上的禦史台絕不留情，探查過後不接受宴請不接受孝敬直接走人。暗地裡那一波更狠，時隔半月之後突擊，往往能把那些應付場面的貪官給徹底拉下了馬。

愈查愈大，愈大愈查。各州府縣立身不正的人都開始不安了起來，有的官員還在想辦法補起缺口，而有些官員打算直接攜款逃跑了。

山東青州。

一位縣令正匆忙地收拾行囊準備帶著家人逃跑，窗外天色沉沉，正是出城的好時間。門府外頭已經備上了馬車，金銀財寶堆了車裡的半個空間。官員坐在馬車上，神情惶惶，額頭都是大汗。

他的妻子就坐在一旁，也不安忐忑，「我們就這樣逃了？」

官員狠狠道：「不逃能行嗎？要將家中所有的金銀全都拿出來填上貪污漏洞嗎?!就算妳想，我們也沒有這麼多的錢！」

夫人不說話了，看著車中金銀的眼神全是貪戀。

兩輛馬車來到了城門下，官員撩起車簾，朝著守城人道：「開門，放本官出城！」

瞧見是城中的大人，守城官兵連忙退開，打開了城門。

夜色下，馬車悠悠駛了出去，官員拿起衣袖擦擦臉上的冷汗，不敢相信自己就這麼輕易地出來了。

妻子已經笑了起來，官員看著她的笑，心中陡然升起一種不好的預感。但已經出了城了，馬車行駛一夜，第二天誰還能知道他往哪裡去了呢？

官員也笑了起來，只是這劫後逃生的笑容還沒持續多久，馬車就突然停了下來，車內一陣搖晃，官員和夫人撞得頭暈眼花。

「怎麼回事！」官員扶穩自己，怒喝，「駕車都不會嗎?!」

外頭卻靜悄悄的，沒人回答他。官員心中一跳，不妙的預感重新襲來。

他顫顫巍巍地伸出手，撩起車簾一看，頓時嚇得心臟驟停。

只見外頭的路上，有一群捕快正舉著火把圍起了他的兩輛馬車，人人身著整齊配著大刀，火把映照下的臉色威嚴而可怖。

領頭走過來一個身著官袍的人，他看著準備逃走的縣令哈哈大笑：「趙寧啊趙寧，你這是要準備逃走了嗎？」

縣令失聲驚叫：「你——」

原本沉默寡言的縣丞冷笑兩聲，平日裡彎著的脊樑好像陡然挺直了起來，他雙目灼灼，看著趙寧鏗鏘有力地道：「有我在，你就別想逃！你吃了這麼多的民脂民膏，就想這麼一逃了之嗎?!想都不要想！我現在就要將你捉起來，等聖上的監察隊來到黃濮城之後，就將你交給他們審問！」

縣令厲聲：「我與你何仇何怨！」

火把在黑暗之中照亮每一個人的臉，驅散了一片寒意，縣丞往周圍每一個舉著火把的捕快身上看了一眼，然後一字一句地道：「你以為我們就想替你為非作歹嗎?!你以為我們就想被百姓唾罵嗎?!這是黃濮城！不是你的金錢窩！我們有什麼不敢?朝廷都來人查貪污了，我們還有什麼不敢做的！」

他說到最後，拳頭已經攥緊，激動的青筋蹦出，眼中滿是燙人的淚光。

身後的捕快們已經有人忍不住發出了憤怒而又痛苦的低罵，這些聲音一個傳了一個，每一個違背良心閉著眼睛沉淪的人，都忍不住想起城中百姓的樣子。

貪官趙寧看著這一群人，頹廢地低下了頭。

這樣的事情，在各地都在發生。

有一心為民的好官站了起來，率先抓住了治內貪官及其貪污的證據，只等著朝廷派人來查看。而有的地方，沒有官員站出來，那就是會讀書的人，同京城有書信往來的讀書人，他們得知到了反貪腐的行動和力度之強後，心中燃起了一點東西，這東西促使他們大著膽子聚集在了一起，然後號召百姓阻止貪官們拆東牆補西牆的行為，讓他們不敢動，不敢將所貪污的款項補上。

「諸位！」書生們急得滿頭大汗，卻竭力給百姓們一遍又一遍地講著朝廷的反貪腐活動，他們講得口乾舌燥，大聲地、堅定地道，「朝廷一定會抓住貪官！聖上一定會讓這些魚肉百姓的人受到懲罰！」

大恒朝的言論相對自由，但在這種官僚制度當中，還未做官的書生們得罪官員的後果是什麼他們不會不知道。如果他們這麼做了，而朝廷沒有查出貪官，他們就會生不如死。

但是他們看著期期盼盼的農民們，看著那些高呼「聖上萬恩」、「貪官該死」的百姓們，胸腔之內滿是溢滿的力氣，這樣的情緒，讓他們面對這些貪官污吏時，也更加強硬了起來。

而這些好官、書生、百姓，用了大力氣給朝廷製造出來的大好局面，朝廷絕對不會浪費。

京城之中近日出現了一個名為《大恒國報》的東西，在京西張氏的書鋪子中販賣，每日只販賣一百份。

上面的文章時時跟進反貪腐進程，各省府近日又落馬了哪些官員，貪污了哪些東西，借此又牽連出了什麼，都一一記錄在了其上。除此之外，還有各處的感人事蹟，各地百姓對反貪腐的看法和受益等等，一個不缺，徹徹底底將國家層面的反貪腐活動落到了百姓眼皮底下，讓京城中的百姓爭先恐後地天不亮就排隊在張氏書鋪的門口，就想第一眼看到《大恒國報》上的內容。

京城中的百姓也不知為何，看見這些東西都跟寶貝似的看一眼少一眼，每當看到各地的百姓見到官員落馬而歡喜的淚如雨下時，也不自覺濕了眼眶，偷偷摸摸擦去眼淚。等看到其他府州縣對聖上的感恩和誇讚時，又自豪得恨不得仰天大笑。

這樣的文章這樣的內容，很容易會凝聚一個國家的百姓，去凝聚他們對國家的歸屬感和對統治者的簇擁。

這自然是顧元白的手筆。

茶館。

說書人拍了一把醒木，手邊放著的正是一份《大恒國報》，他大聲說道：「……那黃濮城的縣丞，帶著眾位捕快將大貪官縣令給壓回了城內！聽聞這事的百姓們因為宵禁不能出門，他們便在窗旁從窗縫門縫中去看，歡欣鼓舞地想要出聲歡慶，卻還要捂住自己的嘴，生怕驚動了熟睡中的孩子。」

「黃濮城的百姓們在咱們朝廷的監察官員未到之前，每日自覺守著城門，不許外人出入，嚴防縣令逃跑。等咱們的監察官員到了之後，徹查縣令府中與當地糧倉，果然查出了大貪污！監察官員花了三日的功夫統計清楚了黃濮城的縣令貪污數量，」說書人冷笑一聲，又是醒木一響，「足足有三十萬兩！一個黃濮城千餘戶人家十年的收入！這個貪污的數量沒得說，咱們監察官員忍不了，聖上忍不了！當天，監察官員的人就判了黃濮城縣令斬立決的處置，處置出來的時候，全城歡呼，還有那勞苦耕作卻被搶劫一空的老農，淚眼兩行。」

「小兒不懂父母祖爺之悲，但也跟著歡喜雀躍。父母祖輩擦擦眼淚，淚水濕了衣襟，又是對縣令趙寧如今情景的暢快，又是對當今的感恩。砍頭趙寧那日更是萬人空巷，叫好之聲能響徹方圓百里，只聽時辰已到，快刀落下，那趙寧就被斬下了頭顱！」

「好！」

台下一片叫好之聲，人人情緒激昂而亢奮，「那之後呢？從貪官家裡搜出來的錢財呢?!」

說書人笑道：「咱們聖上派人開始反貪腐之前，就已立下了章程。從各處貪官處搜出來的錢財，一部分留於當地，以作建設之用，取之於民自然是用之於民。一部分送往朝廷，以充國庫。」

「這建設一詞，還是報上所提，意為建立陳設之意，聖上留於當地的那部分銀財，也是要用來修路的！」

「修路啊，」底下的人喃喃，「竟然要開始修路了。」

茶樓雅座，顧元白端起了一杯水，卻出神聽著樓下說書人感慨激昂的話語，一時之間忘記了品茶。

等聽到底下眾人對修路一事備有熱情地開始激情討論之後，他才微微一笑，輕抿了一口茶水。

百姓嚮往的東西，朝廷能做出來，才是最收服民心、聚集民心的辦法了。

第四十六章

有閒錢的人湊在茶館中點壺便宜的茶津津有味地聽著說書人的話，外頭沒閒錢的漢子就站著豎起耳朵蹭一蹭。每個人明明沒法為反貪腐做出什麼，但全都在超乎尋常地密切關注著反貪腐一事。

薛遠也從來沒想過顧元白竟然會允許百姓知曉反貪腐進度，甚至將搜刮的金錢記錄在冊發賣。

《大恒國報》是顧元白辦的，每日將禦史台和監察處送來的信交予張氏，由張氏整理並拓印。

京城中人人為各地百姓的激動而激動，為那些貪官的所作所為而憤怒。

不像以往耕田、吃飯、睡覺一般的行屍走肉，知道這個國家在確切的做些什麼之後，知道各地的百姓情況之後，這些忙於生活的百姓，好像突然之間活了過來。

很多的老農，憨厚的漢子，紅著臉搓著手湊到城裡讀著《大恒國報》的衙門門口，豎著耳朵聽著捕快讀的內容。

他們並不識字，沒有文化，愚昧未開，民智未啟。有時候連報中的內容都聽不懂，更不要去說那些各地的貪污情況了。

但也是顧元白要求的，他每日讓張氏將《大恒國報》送到各處衙門中，讓京城府尹每日安排人在特定時間給百姓們通讀一遍，用大白話的內容，能多接地氣就多接地氣地讀給百姓聽。

京城府尹與小官小吏不覺得這有什麼用，隨著報紙上的內容時而憤怒時而喜悅的百姓們也不知道自己知道這些能有什麼用。

但顧元白卻堅持，並且認為這作用大得去了。

身為帝王，有教化百姓的責任。

萬事需要潛移默化，但若是連開頭都不做，就永遠等不來變化。

薛遠看著這一幕，感覺了一種以前從未感覺到的東西，這種東西，好像就叫做太平。

他在邊關從來沒感受過的東西，而這都是顧元白帶來的。

薛遠一顆忠君之心又開始砰砰亂跳。他不由低頭看向了顧元白，就見到顧元白正要含笑飲下已經涼透了的茶水。薛遠眼皮一跳，拿過一個杯子放在顧元白唇下，道：「吐出來。」

一口水不上不下地堵在喉間，顧元白奇怪地看著他。薛遠受不了他這樣的視線，一被看著就全身發麻，他聲音一下子軟了不知道多少，啞聲：「聖上，水涼，吐出來。」

顧元白將水吐了出來，陳述事實地道：「朕夏日也會吃冰茶的。」

冰茶就是用冰泡出來的茶，薛遠懷疑：「您能吃？」

顧元白將茶杯放下，田福生又提上了一壺新茶。聞言，田福生笑迷迷道：「聖上偶然吃上一次是沒什麼的，只是每次也不敢讓聖上多用，生怕涼了身子。」

薛遠看了一眼又一眼的顧元白，瞧瞧他沒二兩肉的臉，軟綿綿的手，很難不贊同地點了點頭。

顧元白無奈笑了，薛遠在他身邊待久了，糙漢一般的軍痞也被周圍的人同化，把顧元白當成了什麼了什麼易碎的瓷器一般，生怕顧元白出了點不好的事。

只是他生來大膽，其他人不敢上前來勸，他卻敢直接動手。

下方的說書人已經換了一篇文章，說的是另一個地方的反貪腐進程，同樣是百姓自覺堵著城門，全城的人堵在地方官員門前，漢子們捲著鋪蓋夜裡在官府門前睡覺，白天就在官府門前等自家婆娘送飯，一直這樣等到了監察官員的到來。

多虧了有這些百姓和一些官員的相助，才能讓抓捕貪官污吏一事變得順利了許多。

顧元白感慨不已，「如今拉下了一批貪官，又正好有一批品行卓越的好官冒頭了。」

薛遠自然而然道：「臣也有功勞。」

顧元白斜瞥他一眼，笑了，「你有什麼功勞？」

薛遠理所當然，強盜邏輯：「臣護著聖上，保著聖上，只要聖上健健康康，反貪腐就能順順利利。」

顧元白樂了，「薛侍衛如今也會說些投機取巧的話了。」

薛遠心道，別笑了。

笑得老子心臟跳得愈來愈快了。

薛遠揣著一顆亂跳的心臟，歎了口氣，目光卻口是心非地定在顧元白的臉上，最後也跟著勾唇，笑了起來。

在茶館中喝了一肚子的茶，顧元白就帶著人來到了張氏書鋪。建起商路的準備需要良多，如今張氏要為皇上建商路的事情已經散了出去，各地的商戶向張氏詢問的信件已經堆成了一個小山，張氏族人忙得昏天黑地，還要約束好每一個族中弟子，萬萬不能出了什麼差子。

因此前往邊關建起商路一事，光準備，就得準備月餘。

張氏族長忐忑地同顧元白稟報了如今的進程，顧元白卻道：「朕已經想過這層了。你們如今暫且動不了身也好，在商路組建之前，朕還有一件事要做。」

聖上眼中沉沉，緩聲道：「朕要派兵打怕那群遊牧人。」

薛遠眼皮猛得一跳，驟然朝他看來，眼中瞬息亮起萬千神采。

§

遊牧人，在商路建起來前非打不可。

非打不可！

薛遠所說的邊關士兵和百姓慘狀是顧元白心中的一根刺，那時他已經穿到了大恒，成為了皇帝。但朝政被盧風把持，整個朝廷烏煙瘴氣，是顧元白經歷過的最黑暗的時候。

他用了三年，拉下了盧風，親政到現在也不過是半年的時間，他拚了命地養兵、培養監察處，就是因為顧元白不想再經歷那樣黑暗的時刻。

他知道整個大恒有多少人在受災受難，有多少人在他這個皇帝蟄伏的時候失去了性命，大恒朝的根系已經爛了，顧元白是個成年人，他知曉皇帝懦弱的情況下會導致哪些災難，但他初來時卻什麼也做不了。

而如今，兵強馬壯，通向邊關的道路也要準備建了起來，等道路一旦建立完備，交通方便之後，他就可以掌管遊牧地區。

在道路沒建起來之前，想要遊牧人的牛馬羊，就得讓他們知道必須要遵守大恒的規矩。

顧元白說了一句「打遊牧人」之後，薛遠一直雙目灼灼，他握緊著腰間大刀，身上浮動的情緒讓周圍的侍衛們也能感覺得到。

這些侍衛們還記得先前他在春獵時所說的「兩腳羊」，其中一個人不由出聲問道：「薛遠，遊牧好打嗎？」

薛遠鏗鏘有力道：「難。」

侍衛們表情微微扭曲，看著渾身熱血好像沸騰起來的薛遠，不理解若是難的話，他怎麼是這種蠢蠢欲動的狀態？

顧元白也聽到了這個難字，他讓薛遠上前，凝視著他：「怎麼說？」

張氏的人自覺道：「聖上，小民族中弟子都已在京城集聚，您還要見見他們嗎？」

顧元白微微一笑，「朕聽聞京西張氏的弟子各個都是人傑，朕好不容易出來一次，自然是要見一見的。」

張氏的人退了下去，宮侍將房門關閉，暗光沉沉，塵埃都能看出在光線之中的浮動。

顧元白率先道：「坐。」

屋中該坐的人都聽令坐了下來，薛遠坐姿大馬金刀，豪放得很，顧元白讓人給他們端起了茶，潤潤嘴之後道：「薛遠，打遊牧很難？」

薛遠正要說話，又莫名出神地看了小皇帝的唇色一眼，回過神道：「遊牧人悍勇，騎射乃是一絕。大恒一直備受騷擾，一直沒有打回去，他們就更加囂張了。」

「朕知曉此事，」顧元白微微頷首，「但如此難打，你們卻還是從他們手中劫走了許多的良馬。」

薛遠嘴角一勾，暗藏幾分譏笑，「聖上，遊牧人雖然悍勇，但大恒一直以來的退讓助長了他們對自己的自信，他們一直認為自己戰無不勝，而一旦大恒擺出強硬的姿態，他們一旦敗了，就是徹徹底底的潰敗。」

「只要有潰敗的趨勢，他們就會慌不擇路地逃跑，成為一群窩囊廢。遊牧人中分為八部，他們輕易不會聚集在一起，如今契丹上一族的大首領年齡已老，八部首領暗中風起雲湧，他們分散各地，不會聯盟。如果要打，這就容易多了。」

顧元白若有所思地點了點頭。

大恒朝的國情有點亂。

顧元白剛來的時候，完全被這大雜燴的國情給弄懵了，瘋狂挑燈夜讀也是為了給自己理一理國情思緒，這一理，更是將唐以後的記憶中歷史給徹底衝擊碎了。

大恒朝自有自己的一套歷史，混合了各個朝代的接鄰國。索性前期的歷史變動的並不大，顧元白經過那段挑燈夜讀的時間後，也融入了這個朝代之中。

像是契丹八部，他就適應得很好。

薛遠繼續道：「我與薛將軍駐守在邊關時，朝廷曾派來的邊疆統帥，都是從沒帶兵領將過的文人。」

顧元白一愣，抬頭看向薛遠，這應當是他穿來之前的事。

「那些文人不懂兵，熟讀了幾本兵書便認為統帥好當，他們看不起武人，不聽武人建議，自傲清高，心比天還要高，」薛遠語氣淡淡，「敗得也比山倒還要快。」

顧元白聞言，沒忍住想，是誰想出來讓文人帶兵這個天才的想法？

真材實料也就罷了，像是這樣熟讀兵書卻經驗不夠的人，不由讓他想起了諸葛亮很看好的繼承人馬謖，馬謖就是一個說起兵事頭頭有道的人，但終究還是經驗太少，自己害得自己走到了揮淚斬馬謖這個結局。倒是生平只識十字的王平，雖說不認字不會讀書，但卻是一個帶兵領將的人才。

不用說，必定是盧風對薛遠一家的壓制。薛府三代忠良，盧風身為奸臣，怕的就是這種忠良。

顧元白想了一圈，隨口道：「那到時就由薛侍衛領兵，想必對你而言，打壓遊牧人並非難事？」

薛遠一聽這話，不由道：「總不會讓聖上失望就是了。」

顧元白頷首，門前正好有人來通報張氏族人已到，顧元白將人招進來一見。

周圍的侍衛們有人撞了撞薛遠：「薛大人，知道能去邊關打遊牧就這麼開心嗎？」

薛遠莫名所以，「怎麼？」

侍衛奇怪道：「你就算開心，也不必笑得如此滲人吧。」

薛遠一愣，抬頭摸上嘴角，沒有想到的是，嘴角竟然是揚著的。

真是的因為可以攻打遊牧人而開心嗎？

那也太過喜形於色了。

薛遠皺著眉頭，硬是要壓下不斷上翹的嘴角，但只要一想到顧元白剛剛對他說的那番肯定他能力的話，就忍不住想咧開嘴大笑。

他不自覺朝著顧元白看了一眼。

顧元白似有所覺，也朝他看了一眼，見到薛遠這想笑又壓著笑的扭曲表情時，一個沒忍住，直接被逗樂。

他樂了的這一下，淡色的唇彎起，好似也變成了粉色。粉色。

薛遠徹底忍不住，再也壓不住勾起的唇角了。

艸他娘的，顧元白怎麼能……怎麼能對他笑得這麼好看呢。

什麼意思？

第四十七章

顧元白怎麼衝他笑得這麼好看。

這是什麼意思。

出了張氏書鋪的時候，薛遠還被迷得暈頭轉向，差點分不清東西南北。但等他見到張氏書鋪門前玉樹臨風的褚衛時，瞬間就清醒了過來。

褚衛身邊跟著一個書僮，應當是過來買書的。他見到這一行人，神情也有些驚訝，等顧元白從書鋪中走出來時，褚衛快步上前，正要行禮，雙臂卻被顧元白及時扶住。

「不必如此，」顧元白笑著道，「今日常服加身，這些禮儀就免了吧。」

褚衛於是直起身，道：「聖上萬安。」

顧元白微微一笑，與他一起往街道中走去，「褚卿今日是來買書的？」

「是想要買一份《大恒國報》，」褚衛苦笑道，「沒想到卻賣得如此火熱，聽說每日書店開市，不到一刻鐘就會全部賣完。」

自從《大恒國報》橫空出世，各衙門各府每日都有人主動將報紙送上門，一份雖少，但一日下來也夠同僚們彼此傳閱。因此平日裡上值的時候，褚衛從不知想要買到一份《大恒國報》會這麼地難。

今日休沐，褚家父子倆已經習慣每日看一遍《大恒國報》了，今日一不看，總覺得缺了什麼一般，難受得厲害。但沒有想到《大恒國報》卻這麼難買，整個京城的書鋪中，就只有張氏書鋪這兒有少少一百份。

顧元白眉頭一挑，叫道：「田福生。」

田福生上前，拿出一份《大恒國報》遞給了褚衛，笑道：「褚大人，拿著吧。」

褚衛神情一怔，隨即唇角勾起，春風拂柳地笑了。他對著聖上和田福生道過謝，將報紙遞給自己家僵硬的書僮，而又陪著聖上漫步。

另一側的薛遠勾起親切的笑容，同一旁的侍衛長哥倆好地道：「張大人，你認為褚大人如何？」

侍衛長一本正經地道：「褚大人有才有貌，乃國之棟樑。」

薛遠笑意更深，也點了點頭贊同道：「褚大人如此大才，怪不得聖上對他如此寵愛。」

侍衛長道：「聖上向來愛才。」

「那也要看才值不值得被聖上愛，」薛遠雙眼一睇，揚著下巴示意，「你看。」

侍衛長順著方向定睛一看，就見到褚大人看著聖上的眼神，眼中含笑，冰冷的面上也好像泛起了漣漪。京城第一美男子的相貌定然是俊美無雙的，他的那雙黑眸含笑看人時，就如同是在看著有情人。

侍衛長莫名其妙。

薛遠的聲音不鹹不淡地響起：「在下不巧聽說過，褚大人似乎好像喜歡男人。」

侍衛長臉色徹底變了，身後有大力推來，薛遠直接將侍衛長推到了顧元白面前，顧元白停下了和褚衛的交談，側頭道：「怎麼？」

侍衛長憋了半天，才道：「京城中還有十幾日就要到了花燈會，近日已經有不少人家做起花燈來了。聖上可要去看一看？」

顧元白沒覺出不對，反而被這話給帶起了興味。

穿過來之後，未掌權時顧元白沒有出過宮，掌權之後因為忙碌也未曾見識過古代的熱鬧節日場景，因此頗有幾分嚮往：「可是小滿當日？」

侍衛長暗中鬆了一口氣，「正是。」

褚衛自然而然地接道：「臣家中母親近日就備好了做花燈的用料，若是聖上有了興致，可同臣回府中親自試上一番。」

侍衛長古怪地看了一眼褚衛，眼中升起了警惕。

顧元白當真有了興味，他頷首道：「既然如此，那朕就跟著褚卿去看一看吧。」

褚衛不自覺提起的緊張散開，他含笑應是，就陪在聖上一旁代為引路。

薛遠冷笑著上前，突然插話道：「聖上，前些日子褚大人不是受傷了，如今不知傷好了沒有。」

褚衛垂眸，眼中陰霾轉瞬而逝，正措辭間，卻沒想到聖上突然揚唇一笑，意味深長地看了他和薛遠一眼，打趣道：「朕卻是不知道，原來兩位卿已經如此熟悉了。」

一句話，直接讓兩個人的臉色都難看了起來。

顧元白卻不知道想到了什麼，他微微挑起眉，笑而不語地轉過了頭。

瞧見他這神色，薛遠心裡一突：「聖上，臣同褚大人不熟。」

顧元白笑迷迷地道：「朕知曉了，不必多說。」

你知曉了什麼？

薛遠頭都疼了。

就在這種一言難盡的氛圍之中，一行人來到了褚府門外。褚衛的書僮總算是恢復了一些機靈，渾身一抖，跑上前去敲門，等門房開了門後，他著急低聲道：「聖上駕臨，快通知老爺夫人！」

門房呆住了：「啊？」

書僮急得推了他一把，「快去啊！」

府門大開，顧元白一隻腳剛邁進府中，就見一身常服的褚尋大人髮冠微亂地急行而來，見到顧元白真的來了之後，眼睛瞪大，隨即給顧元白行了禮。

「無需多禮，」顧元白笑道，「朕聽聞尊夫人近日在做花燈，朕心中好奇，就不請自來了。」

褚尋大人忙說不敢，隨即就派人將夫人請來，屏風豎起，夫人在內間，聲音發緊地為顧元白一一講解。

顧元白坐在桌前，倒是氣定神閑。他依著褚夫人所言慢悠悠地動著手，如此片刻過去，褚夫人也鎮定了不少。

這些做花燈的用具都被身邊的人檢查過了，顧元白使用時就沒有太過注意。但等他拿起一支細長竹片，在手心擦過時，卻不由一疼，他皺眉一看，原是竹片上有個細小的尖刺，這個尖刺已經紮入了他的掌心之中。

侍衛們的手長滿了硬繭，宮侍的手即便細軟也做慣了活，他們檢查得很認真，但這個小得幾乎看不見的尖刺，可能就是在這一雙雙手檢查下被新磨出來的尖刺。

薛遠第一時間注意到他的不對，他大步湊近，袍腳飛揚，低頭就握住了顧元白的手，湊近看清了之後，聲音一沉：「拿針來。」

有人將針拿了過來，沒人敢拿著針去挑那小小的尖刺，都把期盼和鼓勵的目光投在了薛遠的身上。

薛遠心道，老子殺過多少人見過多少的血，還怕挑個刺？

但手就是僵持著下不去，薛遠最後抬頭看著聖上，「聖上，怕疼嗎？」

顧元白正要說不疼，手心一刺，那個細小的尖刺就已經被薛遠挑了出來。

薛遠看著尖刺冷笑兩聲，把尖刺在手指頭上碾碎，然後朝著顧元白一笑，煞氣重重道：「聖上，臣給您報仇了。」

皮糙肉厚，還很幼稚。顧元白樂了，「這小刺倒是奈何不了薛侍衛的手了。」

薛遠心中一動，抬起還握著的聖上的手，低頭吹了吹掌心，道：「聖上的手也好處多多。」

顧元白問：「怎麼說？」

「好……」好摸，好看，什麼都好。

薛遠想起了先前被踹到子孫根的那一腳，表情微微扭曲一瞬，但又覺得要是聖上再踹他一腳，踹就踹他，他憋著難受。

於是老老實實道：「跟玉一樣軟和好摸。」

「聖上！」褚衛突然開口，話音提高，蓋過了薛遠說的話，他眉目一笑，溫和道，「臣將剩下竹木再檢查一番可好？」

褚衛邊說，已經伸出了手，這一雙書生的手其實也並不細嫩，褚衛從來不是手無縛雞之力的人。顧元白看了一眼這玉似的漂亮的手，搖了搖頭道：「這倒是不必，朕已做了半程，再小心些就是了。」上下兩輩子第一次做花燈，顧元白這會兒有了年輕人的興奮勁，他還壓著。儘量沉穩而冷靜地跟著褚夫人的教導紮好輪廓，然後糊上燈紙。

聖上在朝堂上的時候是威嚴而嚇人的，現在這副認真無比的樣子，卻顯得平易近人。手指在花燈上飛舞，怎麼看怎麼美得像是一幅畫。

褚衛一時間看得入了神，等花燈做成，主動上前道：「聖上，可要臣在燈面上畫幾株紅梅？」

「也好。」顧元白欣然。

他們二人之間和樂融融，時不時相視一笑。薛遠看著看著，就面無表情了起來。過了不知道多久，他突然笑了，無聲朝天「哈」了一聲。

攥著大刀的手因為怒氣而發抖。

§

散值之後。

薛遠面無表情地回了薛府。他一身黑壓壓的煞氣，府中的眾人都不敢靠近他。

薛將軍被薛夫人催著走了過來，雙手背在身後，臉色嚴肅道：「你在府中擺著臉色給誰看呢？」

薛遠一刀劈過，一個木頭架子就被他斬成了兩半。他動作絲毫不停，繼續面無表情地耍著大刀。

最後將大刀一扔，猛得踢了一下旁邊放置武器的架子，武器架哐當一聲巨響，重重摔倒在地。

聞聲而來的小廝探頭一看，就看到薛遠黑沉的臉色，他頓時腦袋一縮，趕緊逃之大吉。

薛將軍怒喝一聲：「薛遠！」

「你上次說我對聖上是忠君之心，」薛遠突然開了口，卻不看著薛將軍，像是在出神，臉色難看，「你確定這是忠君之心？」

薛將軍道：「不然還會是什麼？」

薛遠脊背繃著，他呼吸愈來愈粗重，答案就在嘴裡，但怎麼也說不出來。最後扯開衣領，語氣沉沉道：「聖上要攻打遊牧人。」

薛將軍一愣。

薛遠轉過了身，對著他，衣領混亂，眼中已經滿是血絲：「我會參戰。」

§

大內。

顧元白正在看著監察處送上來的密報。

這是監察處一位叫孫山的官員寄回來的信。上面稟明了利州的情況，這個利州知州貪污也有貪污，但數目不大，手法隱蔽。本來顧元白只以為他涉及到了黨爭一事，但監察處查了許多日，卻查出了一些深埋其下的蛛絲馬跡。

順藤摸瓜，最終查出來的東西，簡直噁心至極。

通俗一點的說法，就是利州知州有一個朋友圈。

能加入這個朋友圈的人，都是土匪窩中人多力量大的首領。

利州知州貪本地的錢貪得不多，他最喜歡做的事，就是利用著官職的便利條件，打聽清楚朝廷運往各地的餉銀糧食的路線，或者是地方往朝廷運的銀子和一車車糧食的路線，然後將這些經過利州周邊的隊伍，何時經過，走那條路，有多少人等等的具體資訊，全都報在了這個朋友圈裡。而後朋友圈裡的土匪窩會依據運送隊伍的陣仗而看，選擇幾家土匪窩聯盟，一起去將這些東西給截了下來。

截下來的東西，除了各土匪頭子的分成，只利州知州一個人，就能分到其中的三成。

三成啊，一百兩銀子他就能貪三十兩，一百萬兩他就能貪三十萬兩！

不止如此，利州知州還曾將利州運往朝廷稅銀的隊伍路線發到朋友圈中，引導這些土匪去搶劫利州本地收上來的銀子和糧食。糧食太多，那就轉手倒賣，賣往本地和各處，比單純貪污國家款項還要更加可惡！

利州知州還知道這個朋友圈要設置成外人不可搜索不可查找，設置為圈內朋友不可互相添加好友，知道要維護群內紀錄禁止外傳，徹徹底底將這個朋友圈維護成了一塊鐵桶。

監察處的人能知道這個「朋友圈」的存在，還是因為一個土匪窩裡的首領搶了一個女子上山當小老婆，那女子萬分痛恨，一直尋找機會想要同官府破案，結果一次分贓的晚上，她看著運回山寨中的銀財不對，心中留了一個心眼，就從土匪首領的嘴裡套出了知州這件事。

女子天崩地裂，就此沒了活著的希望。被山中的小嘍囉送下山治病時，就遇上了監察處的人。

監察處的人如今已安置好了這位女子，只是這位女子發覺自己家人被惡匪殺死後徹底沒了生氣，怕是等他們走後就要自絕了。

一直面無表情看著密信的顧元白這時才皺起眉，幽幽歎了口氣。

女子，無論是哪個世道，總要比男人難些。

貪官，只要想貪總是能有辦法，顧元白沒對利州知府的所作所為有任何點評的欲望，卻對這個女子感覺可惜。

即便是擄上山頭也沒沉淪，沒有放棄回去的希望，還在想方設法地去通報官府，光這樣的勇氣，就可稱一句巾幗不讓鬚眉。而她絕非只有勇氣，能注意到分贓不均一事，從土匪頭子處得知官匪勾結一事，也是一種絕佳的聰明。

這樣的女子，被惡人逼迫致死也太過可惜。

顧元白回信道，若是可以，將其帶回監察處。

回過信後，自有人將信寄了出去。

顧元白站起身走向內殿。宮侍們為他脫去衣物，備好清水，顧元白抬頭看著殿中柱子上雕樑畫棟的刻畫，心中默默道，利州知州，單抓他一個人太過便宜了。要好好利用他的這個朋友圈，將這群官匪一網打盡才行。

他長呼一口氣，揮退眾人，站在了窗邊。

白日裡做過的那盞花燈就擺在桌上，顧元白餘光瞥見，就走過來將花燈點燃。

暖黃的燈光一亮起，燈外幾筆簡單有神的梅花影子就投在了桌上。顧元白點了點花燈，面上明火明明暗暗，心情卻是好了一些。

太平盛世啊。

人人吃飽而穿暖，到了倉稟實而知禮節，衣食足而知榮辱的時候，那樣才是真正的太平盛世。

§

薛遠在床邊坐了一夜。

大馬金刀地坐著，雙腿肌肉繃起。

目光沉沉，攜風帶雨。

瘋氣，只在顧元白面前收斂了。為什麼收斂？怕他受不住自己的瘋氣，怕自己會傷著他。

但是這種憋悶壓抑到快要暴起的狀態，也不適合留在顧元白身邊。

可只要一想到要離開顧元白……

薛遠手一緊，血絲佈滿。

他猛得站起身，大步朝著狼圈走去。忠君之心、忠君之心，他娘的忠君之心就是這樣的心？

就這樣一想到小皇帝對著另一個肖想他的男人露出笑容就會暴怒的心？

小皇帝的笑、小皇帝的手。

小皇帝想要狼崽。

§

第二日薛遠抱著兩個狼崽上值的時候，卻聽聞顧元白病了。

這是自那日吐血後的第一次病，來得氣勢洶洶，顧元白都不知道怎麼回事，就這麼突兀的一下子就病了。

意料不及，全宮殿的人都忙碌了起來，太醫院的人行色匆匆，薛遠來到寢宮時，藥味濃重，顧元白已經喝了藥在休息了。

薛遠將懷裡的兩個狼崽交給宮中專門照料動物的太監，就進了內殿門。顧元白窩在床上，低聲咳嗽不斷。

頭疼咳嗽，渾身發冷。

田福生就在一旁，薛遠走進了才知道顧元白還在啞聲低低說著話：「……現如今的反貪腐也不需要朕時時刻刻地盯著了，你讓政事堂和樞密院中的人多多注意，利州知州那事，就按朕剛剛說的來做。」

田福生不斷應是，「聖上，您安心休息。」

藥物裡有助眠的東西，顧元白眼睛也不知是閉起來的還是睜開的，他有些暈暈乎乎，這兩個月的未受病的日子，讓顧元白都有些忘了他是多麼體弱了。

被窩裡冰冰涼涼一片，明明已經用了各種辦法，但熱氣總會被顧元白冰冷的手腳所驅散。

他疲憊極了，甚至心累地不想再說被窩裡冷冰冰的話，心想，總會慢慢熱起來的。

龍床上沒了動靜，聖上不喜歡在睡覺時被人打攪。田福生帶著人退了下去，薛遠跟著門神一樣杵在龍床旁，田福生輕聲喊了他半天，他才啞聲道：「我在這看著。」

田福生聲音小得像是蚊蟲，「薛侍衛，聖上不喜……」

「田總管，」薛遠輕聲打斷，「臣渾身都熱，跟個火爐似的，能給聖上焐焐手也行。」

田福生不說話了，看了床上的聖上一眼，見聖上沒有反對，便帶了其他人退下。

但其實顧元白只是難受得沒聽到他們的對話罷了。

內殿的大門被關上，薰香沉沉。薛遠深呼吸一口氣，看了眼頭頂的梁子，心道怎麼這麼容易就病了呢？

他穩住發抖的手，壓下怒火騰騰燃燒的心。單膝跪在床旁，一隻手探進被窩之中，結果摸到了一手的冰涼。

顧元白低咳了一聲，下一刻被子就被揚起，身後貼上了一個炙熱的身體。

薛遠脫了外衣和靴子，上了龍床就從背後抱住了顧元白，顧元白眉頭還沒皺起來，就聽薛遠在耳邊低聲壓著道：「只是給你暖一暖。」

他就像一個大型的火爐一樣，貼近了渾身冰冷的顧元白，說的話低低，鼻息也是炙熱的：「聖上，只這一次，您之後打臣罵臣，讓臣挨板子、罰跪瓷片，或者是把臣淹在水裡，什麼都可以。」

薛遠邊說，邊不容拒絕地伸出了手，從身後圈住顧元白，握上了他同樣冷得嚇人的手。

這種溫度太舒服了，顧元白腦子昏昏漲漲，但他突然記起來薛遠是耽美文的男主，這樣的男人早晚會喜歡男人。

於是啞聲道：「滾下去。」

薛遠卻幾乎把顧元白圈在了懷裡。

除了膽大妄為四個字，沒有其他的詞可以形容薛遠。

但就是因為如此，薛遠才能有這樣將小皇帝擁入懷中的機會。

他抱緊了顧元白，「聖上，臣說了。等您暖和起來了，想怎麼罰臣都行。」

「就是望您看在臣一片忠君之心上，饒了臣一命，」薛遠低低地笑了，喟歎一聲，「打斷臣的腿都行。」

滾燙的溫度從身後傳來，薛遠一上來就暖好了整個龍床，顧元白頭腦愈來愈暈，他在陷入沉睡之前，道：「允你爬龍床一次。」

什麼都抵不過自己的舒服。

養尊處優慣了，性格又強勢，顧元白只想了三秒鐘，管他喜歡男人喜歡女人，什麼都比不過自己舒服來得重要。

能給他暖床，該賞。

薛遠一怔。

半晌，他胸腔悶悶，「艸。」

他抓著顧元白的手，因為這句話而激動得難受。全身緊繃，怕硌著小皇帝，就偷偷往後移去。

顧元白察覺到暖意微微遠離，眉頭一皺，自己朝後一靠，壓了過去。

小皇帝投懷送抱這一下，又讓薛遠一顆忠君之心砰砰亂跳了起來。整個內殿寂靜，就這聲音吵人，薛遠看一眼顧元白的頭頂，再看自己的一眼胸口，拿著手塾在顧元白的腦袋底下，生怕這煩人的聲音吵響了他。

逐漸，顧元白的身上也有了暖意，被薛遠放在手中的手指也開始熱了起來。顧元白枕在薛遠身上，薛遠不能大動，只能微微抬身，去看顧元白現在如何。

這一看，就看到顧元白睡得沉沉的睡顏。

光一個睡顏又把薛遠給迷得七葷八素。薛遠看了老半天，等全身都麻了才回過神來。他的眼睛老往小皇帝的唇上看，唇色很淡，但被薛遠的體溫暖成了紅色，柔軟得可可愛愛。

怪事，為什麼其他男人長得漂亮在薛遠眼裡就是娘們唧唧的，就顧元白不是這樣呢？

哦，不對，第一眼見到顧元白的時候薛遠也覺得他比娘們還漂亮，沒爺們氣概。

抱著顧元白跟抱著寶貝一樣，昨天那麼重的戾氣都轉瞬消散。被罰也樂呵呵的心甘情願，薛遠都覺得自己病得嚴重。

他心口跳得愈來愈厲害，薛遠心道，難不成他也弱得讓顧元白給傳染上病氣了？

最後口乾舌燥得難受，還是不捨地鬆開了顧元白，下床找水喝。

暖意一離開，顧元白就不舒服地掙扎著從睡夢中醒來，他一睜眼就見薛遠端著一杯水慢慢走近床邊，腦子嗡嗡作響，難受，顧元白半撐起身，奪走薛遠手中的杯子，咕嚕嚕喝了一大口，喝完就趴頭就睡。

薛遠看了看已經空了的杯子，再看了一眼顧元白唇角順著下巴滑下的水跡。

他喉結滾動了一下，難受得扯了扯領口。

他竟然想舔顧元白下巴上的水?!

第四十八章

顧元白是先天不足，娘胎裡帶來的身體弱。

這弱經過幾年的調養，也慢慢有了些氣色。只是終究在政治權力鬥爭之中受過多次的暗傷，光盧風怕他身體會康健，為了讓他早點死，就給他吃了好幾年的慢性毒藥。

一點一滴地，最終壞上加壞，這才難治。

顧元白入睡之前，因為各種事物的章程都安排好了，所以格外安心。這安心的一覺一直睡到了晚上，等顧元白睜開眼的時候，還有些睡懵了，不知道今夕是何年。

他撐起身，手下觸感卻不對，低頭一看，原來是撐在了薛遠的身上。

薛遠不知道是什麼時候睡著了，雙目緊閉，鋒利的眉峰還在皺著。顧元白收了手，接著起身，腰間卻是一緊，低頭一看，薛遠的手正圈在他的身上。而他這一動，讓薛遠也瞬間從睡夢之中醒了過來。

「誰?!」戾氣十足的低聲質問。

過了幾息薛遠才回過神，他看了看已經醒來的顧元白，唇角不由自主地勾起，「聖上醒了?」

聲音低啞，帶著熟睡後的舒爽。

被窩裡還是暖和的，顧元白全身懶洋洋，他道：「去給朕端杯溫茶來。」

薛遠聽話地下了床，衣領散亂，腰袍鬆垮，顧元白一抬頭，都看見了他高大有力的背部，不由往下一看，結實臀部之下就是兩條強勁筆直的大長腿。

脫下了外頭那些衣袍，一副年輕又經歷各種戰場洗禮的身體，讓人看著就很難移開注意力。

瘋狗雖然狗了些，但也不失一個鐵錚錚男子的魅力。

顧元白坐直，慵懶地靠著床架。薛遠倒了一杯水，因為顧元白說要溫水，他還特地用手指摸著杯壁試了一下，又倒在手裡試了一試，覺得不燙。於是端著這杯茶穩穩當當地朝著顧元白走了過去，怕一杯水不夠，連水壺都拎在了手裡。

聖上接過水杯，觸唇喝了一口，頓時被燙得一哆嗦，一口熱水在嘴裡咽也咽不下去，燙得唇色發紅，表情痛苦。

薛遠傻眼了，他捏著顧元白的臉讓他吐了出來，氣極：「燙著嘴了還不鬆口？」

結果顧元白直接將這一口水給咽了下去。

薛遠臉色黑沉著，把茶壺和杯子往旁邊一扔，上手去撥開聖上的唇瓣，湊近去看有沒有燙起泡。

顧元白吸著冷氣，道：「燙死爺了！」

太嬌了太嫩了，薛遠放手上都沒覺出來的溫度，放小皇帝的嘴裡都給燙壞了。

薛遠一想到這，難受得比自己挨了一刀還疼，他一急，手又糙，磨得顧元白唇瓣裡頭都疼，沒忍住踹了他一腳。

薛遠騰出一隻手按著他的腳，繼續檢查著唇上，「別鬧，讓臣看一看。」

顧元白已經緩了過來，他偏過頭，「嘶」了一聲：「薛侍衛，你能輕點嗎？」

「好好好，臣記下了，臣會輕點，」薛遠納悶，「聖上，您怎麼能這麼嫩呢？」

顧元白又一腳踹了上去，直接將薛遠連著被子踹下了龍床。薛遠摔了一個結實，來不及去管其他，站起身就屈膝壓在床邊，這次沉了臉色，「讓我看一看。」

鬧什麼呢？自己的嘴沒事了再鬧不行嗎？

薛遠這次用了大力氣，但也分外小心翼翼，顧元白說他手糙，他就不敢去磨，只能拿捏著最輕的力度。這比上陣砍殺敵人還要費勁，薛遠折騰出了一頭的汗，等最後確定顧元白沒事之後，才發現背上已經汗濕了。

顧元白早就已經恢復了過來，他渾身沒勁，頭疼還口渴，「薛侍衛，朕要的是溫水。」

薛遠於是拖著滿身的冷汗，再去給嬌貴的小皇帝倒溫水。他這次專門放在嘴裡嘗了嘗溫度，等再三確定不燙人之後，才將水遞給了顧元白。

顧元白喝完了半壺水，嘴裡的乾燥沙啞才好了一些，內殿昏暗，就幾個蠟燭點在周圍，顧元白閉著眼讓腦子繼續休息，問道：「什麼時候了？」

薛遠接著剩下半壺的水喝，「不知道。」

顧元白說不出來話了。

薛遠解了渴，長舒一口氣，起身往外走，「臣去看看時辰。」

沒過一會兒，宮侍們就輕腳輕手地進了內殿，田福生過來小聲道：「聖上，已到了晚膳時分，小的伺候您用膳？」

顧元白感受著隱隱作痛的腦子，勉強起身，「那就去吃吧。」

等聖上用完晚膳，就到了散值的時間。但薛遠就站著一旁不動，看著太醫院的人來給聖上把脈。

田福生好心提醒道：「薛大人，您這就到散值時間了。」

薛遠沉聲道：「我知道。」

但他捨不得邁腳。

顧元白聽到了這句話，他抬頭朝著薛遠看了一眼，正好和薛遠對上了視線。

白日睡的那一個溫暖而舒服的覺，瞬間又回想了起來。

薛遠太適合暖床了。

顧元白語氣懶散、聲音沙啞地道：「在病好之前，薛侍衛便留在朕身邊吧。薛侍衛火氣大，也能讓朕少遭些罪。」

薛遠不由勾了勾嘴角，聽到「少遭些罪」這四個字，他不禁出神想了想，他怎麼會讓顧元白遭罪呢？

今日既然不用出宮了，等聖上用完膳後，殿前守衛換了一批人，薛遠就跟著同僚們前去吃飯。自有宮人會去通稟薛府，給薛遠拿些衣物用品，等薛遠吃完飯回來的時候，這些東西就有人交給他了。

顧元白已經躺在了床上，腿上蓋著明黃龍紋被子，他手中拿著的是一份奏摺，正在慢慢地看。

顧元白看得仔細、認真。孔奕林和秦生一行人已經運送了銀錢和糧食趕往了利州，這一隊運送的物資就是魚餌，要釣起反貪腐至今最大的一條大魚的魚餌。

這條大魚，利州知州，他在本地明面上的貪污並不多，治下百姓卻活得為不深受其苦。監察處的人愈查得深愈是膽戰心驚，最後竟然查出利州周邊的土匪窩，其中竟然有大半人落草為寇的真實原因是因為利州知州暗地中的一手相逼。

官逼民成匪，又和匪勾結。

這件事情太過可怕，並且絕對不能公之於眾。

一旦消息被傳出，只會造成民眾對朝廷的不信任，會出現暴亂、造成各地土匪的大反動。

顧元白呼出一口濁氣，這條魚，必須要讓他死死咬住魚餌。

什麼都可以不管，利州知府必須要死。

顧元白手心用力，奏摺被捏出一道痕跡。

薛遠見他正在處理政務，便站在一旁，突然跟旁邊的一個太監搭起了話。

「手糙還能不能治？」

太監被嚇了一跳，戰戰兢兢道：「回大人，平日裡多用些護手的東西便好了。」

薛遠頭疼，「說清楚點。」

太監道：「精油、珍珠粉，或是魚油，這些覆於手足，便能使手足柔滑。」

薛遠沉默了一會兒，一言難盡道：「去給我弄些這些東西來。」

§

顧元白剛剛放下奏摺，餘光就瞥見了一個黑影靠近。

他側頭一看，正是薛遠。顧元白看了他一會，突然語氣淡淡地問道：「薛侍衛，若是有一天你手底下的人也開始貪圖不屬於他們的錢財了，你會如何辦？」

薛遠道：「該殺則殺。」

顧元白笑了：「但貪官殺不絕。」

「殺不絕，但態度擺出來，他們也就怕了，」薛遠咧嘴一笑，「跟帶兵一個道理，總有幾個人敢做出違法軍紀的事，他們為什麼敢做，還不是因為總將領對他們來說已經不怕了，上頭的威嚴一旦不夠，下面的人就會開始混亂。」

顧元白道：「繼續說。」

薛遠慢條斯理，「臣說完了。」

顧元白：「……」

薛遠道：「聖上，臣是個粗人，管理朝政這事臣弄不來。」

顧元白心道，那你這攝政王是怎麼來的？

但薛遠說的這句話是說對了。

地方離中央離得愈遠，皇帝的威嚴便愈是稀少，所以他們不怕了。或許還因為顧元白的威嚴沒有高到可以震懾他們在地方也不敢亂動的程度，所以他們膽大妄為。

這次的反貪腐之後，相信顧元白在地方官心中的威嚴會升到一個新的高度。

但這樣還不夠。

大恒朝軟弱了十幾年，遊牧人敢侵犯，地方官敢貪污，各地的豪強和官員勾結，成了一個個比皇帝還大的地頭蛇。

顧元白要打一場勝仗，打一場近十五年來從沒打過的勝仗，這一仗，就是和遊牧人的仗。也將會是顧元白掌權之後的，第一場全國範圍的立威之仗。

總得拿軍隊出來遛一遛，這些人才會知道自己是多麼的渺小。

紓解好了自己的心情之後，顧元白看薛遠臉色都好了很多，對暖床的工具人很是溫聲細語：「薛侍衛，天色已晚，上床來吧。」

薛遠被顧元白的溫聲叫得頭皮一麻，雙手搭在腰帶上，轉眼就將身上衣服脫到了裡衣。

宮女接過衣服擺放整齊，助眠的薰香點起，一一悄然無聲地退了出去。

薛遠真的猶如大火爐一般，他進了被窩之後，顧元白就喟歎一聲，太舒服了。

衝著這個能力，薛遠在顧元白心目中的地位陡然上升了許多個點，顧元白對他都和顏悅色了起來。

不過一會兒，顧元白就聞到了一股草藥香味，他嗅了嗅，這草藥香味還是從薛遠身上傳來的。

「你用了什麼？」他直接問。

薛遠整個人一僵。

大老爺們，第一次偷偷用了護手的東西，結果還被發現了，他悶聲道：「沒用什麼。」

這味道不算難聞，瞧見他不願意說，顧元白也懶得問了。

小皇帝又軟又香，龍床也是又軟又香。但薛遠沒過一會兒就被熱得滿頭大汗，他道：「聖上熱不熱？」

顧元白舒服地翻開一本養神用的遊記，「朕不熱，薛侍衛熱了？」

薛遠盯著顧元白手裡的那本書，語氣沉沉，「聖上，您看看臣。」

顧元白終於從書上移開了眼，側頭一看就眉頭一皺，「薛侍衛怎麼流了這麼多的汗。」

薛遠額上都是汗，黑髮也被汗水打濕，整個臉龐在水霧之間棱角分明，「聖上，被子太厚，床上熱。」

如今都五月底了，薛遠這樣的人確實受不住熱，顧元白蹙眉，「那該如何？」

「聖上還是冷的，手冷，腳也冷，」跟塊冷玉一樣，薛遠聲音低了下來，「聖上給臣降降溫，臣給聖上暖暖手腳可好？」

顧元白沉吟了一下，緩緩低頭，道：「可。」

薛遠好似是被允許吃肉的惡狼，倏地一下翻起了身，接過顧元白隨意遞過來的一隻冰冰涼涼的手，愜意十足地瞇起了眼。

聖上的手沒有薛遠來得大，還分外地細嫩，薛遠勾了勾白皙的手心，顧元白感覺到了一陣癢意，他下意識往回一縮，卻反而被薛遠更用力地拉了過去。

「聖上在看什麼書？」

薛遠假笑著把目光定在了書上。

顧元白隨意道：「一本遊記罷了，打發打發時間。」

薛遠看著書的目光不善，皮笑肉不笑地想，我不也能打發時間？

他實在是像個火爐，不到片刻，顧元白的手竟然被他捂出了微微的汗意，顧元白驚訝極了，薛遠放下了聖上的手，「聖上，臣給您暖暖腳？」

顧元白下意識道：「去吧。」

薛遠轉眼就到了對面，他在被窩之中抓住了顧元白的腳踝，然後抬起，塞到了自己的衣服裡頭，揣在腹上暖著。

小腹硬梆梆，冰冷的雙腳猶如遇見了溫暖的火，舒服得顧元白眉頭舒展，不由道：「薛侍衛，辛苦了。」

小皇帝的腳跟玉一樣，還跟冰一樣的舒適，薛遠心道，這叫什麼辛苦。

他面上扯開一抹笑，「這是臣應該做的。」

上次為顧元白暖腳的時候，薛遠還被罵了放肆，這次給顧元白焐腳，卻是名正言順了。

薛遠不由品出了幾分滿足，等過了一會兒將顧元白的腳也焐熱之後，薛遠鬆開了手，主動道：「聖上，臣抱著您看書怎樣？」

顧元白婉拒：「朕不習慣。」

說著不習慣的顧元白，卻在睡著之後順著熱意躺在了薛遠的懷裡。

薛遠抱著顧元白，長長喟歎一聲，未抱顧元白之前不覺得自己缺了什麼，直到抱起了顧元白，才曉得懷內甚是空虛。

他閉上眼睛，揣著一顆砰砰亂跳的忠君之心，再次長舒一口氣，也睡了過去。

§

第二日早上起來，顧元白還是頭腦悶悶。

但好好休息了一天之後，他至少有力氣離開了床鋪。今日的早朝耽誤了，朝中有事稟報的人都來到了宣政殿的偏殿之中。

朝廷不可能把全部的心神都放在反貪腐之中，負責反貪腐進程的只有御史台、監察處和東翎衛的人，以及同時負責利州知州的大理寺和吏部尚書兩處，其餘的人還要忙自己的政務。

六部和兩府的人集聚在宣政殿偏殿之中，正在商議三件事。一是修路，二是派兵邊關，三是通商。

顧元白說一會兒就得緩一會神，神情有些恍惚。最後還是眾位臣子看不下去，便說等他們共同商議出一個章程之後再交予聖上批閱。

顧元白緩慢地點了下頭，讓他們退下了。

等臣子走了，顧元白閉上眼，一陣無力。

他心想，他終於知道為什麼古代的皇帝想要長生不老了。

不一定是因為貪戀權力渴望年輕，也有可能是一位帝王有心做事但卻做不完的無力。

想要自己活得再久一點、再久上一點點就好，他就可以多做一點事，就可以多完成一點自己的宏願。

原來當上皇帝之後還真的想再活五百年啊，顧元白自己和自己開著玩笑，可是誰能活上五百年呢？

天下多少雄心大志的千古明君，他們都活不了五百年。

很無力。

也很悲哀。

但這是沒有辦法的事。

顧元白頹喪了一會兒，還是睜開了眼。他招過田福生，道：「讓荊湖南那邊的人加快速度。」

全天下，其他的事顧元白都可以留給後人去做，只有這個不行。

除了顧元白，誰碰造反這件事，都有可能翻車。

所以顧元白得加快速度了，他總覺得這場病，就像是老天爺再一次提醒他命不久矣一樣。

這個悲劇的想法一直持續到了午時泡藥浴的時候。

藥浴驅寒，御醫先要給顧元白把脈，把完脈後卻鬆了一口氣道：「聖上的病情已經有好轉的傾向了。」

顧元白一愣，他皺著眉，覺得御醫把錯脈了，「朕的腦子還在疼。」

御醫笑著道：「泡上兩天藥浴，應當就無事了。聖上昨夜可是擺上了暖爐？臣瞧著聖上昨日應當休息得不錯，只要休息好，病就能去掉三分了。」

顧元白若有所思，微微頷首：「既然如此，朕知道了。」

應當是薛遠替他暖了一夜的床，讓他整夜都暖乎乎的，今日才好了一些。

知道自己病快好了，顧元白又細細問了御醫，這次的病情有沒有傷到身子骨，御醫回答得雖然很謹慎，但明顯也寬了顧元白的心。

顧元白安慰自己道，你最少還能再活兩三年呢，現在的攝政王和未來的權臣都沒有出頭的苗頭，就算是個背景，也應該是個還有活頭的背景。

這麼一想，徹底心平氣和了起來。

聖上的一番心思藏得太深，身邊的人都未曾察覺出什麼，聖上就已經勸解好了自己了。

宮殿門前，薛遠筆直地站著，卻有些出神。周圍的同僚讓他再講一講邊關，講一講戰場，薛遠懶得講，敷衍地用舌尖頂頂上顎，吐出幾個字：「不知道。」

狂得幾個侍衛們都啞言。

門縫窗戶都有藥味兒傳來，這些藥味兒聞慣了之後就很是好聞。薛遠深吸了幾口藥味，眉眼壓著，陰翳非常。

哪兒有神醫。

神經緊繃，想著小皇帝病重的樣子就暴躁得要炸了。

宮殿之中走出來了人，請薛遠進去。薛遠抿直了唇，官袍揚起，大步走進了殿內。

宮侍將薛遠引到了屏風之後，顧元白知道自己的性命暫時沒有大礙之後，工作的興致重新火熱燃起，他聲音含著藥浴的水氣，朦朦朧朧，模模糊糊：「薛九遙，朕想再聽你說說邊關一事。」

薛遠頓了頓，看著屏風上的花鳥，緩聲道：「好。」

§

邊關的事，大多都是大風、危險、恥辱和麻木。

殘酷的地方一筆帶過，但一筆帶過之後，薛遠竟然驚訝地發現自己沒什麼東西可以講給顧元白聽。

北疆的風光，待久了的人自然不覺得那是風光。北疆的人，軍隊就是裡外不是人。

薛遠就將殘酷之中，不那麼殘酷的一面說給了顧元白聽。

他說得不緊不慢，顧元白聽得認認真真。等薛遠說完了，顧元白泡的水也溫了下來。

裡面的人在服侍聖上穿衣拭水，薛遠低著頭，從屏風底下的邊線一直看到自己的靴子前端。

瞧著屏風就知道小皇帝的喜好，必定淨雅細緻，喜歡的也應當是什麼詩詞歌賦的君子。但薛遠不是君子。

小皇帝就很喜歡褚衛。

褚衛見到小皇帝的次數少，但每一次小皇帝都會和褚衛相談甚歡。

薛遠淡淡地想，真是艸他娘的。

憋屈。

顧元白穿好了衣裳，正午的陽光最烈最盛，配著驅寒的藥浴，都不知道臉上的是汗水還是蒸氣。走出來的時候，瞧見薛遠臉上的表情，隨口問道：「薛侍衛想什麼呢？」

薛遠下意識往顧元白看了一眼，聖上整個人泡水泡得白裡透紅，薛遠全身一酥：「臣在想這屏風。」

顧元白隨意道：「既然薛侍衛喜歡這屏風，那便賞給薛侍衛了。」

薛遠一愣，顧元白已經帶著人走出了宮殿，帶走了一路的香氣。

趁著這會兒有精神，顧元白趕緊將政務處理處理。等到晚膳之後，又是疲憊而難受地上了床。

身後貼上來一個人，顧元白正要被熱意熏得睡著，就聽到耳邊有人輕聲誘哄：「聖上，您喜歡褚衛嗎？」

顧元白側過身，眉頭蹙起。

薛遠不依不饒，「聖上，您喜歡褚大人的臉，還是喜歡他的手？」

心中陰暗不已。

喜歡臉就劃破臉，喜歡手就砍斷手。

薛遠是個文化人，不搞殺人埋屍那一套。

第四十九章

顧元白早就睡著了，根本沒聽見他說的瘋話。

聖上這一病就病了好幾天，病好了的時候，行動進程已經推進到了利州。

這件事他只給了大概的方向，具體的怎麼將利州知州引入套中，讓其敢在如今反貪腐的關頭吃下魚餌，他全權交給了手下的臣子們。

孔奕林劍走偏鋒，城府深沉，他相信孔奕林會將這事辦得完美。

這一場病讓顧元白升起了幾分頗為急切的危機感，病好後不顧身體尚且虛弱，就投向了國家建設之中，誰勸都不管用。

等這日時，顧元白就收到了宛太妃的口信。

太妃言辭溫和，透著幾分想念，讓人前來請顧元白去一敘，她想念皇上了。

顧元白這時才放下筆，抬頭時恍然之間竟有種恍然隔世之感。他怔愣片刻，失笑道：「是誰暗自去通稟太妃了？」

田福生請罪道：「聖上，是小的一力所為，小的甘願受罰。」

顧元白歎了口氣，他朝著殿外豔陽天看了一會兒，「罰你做什麼呢？都是在關心朕罷了。」

他出神片刻，起身道：「那便依太妃所言，去瞧瞧太妃吧。」

京城莊園。

宛太妃溫和笑著，給顧元白輕輕搧著蒲扇，看他吃著茶點。

宛太妃如今不過四十出頭，在現代還是活力十足的歲數，但現在，宛太妃的神情舉止之間已經有了沉沉的暮氣。

她在後宮之中待了十數年，早年又服用了絕子藥，身子骨傷了根，又沒了好好活著的心氣，面容雖未老，卻已透著老氣。

前些月裡宛太妃得了病，御醫說宛太妃很難熬過夏季，顧元白並非是不想來看宛太妃，但宛太妃卻不願意經常見他。

自從小皇帝登基之後，兩人見面的次數也是少之又少。但其中的情分卻不曾減少，宛太妃只是因著顧元白的身子，想著少見些面，少說些話，到時候她走了，至少要好受一些。

樹下的陰涼裡舒舒服服，顧元白腹中微飽之後就停了手，宛太妃讓人送上涼帕，笑著道：「近日熱了起來，宮中可有準備好過暑的東西？」

顧元白下意識朝著田福生看去，田福生忙道：「回太妃，都已備齊了。」

宛太妃看著顧元白笑了起來，「瞧瞧你，田福生同我說你近些日子忙得飯都忘記吃時我還不信，如今一看，他可沒有說得誇張。天下再忙，難不成所有的事都急在這一時半會了？」

顧元白苦笑道：「您說得是。」

「我說得再是，」宛太妃道，「也得皇上你聽進去了才是。」

顧元白好言好語解釋：「最近國務繁忙，離不得朕。」

宛太妃又抬頭看向了田福生。

田福生低著頭，膽子卻大，「確實忙，但各個事務都已上了手，大人們乃國之棟樑，聖上實則不必如此事事躬親了。」

顧元白笑罵：「田福生——」

「怎麼，皇上還不讓說了？」宛太妃氣笑了，「瞧瞧田福生說的話，這才是真的話。皇上身體自己都不愛惜，又如何讓身邊的人能放得下心？」

這幾句話說了下來，宛太妃已經有些疲憊，她緩了一會兒，歎了口氣道：「元白，萬不可拿自己的身體開玩笑。」

顧元白沉默了一會，才低聲應是。

宛太妃看著樹影，婆婆娑娑之間光斑投下，她語氣緩緩，夾雜十數年光陰的厚重，「先帝在時，總說要做一個好皇帝。但先帝總是說了又做不到，政務繁忙，先帝沒耐心一動不動地坐著處理政務，這一天拖一天，最後累的還是自己。」

「在你出生後，先帝已算勤政。但如此勤政也未曾減少休息，先帝閒暇時便去禮佛、去玩樂，元白，先帝都知曉要休息，不能累壞了自己。他如此行事，大恒也未曾出過什麼錯。我覺得皇帝就該如此，你說是不是？」

宛太妃不知曉大恒的國情，也不知曉顧元白在忙些什麼。她的這番言論天真了許多，但卻是站在一個母親的角度，希望自己的孩子給自己留下一個休息的空間。

顧元白不反駁，只是含笑說道：「宛母妃說得是。」

待午膳之後，宛太妃回了臥房休息。顧元白帶著人在莊園之中慢慢走著散散步，百花綻開，綠草悠然。綠色看多了，整個人好像都被清洗了一遍似的。

鳥啼聲不斷，顧元白腳步悠閒地在水流旁走著，和身邊的人閒聊，「朕前些時日真的是忙暈了頭，偶然抬頭，才知道已快入夏了。」

他說完自己也出了神，宛太妃可以熬過今夏嗎？

顧元白穿過來之後見到宛太妃的次數一手可數，但即便如此，記憶中的情感也讓他對宛太妃的身子倍有憂慮，太醫常駐，每兩日同顧元白彙報一次宛太妃的身體情況。轉而又想，想必宛太妃也是這樣擔憂著他的身體。

顧元白慢悠悠地想著，整個人都放慢了下來。身邊的田福生道：「聖上，小的們勸您沒用，但宛太妃說的話，您總要聽上那麼一句。」

「朕現在不想見你，」顧元白揚了揚下巴，「一邊待著去。」

田福生笑呵呵地退了下去，薛遠趕在侍衛長上前之前大步一跨，裝模作樣地離顧元白最近。

顧元白被熱源一靠攏，就側頭斜睨了他一眼，「離朕遠點。」

薛遠氣笑了，「聖上，您前兩天還誇臣渾身上下都熱得舒服。」

顧元白嘴角惡劣勾起，似笑非笑道：「薛侍衛熱的時候有熱的好處，不該熱的時候還這麼熱，這就有些惱人了。」

薛遠眉頭一壓，不說話了。

顧元白又笑著走了幾步，但卻踩上一處濕滑的地方，腳下一滑，整個人就要往水裡撲去。

薛遠心頭一驚，伸手拽上顧元白的腰帶，險之又險之下，猛力將顧元白拽了回來。衝力也讓薛遠往後一摔，摔倒之前，他把顧元白拉到了懷裡，在地上滾了幾圈摔進了一旁的草垛裡。

顧元白腰帶被薛遠抓在了手裡，薛遠穩住神之後一看，顧元白就被他壓在了身下，正暈頭轉向著還沒回過神，薛遠的一隻手還放在顧元白的腰上，手底下就能摸到褲子邊。

腦子空白，薛遠只記得扒褲子這三個字，他手下意識順勢一扒，整個人都處於迷迷糊糊的狀態。

低頭一看，整個人僵硬在原地。

看到了。

顧元白感覺身下一涼，總算回過了神，他撐起身子一看，就看到薛遠扒著他的褲子在怔愣，整個人出了神，好像跟喝了迷魂湯一樣。

顧元白臉色一黑，聽到旁邊侍衛們驚呼著朝這邊跑來的聲音，怒道：「都別過來！」

侍衛們腳步一停，站在草垛不遠處，看著草叢後聖上和薛侍衛疊在一起的衣服，困惑不解道：「聖上？」

聖上陰沉著臉，聲音嚇人，「滾。」

薛遠一個鯉魚打挺，鬆了手心的褲子，慌不擇路地後退。他的動作很大，大得把周圍正要退開的侍衛們也嚇了一跳。所有人愣愣地看著薛遠，薛遠卻只記得一個「滾」字，他推開人群就要大步離去。

薛遠有一張鋒利而英俊的臉，那一張眉飛入鬢的邪俊面容上，已經徹底紅得透透的了。

其他侍衛們回神，也連忙跟著往外滾。薛遠大步還沒邁上兩步，倏地就被叫住了。

顧元白還躺在草地上，半撐起身子，身上粘著幾根小嫩草，臉色黑得能滴墨，「薛遠——」

薛遠全身一麻，直接轉過身跪地，連掙扎都掙扎不起來，「臣請罪。」

其他的侍衛們見到聖上這臉色，早就逃之大吉了。

顧元白薅著地上的青草，露出抹危險滲人的笑。他慢慢坐起身，以審視的目光看著薛遠。

薛遠被看得難受，先前的臉紅脖子粗更是愈來愈重，俊臉上、耳根上，都能看到了紅色。

這是什麼表情，看了他的那裡還臉紅?!

顧元白站起身，冷笑著走近薛遠，抬腳狠狠碾上他的畜生根，毫不留情，「薛九遙，朕以為之前你想看朕的子孫根只是一時胡言亂語，沒想到，你竟然還真的藏了這個心思！」

「……」薛遠表情瞬間疼得扭曲，不敢動，他這時不知道自己在想什麼，底下疼得腦子一片空白，冷汗淋漓之間，下意識大聲道，「臣是一片忠君之心！」

顧元白腳停住了。

薛遠滿臉的汗，眼睛和神情都寫滿了「堅定」這兩個字，他這一句叫得是鏗鏘有力，沒有半分猶豫，似乎說的就是事實，他的心就是一顆忠君之心。

顧元白原本以為薛遠這個未來會彎的耽美文男主是對他起了心思，碾上他的東西原本是打算直接廢了薛遠。聞言，雙眼微微一瞇，威懾力十足地看著薛遠，緩聲重複道：「忠君之心？」

薛遠頭上的汗珠滾下。

顧元白龍靴下就是命根子，顧元白這態度，明顯就是一言不合就打算廢了他。兄弟似乎也知道這個時候不是皮的時候，安安靜靜地不敢抬頭。

薛遠斬釘截鐵地道：「忠君之心。」

疼，除了疼，似乎還有一點點說不清道不明的爽。

顧元白居高臨下，薛遠抬頭看他時，便瞧見他白皙的脖頸和下顎，袍子擋不住腿，輕輕抬腳踩在薛遠身上時，長腿便顯出了痕跡。

聖上的表情愈狠、愈漫不經心夾雜危險，薛遠心頭就顫得更厲害。比上戰場，殺了敵首萬千還要興奮的厲害。

顧元白不知道信還是沒信，他不知道想到了什麼，嗤笑一聲，「你薛九遙還有忠君之心？」心頭尖又猛得顫了兩下。

薛遠跟醉了似的，還得必須醒酒過來，他老老實實地說：「家父教會了臣何為忠君之心。」

顧元白心道，薛遠忠不忠心他不知道，但薛將軍的忠君之心，他卻是信任五分的。

看薛遠這語氣，神色，確實不像是說謊的樣子。顧元白腳下沒收，而是先問道：「薛侍衛的忠君之心，就是來扒朕的褲子？」

薛遠心道，來了。

他扯起笑，這個關頭，領兵帶將的底氣突然就回來了，「臣剛剛扯著了聖上的腰帶，好像不經意間又磕到了聖上的腿上，臣這一時心急，就想扒褲子瞧瞧。」

顧元白審視地看了他半晌，最後還是收了腳，龍靴回到地上的那一刻，薛遠頭上的汗才消停，心中暗暗鬆了一口氣。但鬆完氣後薛遠也納悶，他老子說他是忠君之心，那就是了，他還鬆了口氣幹什麼？怎麼憑空虛心起來了？

「像這樣粗俗沒過腦子的動作，」小皇帝面上平靜，其中狠意卻駭人，「要是還有下一次，朕直接給你廢了！」

小兄弟一疼，薛遠面上流露出痛苦猙獰之色，他忍了忍，道：「臣……臣知道了。」

第五十章

顧元白在宛太妃這待了一天，這一天下來薛遠都老老實實。等回去的時候，顧元白半路將薛遠扔在了京城街道上，語氣硬生生：「你散值了。」

被扔下來的薛遠駕著馬，原地踱步了好一會兒，才駕著馬朝身後一轉，往之前那個玉店走去。

他到的時候，玉店的老闆還記著他，滿臉熱情笑容迎上來，「官爺，您上次買的玉件用著可好？」

薛遠奇怪看他一眼，「用它做什麼？」

薛遠買那東西，只是一時頭暈腦脹。買回來之後，這東西他又用不著，全身通透的還是白玉，不好看。他隨手扔在了房裡，再也沒動過，白花了錢。

玉店老闆尷尬地笑了一下，心底腹誹不已，「那官爺今日想來看看什麼？」

薛遠撩起眼皮在店內看了一眼，眼睛一定，定在了一個翡翠玉扳指上。

§

顧元白回去後，就讓人去將褚衛叫了過來，

褚衛正在忙著禦史台官員從各地送回來的消息，聽到聖上召喚之後，立刻放下手頭事物進了宮。

這些時日，禦史台很忙，京城第一美人也有些憔悴，但憔悴起來也是俊美無比。褚衛朝著聖上俯身行禮，「聖上萬安。」

顧元白道：「褚卿近日應當很是忙碌？」

褚衛實話實說，「雖是忙碌，但卻格外充實。」

顧元白沉吟片刻，開口道：「朕還有一事交予褚卿去做。」

褚衛毫不猶豫道：「還請聖上吩咐。」

「你同薛遠同去協助張氏，他們要做的準備多多，但身邊沒有朝廷官員，做起事來還是麻煩了一些，」顧元白這個拉紅線拉得苦心竭力，「你們二人一文一武，正好互補。」

顧元白都暗示得快要明說了。

今日即便薛遠是真的忠君之心，擔憂他受傷才扒了他的褲子。但上下兩輩子從來沒被同性扒過褲子的顧元白覺得，還是趕緊撮合官配吧。

薛遠要扒就扒褚衛的，想怎麼扒怎麼扒，最好扒到知道扒褲子這樣的事只能對著褚衛做，這樣才好。

褚衛臉色一僵，隨意勾起冷淡含著嘲諷的笑，道：「聖上，臣會同薛大人好好做這件事的。」

本來這些時日褚衛忙得都沒回翰林院，就有些擔心薛遠留在聖上身邊會不會圖謀不軌，現如今正好。

或許可以借此機會，找到薛遠對聖上心懷不軌的證據。

眼睛垂下，神色冷靜。

必須找機會讓聖上厭棄薛遠。

§

與此同時，遠在京城千里之外的荊湖南一地。

身披囚衣，帶著手銬腳鏈的犯人們神情空洞，他們在囚車之上，被帶往了盧風殘部逃亡的大本營。

這些人正是前些時日顧元白在京中挖出來的探子，其中大多都是各宗親大臣府上說得上名字的家僕，在府中過的雖然不是主人的日子，但也比這時要好上百倍。這一路過來，他們雖在囚車之上，但也備受折磨，其中好幾個不堪受辱的女子，好幾次都想要咬舌自盡。

但終究，他們被一個不少地送到了荊湖南這裡。

官兵把人放在了荊湖南這裡，自然會有人將這些人接走，發揮他們剩下的作用。

荊湖南盧風派殘部據點。

盧風殘部之中，大大小小從京城逃出來的人有百餘人左右。其中，盧風雖死，他的門客學生卻有不少拚死躲過了皇帝的鐮刀，一路隨軍中領兵率逃的校尉徐雄元逃到了荊湖南一地。

荊湖南勢力錯綜複雜，民風混亂，這裡的地方豪強違法犯罪，甚至草菅人命、把控官政，萬千土地被其兼併，形成了一個龐大的黑勢力，這樣的混亂地方，正好適合讓反叛軍暗中生長。

盧風殘部們自認為當時的皇帝雖表露出了雷霆手段，但勢力還沒有重新洗牌，便沒有能力追上他們，等如今皇帝有能力之後，卻不知道他們究竟在哪裡埋伏了起來。

而他們暗中，也給自己命名了甲申會一名。

甲申二字，取自星駕、升霞兩詞之中的駕和升字的諧音字，而這兩個詞，正有天子駕崩的意思，其中惡意可見一斑。

如今，大堂之內，二十餘名盧風派的重要人物齊聚在此，商議的正是會中近日缺錢少糧的事。

徐雄元叛逃時帶走了五千名士兵，這些士兵再加上百餘個只會吃閒飯從沒下過地的人，他們從京城帶過來的金山銀山也快要被揮霍一空了。

盧風給他們留的東西，他們都差不多用完了。

大堂之中一片爭議之聲。徐雄元目前就是甲申會的首領，他手裡頭有兵，其他人都得聽他的話。其中有幾個相當聰明的門客，已經被他當做軍師一般地用了。

其中一位軍師正在高談闊論，就見外頭傳來了一陣響動。一眾人轉身一看，就見是徐雄元平日裡備為信任的軍師趙舟領了一個人進來。

徐雄元眉頭一皺，聲音洪亮地問道：「趙先生，這位是？」

徐雄元原名乃姓徐名雄志，叛逃之後，因為野心勃勃，就將其尾字改為了顧元白的元字。

趙舟笑著把人帶到了徐雄元的面前，道：「將軍，這是在下的友人，江南建康人，名為劉岩。」

劉岩相貌普通，看起來卻儒雅非常，一副文人的模樣。他朝著徐雄元微微一拜，笑道：「小人遠慕將軍大名，如今一見當知什麼才叫做世間英雄。」

徐雄元心知軍師不會給自己引薦一個沒有用的人，於是仰頭哈哈大笑，「慚愧慚愧，不知劉小友如今來找我是為了什麼事？」

劉岩表情一變，強忍悲痛和恨意，「都是那當今皇帝將我逼到要找將軍相助！」

徐雄元不由朝趙舟看去，軍師微微一笑，朝著他微不可見地點了點頭。徐雄元心中一喜，也故作驚訝地道：「那狗皇帝又做了什麼事?!」

劉岩低著頭，「小人家中經商，尚有幾分閒錢。平日裡與那些衙門裡的官爺來往也親密，如今皇帝開始反貪腐，竟然不分青紅皂白地將我一家判了刑，說我等是官商勾結，都是殺頭坐牢的大罪，小人沒辦法，只好帶著家財逃亡了。」

徐雄元又問：「那你父母家人呢？」

「他們未逃得出來，」劉岩的聲音已經哽咽，「他們都是被、都是被——」

趙舟溫和的聲音接道：「都是被當今皇上害的。」

劉岩悶聲落淚，不住點頭。

徐雄元都差點沒壓住笑。

哈哈哈哈，瞧瞧啊，瞧瞧啊，天眷他徐某人！

會中糧食錢財沒有了，這就上來一個送錢送糧的，徐雄元心中暢快無比，他裝模作樣地安慰了劉岩一番，等劉岩正式加入了甲申會之後，看著後面一車車運進來的金銀和大袋大袋的糧食，再也移不開眼了。

劉岩站在人群之後，堂中的陰影打在他的臉上，很多很多的人已經湊在了那一車車財富的旁邊，無人顧得上他。

劉岩抬起頭，臉上的悲傷已經不再，他看著周圍的東西，打量著整個反叛軍的據點。

這就是甲申會啊。

是聖上想要其踏平豪強的甲申會啊。

這個名字可太難聽了，劉岩想。

但是他會認真地待在這，用聖上給予他的這一車車的糧食和金銀，去換取一個走到徐雄元身邊的位置。

花了那麼多的錢財金銀，怎麼也得換來一個說得上來話的位置不是？

§

京城之中，正在辦事的兩位大人。

薛遠和褚衛立在張氏面前，兩個人都面無表情，等時間一到，和張氏族長客套兩句，就立即各朝各自的馬匹走去。

褚衛雖然知曉正常人不會在大庭廣眾之下幹出威脅朝廷官員性命的事，但薛遠不是正常人。因此他特意吩咐讓府中的人派來了一位身強體壯的小廝為他駕馬，在上馬車之前，薛遠駕馬從他身旁經過。

薛大公子聲音沉沉，「褚大人，奉勸你一句。」

他聲音低了下來，滲人，「別去招惹不該招惹的人。」

褚衛嘴角冷冷勾起，「在下也奉勸薛大人一句，別去肖想不該肖想的人。」

薛遠扯起唇，瞥了他一眼，眼神之中陰光沉沉，最後駕馬離開。

馬匹蹄子揚起的灰塵，嗆得褚衛捂住了口鼻。

褚衛立著不動。

薛遠那個眼神，給褚衛一種他剛剛真的要殺了他的感覺。

在戰場浮浮沉沉的人，一身的煞氣和殺意強烈地讓人無法忽視。如果這不是在街上……

褚衛呼出一口氣，轉身上了馬車。

此人太過危險，如何能待在聖上身邊？

薛遠回府後整整在練武場耗了一個時辰才壓下心底裡頭旺盛的殺意。他從練武場出來的時候，渾身都已經濕透，面無表情地大步朝著浴房前去。

身後的小廝小跑著困難跟上，「大公子，二公子說想見您。」

薛遠裹著煞氣道：「讓他爬到池子邊掉下去再爬起來，再來跟我說事。」

小廝腳步一停，顫著音兒往薛二公子的房裡跑去：「是、是，小的這就讓二公子照做。」

薛遠面無表情地一路走到了房間，旁邊的浴房已經有人備好了水。他拿著乾淨外衣走進浴房裡，房門「咣當」一聲，被他的手勁砸得叮噹作響。

整整一天沒見到顧元白。

一天。

薛遠眼睛都他娘的要憋出紅血絲了。

薛遠是個糙漢，對水溫沒有講究，也不愛慢悠悠地洗澡。他直接拿著水從頭往身上一澆，愈澆愈是臉色黑沉，腦子裡一會閃過顧元白的臉，一會兒閃過褚衛的臉。

一會兒竟然閃過了他們倆對視一笑的臉！

薛遠摟頭給自己澆了一勺冷水。

水嘩啦啦地流在了地上，薛遠表情冷凝地順著水流一看，餘光卻突然瞥到角落櫃子下有一個小白點。

他眼皮猛地一跳，大步上前踏過水流彎腰一撿，是個白色手帕。

手帕上污點髒髒，好像是被腳印踩過一樣。

第五十一章

薛遠想起來了，這是許久之前他同常玉言在湖泊之中撿起的帕子，那日晚膳用完皇上從宮中賞下的膳食之後，他隨手拿著這個在腳底碾過的手帕進了浴房，洗澡的時候隨便給扔在了一旁。

這個浴房只有薛遠和打掃的小廝進來，這手帕竟然莫名其妙被留到了現在。

這是顧元白的手帕。

上面還有龍紋。

曾經漫不經心碾上手帕的畫面歷歷在目，薛遠看著上面的污泥臉色變來變去，連洗到一半的澡都忘了。大步走到浴桶跟前，開始洗帕子。

薛九遙，他心道，你踩什麼不好非要去踩帕子？

§

隨著天氣漸熱，換季的新鮮水果也都擺在了顧元白的飯桌上。

顧元白身體不好，受不了冷，也受不了熱。如今月分走到了六月，等到六月底七月初的時候，就要擺駕避暑行宮，在那裡度過一整個夏季了。

宛太妃六月中就會提前搬過去，御醫近日來和顧元白稟告過，宛太妃的身體情況目前來看是穩定住了，只要這個夏季不發大病，那就應當能熬過去了。

顧元白敲打了一番宛太妃身邊伺候的人，被聖上叮囑之後，這群人伺候宛太妃時更加小心翼翼了。

商路準備極有可能準備到七八月分，那會正是金秋季節。商路到達邊關時，說不定都九月分了。秋季，對大恒朝來說是收穫的季節，可是遊牧民族往往會選擇在秋季進攻邊關。

他們那時戰馬肥膘壯碩，騎兵們孔武有力，他們會趁著秋季大恒朝糧食收穫的時候入寇中原，去搶奪整個冬日的糧食。

時間把控得正好，顧元白邊吃著水果邊想，他在行宮避暑的時候，邊關應當也應該開戰了，讓遊牧人整個冬天沒有糧食，只能拿著好東西去同商隊交換，這就是最理想的狀態了。

想到邊關，顧元白就抬頭朝著薛遠一望，「薛侍衛？」

薛遠不知道在想什麼，聞言才回過神大步上前，「聖上？」

「朕若是派你去邊關，你會怎麼做？」顧元白問道。

薛遠似笑非笑，絕非友善，「殺絕他們。」

這就有些……不好了。

顧元白首先得考慮整個大恒朝的利益，現在大恒朝的騎兵沒有辦法去抵抗整個北方草原上的遊牧民族。大恒戰馬很少，所以第一步就得先從遊牧人手裡把戰馬給撈回來，等訓練出足夠的輕騎兵、重騎兵之後，等交通便捷之後，才是殺絕他們、收服北疆的時候。

所以現在，顧元白要的是把他們打怕，不是打出仇。

現在不是報仇的時候，只能讓他們不再侵犯邊關，不再冒犯大恒的子民。真正要報仇的話，最起碼也要兩三年之後。

這種時候，還是要派一個理智而又顧全大局的將領前去比較好，正好促進邊關互市的建立。薛遠，就可以讓他等收服北疆的時候再去了。

同樣對遊牧人熟悉、對邊關熟悉還性格沉穩的老將，顧元白腦中一閃，薛將軍。

薛遠叫了一聲：「聖上？」

顧元白回過神，直接道：「但朕現在並不需要你去殺絕他們。」

薛遠淡淡道：「臣知道。」

但聖上這個意思，是要真的派他出兵嗎？

薛遠心臟猛地一抽。

昨天一天沒見到顧元白，他都快要瘋了。現在只要去想想兩三個月見不到顧元白，就想直接把顧元白也扛走。

他府中這麼大，邊關這麼大，養一個嬌貴的小皇帝，薛遠算了算自己的銀子和俸祿，似乎也不是不可以。

心中有了章程，顧元白讓薛遠退下。今日一上午就在工作中過去了，午膳時間一到，田福生就準時提了醒。顧元白只好放下政務，讓人傳了膳。

他用膳食的時候，薛遠就在一旁看著，侍衛長看見了他的眼神，小心側過身，好心說道：「薛大人，你若是餓得厲害，不如先去吃飯。」

薛遠盯著顧元白吃得沾了油的唇，喉嚨癢，沒聽清，「餓什麼？」

侍衛長加大了一點聲音：「你要是餓了，那就先去吃吧。」

「去吃？」薛遠移不開眼，啞聲，「能吃嗎？」

嘴巴能吃？

「哪有什麼不能吃的？」侍衛長笑了一下，覺得薛遠能提醒他警惕褚衛，是個好人，「宮中的膳食美味又足，你想吃多少就吃多少。」

想吃多少就吃多少……

薛遠呼吸一熱，陡然緊繃了起來，但一緊張反而嗆到了自己，發出了低低的咳嗽聲。

顧元白一頓，朝著旁邊示意：「給他倒杯水。」

宮侍端了杯水送給薛遠，薛遠接過一口而盡，餘光瞥這顧元白，看著他瓷白的側臉又出了神。

一頓飯需要多少銀子，腦子裡不由算了出來，一算，這錢薛遠能付得起，莫名其妙的，薛遠自己就挑唇滿意地笑了起來。

午膳後，顧元白小睡了一會兒。

醒來之後，正好睡了一個時辰。顧元白躺在床上緩了緩神，外頭有響動聲傳來，撩起眼皮一看，房門被人打開。

田福生道：「聖上，到時辰了。」

顧元白悶悶嗯了一聲。

「外頭叫什麼呢？」

田福生道：「您前些日子病了的時候，薛大人抱來了兩隻小狼崽放在了宮裡，今個兒宮人瞧著您身體好了，便來問問要不要將兩隻狼崽抱來給您解解悶。」

顧元白悶聲笑了，「朕說要狼，還真的給朕拿來了。」

他心情不錯，掀開了被子，道：「起身吧。」

兩頭狼崽子皮毛銀灰，是十分漂亮的顏色。它們被抱過來之後，見到薛遠就扯起嗓子嗷嗚了起來。

薛遠走過來，親自把叫個不停的狼崽子抓在手裡，然後遞到了顧元白的跟前。

小狼崽小的時候可愛得很，但已經有了攻擊人的野性，顧元白朝著兩隻狼崽伸出手時，這兩隻幼狼就張大了嘴，蠢蠢欲動地想要伸著腦袋去咬上一口聖上的手指。

薛遠低頭一瞥，大掌扼住兩隻狼崽的命脈，兩隻狼崽垂下了耳朵和尾巴，怯生生地嗷嗚了一聲。

顧元白的手指就安安全全地落在了小狼崽的頭頂。

毛髮茸茸，聖上明顯喜愛這樣毛髮柔軟的動物，上次那隻赤狐就被養在了宮中。

兩隻小狼崽子挺機靈，知道看碟下菜。除了剛開始想咬顧元白那一下之外，之後一直乖乖地由著顧元白順毛，奶聲的嗷嗚也格外地喜人。

這種兇悍的猛獸，小的時候總是這麼可可愛愛，萌得人心都化了，至於長大之後，那就完全變了一個樣子。

顧元白想起了曾經在薛府遇上了那兩匹狼，那兩匹狼毛髮烏黑，獠牙外露，涎水從利齒上滑落，長大了之後和小的時候完全不能比。

玩了一會兒狼崽之後，顧元白就要收回手，轉而去工作，但薛遠卻突地把懷裡抱著的兩隻狼崽往地上一扔，兩隻狼崽被猛地一摔，差點被摔得眼冒金星。

薛遠攥住了顧元白的手，在顧元白皺眉之前，他微微一笑，從懷裡掏出了一個翡翠玉扳指，給戴在了顧元白左手的大拇指上。

聖上的手指修長而白皙，是天底下最最養尊處優的一雙手。這樣的手戴上綠得凝重而通透的玉扳指時，好像突然活過來了一般，白的被襯得更白，綠的被襯得更綠，兩相交映，更顯精緻絕倫。

薛遠喜歡得想抬起在唇邊親一親，他笑了，「臣的眼光還算是不錯。」

顧元白抽出手，看了一番這個玉扳指，他上手轉了轉，倒有些出乎意料地合心意。

聖上面容稍顯柔和，淡唇勾起了笑，「薛侍衛用心了。」

你願意戴上，這哪能叫費心呢？

薛遠開了口，說了話，他以為只是普普通通的一句話，但耳朵聽到自己的聲音時，他自己都覺得語氣軟得有些不可思議：「聖上，今晚便是花燈節的第一日了，要不要臣陪著您去看看？」

如果薛遠的那些下屬、府中的門客見到薛遠也有這樣的姿態，怕是要驚掉大頭了。

兩隻狼崽子趴著薛遠的黑靴上，拽著官袍就要往上爬，薛遠把兩隻崽子踹遠，雙目緊盯著人不放，「聖上？」

顧元白恍然，「今日原來已是花燈節了。」

他興致盎然，「那必須是要去的，朕前些時日做的花燈，不就是留著今日用的嗎？」

花燈節持續三日，這三日京城宵禁不再，到了晚上，鼓聲一響，各家各戶點上了花燈，整個京城猶如黑夜之中的一顆明燈。

家家戶戶面帶笑顏，老老少少展顏歡笑。

有書生站在橋頭上，朗聲道：「錦裡開芳宴，蘭紅豔早年。縟彩遙分地，繁光遠綴天。」其他人哈哈大笑，除了這些吟詩作對的書生之外，還有不少人手中正拿著《大恒國報》，三三兩兩站在一起，笑著說著什麼。

花燈炫彩，將天色都染成了五光十色的模樣。萬人空巷，人人之間歡聲笑語，來往之間還有年輕的男女，在面色羞紅地互訴衷腸。

大恒繁榮昌盛。

海晏河清。

顧元白身處這座不夜城之中，內心都因為這樣的畫面而柔軟了起來。

他帶著人在街道上擦過一個個人群，時不時就能見到全身鎧甲腰配大刀的巡邏士兵。每年到這樣歡慶的節日，京城府尹都會派人嚴加守護，嚴禁小偷小摸和兒童販子的存在。

顧元白拎著他那個簡簡單單的花燈，在黑夜映襯下，薛遠緊緊跟在他的身邊。

他像是顧元白身旁最高大的狼，顧元白好幾次因為面前人群的擁擠而差點陷入了薛遠的懷裡，都被薛遠一一扶了起來。同那日擅自扒了他褲子的行為相比，今日的薛遠可以說得上是規矩了。

顧元白笑了笑，打趣道：「薛侍衛，你這幾日同褚子護一同做事，覺得如何？」

薛遠面色不改：「聖上，褚子護這人不行。」

顧元白眉頭一挑，「哦？」

如果他去邊關了，那幾個月都回不到顧元白的身邊，留下那個對顧元白心懷不軌的褚衛，怎麼看怎麼危險。薛遠一本正經地道：「他有龍陽之好。」

顧元白一愣，隨即面色怪異。

薛遠假的說得如同真的一般：「長得人模狗樣，實際不知道有多齷齪。聖上，此人心思深沉，您可萬不要被其蠱惑了。」

顧元白覺得有些微妙。

按理說褚衛似乎喜歡男人才是正常的，但看薛遠如今這神態語氣，好似褚衛喜歡男人是一件多麼噁心的事情一樣。

而且在皇上面前這麼直白地抹黑別人，薛九遙還真是第一個。

顧元白心中好奇，他也直接問了，「那你喜不喜歡男人呢？」

怎麼可能。

薛遠想說不喜歡。

男人？喜歡什麼男人？

自古以來陰陽結合才是大道理，都是爺們，硬梆梆的男人有什麼好喜歡的。

他想說出來，想直白地說「老子怎麼會喜歡男人」，但這句話到了喉嚨，突然就被堵住了。

怎麼說不出來了？

薛遠張開嘴，但話總是悶在了嗓子下，緩緩跳動的心臟沉沉地將這句話壓著，讓薛遠怎麼也說不出來。

身邊年輕的男男女女相視一笑，街邊五顏六色的花燈閃著各色的光。

京城之中，近年來雖然龍陽之風盛行，但在今日，放眼一看也只是年齡相仿的男女。處處如此熱鬧繁華，但薛遠卻說不出來一句話。

他卡死在了嗓子裡，只能看著顧元白，看著黑夜和泛著粼光的水，然後問自己，薛九遙，你喜歡男人嗎？

呵。

兵營裡那麼多的男人，薛遠只要想一下就噁心得要命，他不喜歡男人。

但如果——

如果是顧元白呢？

「轟」的一聲。

緩慢跳動的心臟陡然之間開始變快了。

薛遠艱難地啟唇：「我——」

顧元白已經忘了那隨口一問了，他興致勃勃地看著周圍的景色，側頭朝著薛遠微微勾唇，「你什麼？」

薛遠沉默不語。

他看著顧元白，眼神中晦暗不明。

顧元白的臉映著燈光，小皇帝的皮相很好，但再好的皮相也不過是個男人。

顧元白這一夜只是散了散步，但也一飽了眼福，回宮的時候十分地心滿意足。

薛遠也回了府。等到夜深人靜，薛遠躺在床上，腦子再一次響起了顧元白問的那句話。

「那你喜不喜歡男人呢？」

薛遠睡著了之後，睡夢裡也全都是這句話。

他在深更半夜的時候猛得被驚醒了。

床鋪猛然一響，薛遠面無表情地坐了起來，快步走到了浴房裡拿著半桶冷水匆匆從頭澆下。

冷水滑落，腦子裡也清醒了。

薛遠看著冷水，低著頭，髮上的水跡往身上流。

顧元白不喜歡男人。

小皇帝都不喜歡男人，他薛九遙，鐵錚錚的漢子，又為什麼要喜歡男人？

呼吸粗重，嘴邊流過的冷水也變成了苦味。薛遠面無表情直起身，往房間裡走去。院落之中的月亮很亮很圓，漫天星光好像隨手可摘，薛遠餘光一撇，腳步停頓在原地。

他不由自主地想，這麼漂亮的月亮，如果顧元白也能看到多好。

回過神發現自己想了什麼的薛遠猛得沉了臉，大步朝著臥房走去。

幾聲狼嚎突起。

薛遠坐到了床邊，卻完全沒有了睏意。

外頭的月光漸漸沒了，天邊逐漸亮起，光亮照進了房裡，照亮了薛遠眼底的青黑。

他抹把臉，心道，完了，薛遠。

你喜歡上小皇帝了。

不是忠君之心。

是你想要他。

§

第二日。

顧元白正在批閱奏摺的時候，感覺到了一股似有若無的視線。

他順著感覺抬起頭，就見薛遠眼底青黑地朝他敷衍一笑，「聖上，您該休息休息了。」

田福生不在，看著聖上讓其及時休息的任務就交給了薛遠。薛遠膽子大，敢說敢做，用生命去挑戰顧元白的底線，田福生很看好他。

正好顧元白眼睛有些酸澀，他停了下筆，「也好。」

薛遠第一次喜歡人，很不習慣。

他昨晚一夜沒睡，全去想顧元白去了。

想著小皇帝不喜歡男人的事。

薛遠還記得顧元白拿腳踩他子孫根時的表情，那樣的眼神和打心底升起來的不妙預感，似乎只要薛遠心術不正，立馬能把他給廢掉。

這樣一想，似乎還得感謝他老子的不靠譜。

薛侍衛的表情變來變去，變化得分外精彩。

周圍的人看戲一樣地看著他，侍衛同僚之間憋笑憋得厲害。

瞧瞧啊，這一臉傻樣的人是他們的都虞侯薛大人嗎？怎麼看起來這麼好笑呢。

聖上一閉眼，就有手上靈活的太監上前，為顧元白按起了頭，殿中薰香輕輕柔柔，也不知聖上睡沒睡著。

等休息一會兒之後，田福生就從外走了過來。他走到聖上身邊，從袖中掏出了一封密信。

小太監避了開來，顧元白展開密信，撩起眼皮，看完上面內容之後就笑了。

這是荊湖南來的信，是監察處一位化名為劉岩的官員報上來的消息。顧元白送給荊湖南和江南兩處盧風黨羽的禮物——那一隊長長的囚犯，送到他們據點的時候，可把那群人給嚇壞了。

在顧元白的期盼下，在劉岩的推波助瀾下，可喜可賀的是，他們總算是升起了幾分危機感，並打算給顧元白一場刺殺看看了。

顧元白笑道：「多好啊。」

前些時日他才感覺自己命不久矣，可能要等不到盧風殘部的造反了，沒想到對手這麼給勁，他們直接打算派人刺殺顧元白了。

顧元白將反叛軍趕往荊湖南和江南兩地時，就埋下了一手棋子，而現在終於有發揮作用的機會了。

刺殺一事自然不會拖，從荊湖南到京城，快馬加鞭也得半月有餘。顧元白心情很好地等待著這場刺殺。他收起密信，輕聲道：「將計就計。」

等大恒的皇上成功被他們這群反叛軍刺傷之後，給了他們一種皇上將命不久矣的感覺後，想必這群反派軍就會被成功的喜悅沖昏了頭腦。

他們會造反。

終於要造反了。

§

甲申會要派人刺殺顧元白一事，除了極少數的人知道之外，這條消息被徹徹底底地瞞了下去。連貼身保護顧元白的侍衛們，也只有極得顧元白信任的一批人知道，更不用說身為臣子的薛遠。

如此過了十五六日，顧元白猜測甲申會派來的人怎麼也能到了，便自己給了他們一個機會，帶著官學的幾個才名遠揚的學子們，親自去田間看一看農民們種下的糧食。

薛遠一大早就起了身，練過身之後頂著一頭熱氣去洗了澡。換好衣服後，配上刀劍就等在自己家大門口。

薛將軍從他身側騎馬而過，看著他就冷哼一聲，「今日怎麼沒穿官服？」

薛遠筆直地站著，聞言懶洋洋瞥了他一眼，「跟聖上去田間。」

薛將軍苦口婆心，「聖上待你如此好，你可要好好保護聖上，咱們臣子的這一顆忠君之心，應當就要心裡眼裡裝得全是聖上。」

薛遠道：「老子心裡眼裡已經全裝著他了。」

好幾夜沒睡過一個安穩的覺，一醒來就得大半夜去洗冷水澡。顧元白一笑，他都被迷得分不清東西南北。

北疆人人害怕的薛大公子，如今也受不了這迷魂湯了。

薛將軍正在說著大道理，沒有聽清：「什麼？」

薛遠卻不理他，目光越過薛將軍，看到了聖上的馬車。他咧嘴一笑，大步朝著馬車而去，跟薛將軍道：「老子走了。」

薛將軍還未生氣，就見薛遠突然定住了腳步，側過身警告地道：「薛將軍，這忠君之心，只能我有，只能我說。你懂了嗎？」

說完，薛遠便大步邁著，意氣風發地往馬車走去。

侍衛長手裡還牽著一匹烈馬，通體棕紅色的毛髮耀眼，正是留給薛遠當坐騎的汗血寶馬紅雲。

薛遠翻身上了馬，駕著馬走到了馬車窗戶，笑得風流倜儻，「聖上，今日可安好？」

顧元白的聲音還有困倦和懶散，「還好。」

薛遠微微一笑，意味深長道：「聖上昨日可有做了什麼夢？」

顧元白頓了一下，奇怪道：「薛侍衛這話是什麼意思？」

薛遠眉頭一皺，難不成小皇帝昨夜沒有夢見他？

艸他娘的。

薛遠眉目瞬間陰翳了起來，他語氣不變，「無事，臣隨口問問。」

竟然也有人敢來騙他薛九遙？

是想死嗎。

薛遠昨日下值時遇見一個道士，那個道士所賣的一種符能讓其他人夢到自己。薛遠鬼迷心竅地花了大筆銀子買了，睡前按照著道士說的話，在心裡默念了小皇帝百遍。等睡著時，把符放在枕頭旁邊，道士說這樣就能讓心中默念的人夢到自己。

薛遠抱著不可為外人道的想法，還把自己洗了個乾淨，健碩的身體一件衣服也沒穿，躺在床上睡了一夜。

結果他娘的竟然被騙了。

顧元白在馬車之內撐著臉，無語了片刻，掀開窗口的簾子一看，就見窗外的薛遠陰著一張臉，好像要去殺人似的，瞧著滲人。

就這樣的表情，若是真的有人前來刺殺他，怕是一眼就被嚇怕了。

顧元白手臂撐在車窗上，眼睛微瞇，笑得如同京城裡那批調戲良家少婦的紈絝子弟：「薛侍衛臉色如此難看，難道是不願同朕去鄉間一觀？」

薛遠道：「怎麼都願意。」

顧元白覺得這話有點怪，「朕要是讓你伺候朕，當個奴僕，你也願意？」

薛遠瞥了顧元白一眼，心道你就算想摸老子……也不是不行。

他勾唇一笑，懶懶散散，問：「聖上想要臣伺候您什麼？」

他看起來非但不生氣的樣子，反而很蠢蠢欲動。顧元白沉吟一下，道：「你保持著好臉色便可。」

薛遠的一顆肖想龍床之心開始砰砰亂跳。想看他好臉色？看他笑？

小皇帝。

有點意思。

第五十二章

十幾位學子是從太學和國子學中挑選出來的人才，他們自然不是跟在顧元白身邊，而是遠遠綴在其後，被太監帶著去看田間的水稻。

五穀雜糧中的五穀，一般指的是稻、黍、稷、麥、菽。在中國古代，稷的地位很高，稷便是粟，乃是百穀之長，江山社稷中的社稷一詞，稷便是指這。

但隨著時間的延長，水稻已經逐漸成為大恒產量最高的糧食，黍稷需要的水分少，便逐漸種植在了高處旱地田中。

自然，如今水稻的產量，怎麼也比不過後世。而顧元白也沒能力去將雜交水稻給研究出來，他沒那實力，也沒那條件。

田間細窄道路上，顧元白腳步悠閒，他的目光時不時從兩旁掃過，看著新播種的田地，微微頷首。

看似隨心所欲，實在暗中已經升起了警惕。

保護著顧元白的人明裡暗裡都全身緊繃，做好了完全的準備。侍衛長更是表情嚴肅，索性他平日裡就是這麼一副沉穩的樣子，此時倒沒有引人注意。

但薛遠狼一樣的敏銳的神經，已經三番五次懷疑地掃過侍衛長了。

全身緊繃，隨時準備攻擊的狀態，薛遠瞇了瞇眼，在侍衛群中掃視了一圈，發現有不少人同樣是這樣的狀態。

他若有所思，有些不虞地扯起一抹笑。

顧元白的背上陡然有人貼近，他側頭一看，薛遠朝他陰森森地笑道：「聖上，臣還比不過侍衛長張大人嗎？」

這話說得莫名其妙，顧元白漫不經心道：「薛侍衛何出此言？」

薛遠道：「聖上，臣之一顆忠君之心，天地可鑒。」

所以到底瞞了他什麼了？

顧元白樂了，不知為何，薛遠這些時日雖然一日比一日地顯得忠心耿耿，但每次一聽他表忠心的話，他就想笑。

而他這一笑，頓時把薛遠給笑得迷迷糊糊了。

一行人走出了田間。後方的學子們見到聖上已經離得遠了，急忙想要跟上，「公公，我們也快走吧。」

太監卻笑迷迷地攔住了他們的腳步，慢悠悠地道：「諸位公子莫急，不如再好好看一看這稻子？」

學子們只能壓著焦急的心，又開始琢磨起這稻子有什麼不一樣了。

而顧元白已經帶著人走進了田地旁的綠蔭林中。

侍衛尋出了一處地方讓顧元白坐下，跟在最後的侍衛們牽著馬，將馬匹拴在樹上，再去拿些清水來給聖上淨面。

田福生給聖上擦去頭上的細汗，小聲道：「聖上可還能受得住？」

顧元白抬頭從樹葉婆娑之間看天上的太陽，點點頭道：「鄉間雖熱，但也沒有什麼。」

田福生應了一句，就沒有再說話了。

侍衛們該忙碌的忙碌，不著痕跡地將聖上圍得嚴嚴實實，就等著敵方刺客出手，來一齣將計就計。

這樣的氛圍，平靜無波之下似乎暗藏洶湧波濤。

突然，薛遠的眼皮猛地一跳，他倏地抽出大刀回身。

只見林中瞬息湧出數個持著大刀神情凶狠的刺客，他們全都朝著顧元白不顧一切地迅猛撲來。顧元白面色不變，握了握袖口之中的弩弓，還有心情去喝了一口水囊裡的涼茶。

田福生大喊道：「護駕！」

侍衛們中早已得到消息的人已經將顧元白保護在了身後，反應極快地迎了上去，下手毫不留情。刀光劍影，亂象橫生，薛遠心頭怦怦直跳，他拿著大刀殺出一條通向顧元白的血路，卻在抬頭看到顧元白的那一刻，就見有一個刺客要抬手朝顧元白刺去。

薛遠心中驟停，眼中血絲瞬起，他抬手奮力扔出大刀，長刀閃過冷光，直直打落了刺客手中的那把刀。

刺客懵了。

安排刺客行刺自己以便佯裝受傷好將計就計的顧元白也懵了。

就在他們面面相覷的瞬間，薛遠已經渾身煞氣地趕來，他沒了刀，不少刺客趁火打劫地朝他襲去，但都被他赤手空拳地擋了回去。瞬息之間，他的身上已經染滿了鮮血，薛遠臉色難看，從地上隨意撿起一個大刀，反手砍了身後的人後，鐵臂一伸，將顧元白給抱在了懷裡。

抱住了顧元白之後，就是帶著小皇帝朝汗血寶馬奔去。

直到顧元白被薛遠帶著翻身上了馬，他才壓著聲道：「薛遠——」

那他媽的是朕的人！

薛遠滿身的血，他掌著顧元白的腰間，手臂一緊，戾氣十足道：「別說話。」

韁繩一揚，汗血寶馬蹄子一揚，千里馬急速奔跑了出來，轉眼就如同風一般踏出了這片亂戰林中。

還在對付著侍衛們的刺客一聲「不好」，頭領聲嘶力竭地道：「放箭——」

百枚箭矢追來，侍衛們忙撲上去將刺客斬殺。馬匹上的薛遠聽到有破空之音傳來，更是用力抽了一下寶馬，翻身拿著刀去砍掉這些箭矢。

馬匹跑遠，刺客頭領咬牙切齒，太過倉促，誰也不知道有沒有傷到狗皇帝，如今只能等著聽朝廷的消息，他厲聲：「撤！」

田福生徹底被薛遠的這一出給搞懵了，來不及細思，聽到刺客們準備撤退，他頓時冷笑一聲，高聲道：「張大人！交給你了！」

聖上說了，這一批前來刺殺他的人，留下十來個人的性命當做傳遞消息之用就行了，剩下的，膽敢對皇上不恭，拿命來還吧！

張緒侍衛長沉聲應下，心中還是慌亂。田邊林地之中何其廣大，各種危險層出不窮，萬一出了事可怎麼辦？

他歎氣聲一下接著一下，後悔自己沒有暗中提醒薛遠一下了。

不止張緒侍衛慌，其他早已將計畫熟記於心的人也慌，被薛遠差點一刀砍死、假意渾水摸魚行刺聖上的人也慌。

田福生心裡更慌。但是在處理完那群刺客之後，他還是得先按照聖上的吩咐，帶著人急急忙忙地回了宮殿，馬車加快，人人神情悲切，回到宮中之後，立刻召集大批御醫前來寢宮診治。寢宮之中的宮侍人人面色凝重，似乎還有一盆盆的血水從殿中搬出。

不到半日功夫，聖上下鄉遇刺且受了傷的消息就在一定範圍內傳播了。

皇宮之中禁止任何人進宮拜見，但這次的順水推舟、將計就計又不是為了引起朝廷眾位官員的恐慌，於是田福生派了人，挨家挨戶上門地安撫，聖上沒事，只是受了些驚嚇和輕傷，不用擔心。

與此同時，政事堂和樞密院的人出來了，參知政事和樞密使笑呵呵地接過聖上手裡如今的國事，這兩府的淡定和鎮定，才是使朝廷眾位官員安撫下來的兩塊大石。

身為聖上的親信和管理政務軍機兩把手的兩府，以及監察處和東翎衛，他們自然知道聖上是準備做什麼。他們按照聖上的吩咐，在慌亂還沒升起前，就已經將其壓了下去，一切按部就班，平平靜靜。

但這種平靜看在甲申會的人眼裡，就是在粉飾太平了。

百人來襲，最後只有十數人生還。這場刺殺取得了無比慘重的結果，誰都沒想到的慘重結果。刺客頭目原本已經心生絕望，但等探聽到朝廷中的消息後，這種的絕望又變成了狂喜。

皇帝受傷了！

他們花費了大筆的銀財去探聽宮內的消息，得出寢宮內眾人面色凝重，御醫神情不安，時不時有血水從宮殿之中搬出來後，他們幾乎要忍不住放聲大笑了。

這哪裡是輕傷?!

這明明是重得會使朝政震盪的重傷！

刺客頭目放聲大笑：「一定是狗皇帝被護著逃走時中了我們的箭矢！」

其他人也激動無比道：「射箭的兄弟們都被那群皇上的走狗給殺完了！大人，我們一定要給他們報仇！」

「這仇是一定要報的，」刺客頭目狠狠一笑，「既然狗皇帝受傷了，那他就沒精力來管荊湖南和江南了。說不定都會沒命了，我們要快馬加鞭回去稟報將軍，要趁此機會，將這兩地徹底變成我們甲中會的地盤！」

§

顧元白木著臉，黑髮被風裹著向後，薛遠滿身的血腥味，夾雜著刀光劍影之間拚出來的殺氣和銳意。

過了一會兒，顧元白認命了，只能暗暗祈求計畫如他所願般進行，率先開口道：「你可有受傷？」

時時刻刻注意著八方動靜的薛遠含著一口血腥氣道：「無事。」

確定自己身後再也沒有人跟著之後，薛遠才緩緩拽住韁繩，拉住跑得歡騰的紅雲。

馬匹一停，仰頭嘶吼了一句，薛遠翻身下馬，牽著馬匹往樹下走去。

他的身上到處都是血跡，只是不知道是旁人的血還是他的血，聲音沙啞，不知道是不是因為殺多了人。肅殺之氣圍繞，整個人猶如從地獄爬出來的惡鬼一般，陰沉壓抑。

顧元白看著他身上幾道被刀劍劃破的裂口，還有衣袖旁被箭矢劃傷的小傷，目中神色複雜。

顧元白沒想到薛遠會這麼瘋的來救他。

薛遠朝他奔來的時候，表情可怖，堪稱猙獰。他手中甚至沒有武器，步子卻義無反顧。

充滿血色的那個眼神，顧元白一瞥之下難以忘懷，那眼神中寫得清清楚楚：誰敢碰顧元白，誰就去死。

沉沉重重的殺意壓下來，無數戰場廝殺的兇悍，這個眼神將刺殺顧元白的「刺客」給嚇懵了。顧元白也注意到了薛遠的神情，那樣憤怒到猙獰、怒火似乎可以燒死一切的神情，倒是讓他不由一愣。

這一愣，就被薛遠抱到了馬上。

為什麼要這麼拚命地來救他？

顧元白心道，難不成薛遠平時所說的忠君之心是真的？

……很難不去懷疑，但事實就擺在眼前。

千算萬算，沒有算到薛遠竟然會有這樣的表現。

顧元白無聲歎了一口氣。薛遠將馬上的韁繩拴在了樹上，他活動活動整個肩膀，背部的肌肉突起又收斂，整個人還是陰沉沉的，猶如土匪山上最凶狠的土匪頭子，沒半點官爺的樣。

薛遠轉身朝著顧元白伸出手，顧元白道：「朕能自己下去。」

薛遠卻沉默上前，猶如對待著差點失而復得的寶貝一樣，上手把顧元白抱了下來。

他抱著顧元白就不鬆手了，身上的一些未乾的血液也被蹭到了顧元白的身上。顧元白道：「放朕下來。」

薛遠眉目陰翳，沉著臉不說一句話。

顧元白最後一遍道：「薛九遙。」

「聖上，」薛遠啟了唇，唇上已經黏起了皮，聲音沙啞，乾乾燥燥，「您沒發現嗎？您嚇著臣了。」

顧元白一愣，沉默片刻道，「何必如此。」

薛遠想笑，他也就笑出來了。

何必如此？

誰他娘的能知道呢。

薛遠把顧元白放到一塊乾淨的石頭上坐下，兀自去查看馬匹上匆忙帶來的東西。他身上有一把大刀，還有一把匕首，馬匹上攜帶一袋水囊，除此之外就無其他。

顧元白站了起來，在周圍看了一圈，深林之中，樹木遮天蔽日，處處都有鳥啼蟲叫之聲。他四處看了一下，看準了一顆老樹，走上前將上面攀附的松蘿扯下。

薛遠跟過來，撩起眼皮看了一眼，「這什麼？」

「松蘿，」顧元白的語氣淡淡，繼續採著松蘿，「可以止血解毒，是個好東西。」

在這裡的就兩個人，給誰用的不言而喻。薛遠緊繃著的身體微微舒緩，他看著顧元白的側臉，腦子裡還都是剛剛那一把大刀朝著顧元白襲來的畫面。

刀劍鋒利，馬上就要砍到顧元白的身上。

耳邊響起一道刺耳之聲，顧元白順著看去，原來是薛遠的手不自覺壓住了刀柄之上，刀柄和刀鞘摩擦，尖銳之聲不斷。

「薛遠？」

薛遠看著顧元白出神，沒聽見。

顧元白將他的手從刀柄上撥了開來。

薛遠回過神，將染血的外衣脫了下來，幾道刀傷還在流著血，顧元白將松蘿放在他的傷口之上，血染紅了淡綠色的松蘿，薛遠一聲不吭，顧元白給他身上顯眼的幾處傷口上完了藥後，問道：「還有哪裡？」

薛遠掀起了裡衣，腰側上還有一道翻著血肉的傷。

與他相比，顧元白身上就只沾染了一些薛遠身上蹭下來的鮮血。

顧元白親自給薛遠上了藥，心中歎氣。

反派軍派人行刺，他利用行刺將計就計一事，不能跟薛遠說。

除了親信，其他人都不能知道。

因為這場行刺的背後，是因為顧元白要逼得那些人造反，要他們對豪強下手。

甲申會內部現在狼狽極了，他們兵馬少，糧食少，首領徐雄元是個智謀不夠但又甚為自大的人，他現在雖然能裝模作樣地表現出禮賢下士的模樣，但本性之中的貪婪，還是將利益看重於一切。

他之所以跟著盧風，就是因為盧風給了他很多金銀，現在，只要有錢有糧，他同樣敢為了這些踏平豪強。

在古代有一個詞叫做兵災。

兵災，是一種如同蝗蟲一般的災難。這還是被劉邦帶起來的一種災難，劉邦打天下時，窮得要命，他的農民起義軍就是一群流氓，為了獲得軍餉和給手裡士兵賞賜，他每攻下一座城，就會放縱自己的士兵去強奪整個城中的東西。

豪強的田地、糧食、金銀，普通人家的女子和糧食，劫掠財富奸淫婦女，有的士兵因為殺紅了眼，還會去殺普通人洩憤。

這就是兵災。

要想軍隊紀律嚴明，古代的士兵只能靠兵餉來形成完備的紀律，來養成一支精兵。可沒有兵餉，人家士兵又憑什麼替你拚命？

同樣沒兵餉的甲申會，他們也會這樣去做。荊湖南一地混亂，豪強從來不是他們合作的對象，他們會直接搶走豪強的一切，都要造反了，皇帝我都不顧忌了，我還顧忌你？搶了豪強的錢財，然後拿著兵馬繼續打天下，強了一座城又一座城，最好能把豪強全都踏遍，這樣新的江山就會乾乾淨淨，也不會像劉邦那樣備受豪強士族的挾制，這樣多好？

朝廷官兵是王師，仁義之師，做不到反叛軍如此的強盜之舉，有些事情，就需要借刀殺人了。

而如果甲申會不造反，那麼豪強成了一個個的地頭蛇。他們奴役著自己田地裡的佃戶，賦稅收為自用，把控官政，私自馴養小國家，時間一長，朝廷衰弱，國不成國，到時候國破家亡，各地暴動起義皆起，更重要的是，大恒還有敵國窺伺。

顧元白當了三年半的皇帝，掌權半年，大恒朝的弊端他看得清楚，他真的想當個好皇帝，也確確實實地想創造出一個太平盛世。

但問題來了。

是現在促進反派軍掀起造反大頭，讓兩個省的百姓陷入兵災，以開始拔出豪強之頭、扼制其勢頭的好，還是讓二三十年之後整個大恒的國土陷入戰亂之中好？

哪個都不好。

兩個省可控的災難，和未來二三十年整個大恒的戰亂，顧元白不知道別人怎麼選，反正他選擇了暗中推動反叛軍的發展。他在下這種決定之前，也曾懷疑和遲疑過，覺得自己太過於冷酷和無情，但優柔寡斷，卻不是顧元白的性格。

半年前已經決定如此，那麼他現在會盡最大的努力、最詳盡的佈局去保護這兩個省的百姓，但也只能如此了。

國家的國情，容不得一個皇帝優柔寡斷，一個現代人的良心，在這個時候，也要壓低到古代皇帝的良心。

或許原文中的主角攻受也和他進行了一樣的選擇。

而這種事，不能和一個臣子去說。無論薛遠是不是真正的忠君之心，無論薛遠以後會不會忠於顧元白，這樣的事顧元白絕對不會去告知予他。

過了一會兒，血止住了，顧元白心情有些沉重，他隨意坐在一旁，薛遠把衣服穿上之後就湊過來，啞聲道：「不舒服？」

顧元白隨口道：「沒有。」

薛遠把臉湊過來，低低笑了，「臣不信。」

顧元白輕瞥他一眼，薛遠坐在了顧元白旁邊，道：「聖上既然不高興，那臣就給聖上講一件趣事。」

他自己身上帶著傷，還要來逗樂顧元白，顧元白自己都覺得在欺壓臣子，他摸了摸鼻子，無奈笑道：「你還是顧著自己吧。」

薛遠見他笑了，便道：「聖上，日頭西移，現在回程怕是要黑夜了。夜間在林中策馬極不安全，不若找出山洞，先在此將就一晚。」

顧元白頷首，站起身道：「走吧。」

兩個人的運氣不錯，駕馬片刻之後就在一溪流不遠處尋到了一處乾燥的山洞。山洞之中還有一個草床和一床髒兮兮的被子，應當是哪個獵戶偶爾棲息的洞穴。

薛遠去找了些木柴，看著不遠處流淌的溪水，心中突然一動，「聖上，您要去洗把臉嗎？」

顧元白道：「不了。」

這會什麼事都不計較了，他道：「薛侍衛受了傷，也莫要去洗了。」

薛遠老老實實道：「是。」

整理完了洞穴，顧元白和薛遠又漫步在叢林之中去找一些能吃的野果子。顧元白見到了不少蛇莓，少少採了一些，一抬頭就見薛遠正從一顆高樹上跳下，他的懷裡抱著一堆野果子。顧元白餘光不經意一瞥，突然凝重頓住，厲聲道：「別動！」

薛遠立刻停住了腳，他皺起眉，語氣平靜：「蛇？」

他身後的樹杈上正有一隻細長的蛇探出了頭，對著薛遠的脖子虎視眈眈。

尾短而細，身有彩色花紋，蛇頭呈三角之狀，還是個毒蛇！

顧元白扔下手裡的蛇莓，從袖口之中拿出小巧弩弓，上好箭矢，抬臂對準那條毒蛇。

薛遠還有閒心笑著道：「聖上，您可別打著臣了。」

「閉嘴吧，」顧元白眉眼銳利，緩步靠近，「別說話。」

破空之聲會驚動毒蛇，最好是靠近一點，在它反應不及前一擊斃命。顧元白雙眼瞇著，三支短矢對準毒蛇的頭部、七寸和尾部。

薛遠看似放鬆，實則全身肌肉都已經緊繃了起來，他的一隻手移到了匕首處，正當兩個人屏氣凝神的時候，草叢之中突然有一隻兔子竄了過去！

顧元白心道一聲不好，幾乎就是下一秒啟動了弩弓，三發箭矢破空襲向毒蛇，毒蛇卻被那兔子的動作驚動，猛地朝著薛遠的脖子撲來。

薛遠幾乎同時反身拿著匕首砍去，箭矢射到毒蛇身上的一瞬，他也已將毒蛇砍成了兩半。

毒蛇在地上抽搐一下就徹底死了，顧元白鬆了一口氣，他眉目舒展，問道：「可有傷著？」

薛遠低頭看了一眼小臂，歎了一口氣。

已經走到他身邊的顧元白眼皮突然一跳。

「聖上，臣被咬上了，」薛遠道，「咬破了衣裳。」

顧元白頭頂的青筋暴起，他忍著，沒忍住，怒喝道：「那你他媽不能早點說？」

第五十三章

都被咬傷了還能先慢條斯理地歎上一口氣，顧元白真是對他服氣了。

聖上沉著臉，帶著薛遠來到溪邊之後就將他的衣袖劃破，兩個尖細的牙印深入皮膚，顧元白奪過薛遠的匕首，在他衣擺上撕出一條長布條，在傷口上方不遠處進行包紮。

小皇帝應該沒有遇見過這樣的情況，但他卻很是鎮定，手法俐落而面無表情。這樣的鎮定讓薛遠甚至有些著迷。

他抬起另外一隻手想要碰碰顧元白的臉頰，到半路時發現手指上染了血跡，又收了回來。

「聖上，」他開口，「臣倍感榮幸。」

能被聖上包紮傷口的待遇，他應當是比那個張緒先享受到的吧？

顧元白眉眼壓著，心情不好，「給朕閉嘴。」

顧元白不是忘恩負義自私自利的人，薛遠拚命救他的時候他還記得。只要不涉及到底線，顧元白就是一個社會好青年。更何況深山野林，沒了薛遠，他自己走出去？

在薛遠說話的時候，顧元白已經拿著匕首將毒蛇咬出的傷口劃破，他問道：「你認不認識那條蛇？」

「認識，」薛遠也就是因為認識才不急，「有毒，毒不大，最多也就身上麻上幾日。」

顧元白點了點頭，這時才拿著水囊，用清水清洗著薛遠身上的傷處，再用力擠壓著這道傷口。

他的身體弱，擠了一會兒血就沒力氣了。顧元白只好喝了一口水，確定口中沒有任何傷處後，才低頭給薛遠繼續吸著血，唇一碰上，薛遠瞬間僵硬在了原地，覺得有些頭暈眼花。

顧元白把嘴內的血吐出，拿起清水漱上一口，再次低頭給他吸吮手臂上的鮮血。

來回幾次，等到鮮血的顏色重新變得豔紅之後，顧元白才停了下來。他連連漱了幾次口，確保口中沒有吃進一絲鮮血，自己也沒什麼頭暈眼花的徵兆之後，才合上水囊，轉身看看薛遠面色，這一看，薛遠面色泛紅，眼中出神，好似中毒已深的模樣。

顧元白眉頭一皺，又在周圍看了一圈，採些松蘿來給他的傷口覆上，又撕下一段布條裹上。薛遠腦子正亂，就見聖上拿起刀鞘，鋒利匕首劃過刀鞘，發出陣陣火花和刺耳摩擦之聲，薛遠被這聲音驚醒，一抬頭，就對上了顧元白的目光。

顧元白將匕首放進刀鞘，「感覺如何？」

薛遠感覺了一下，「聖上，臣一切都好。」

顧元白奇怪：「既然一切都好，面上怎麼紅了？」

薛遠心道，老子被心上人主動親了，還不能臉紅一下以表敬意？

他怕被看出來心意，就佯裝不耐，偏過頭，下顎緊繃，「聖上，不談這個了。臣去把剛剛摘下來的野果拿著，天色已暗，山洞中也要再佈置佈置，以防毒蛇蟲蟻跑進。」

然而再怎麼佈置，這處山洞在天下之主的面前還是十分的簡陋。

如果只是薛遠自己一個人，那麼他自然不會講究這些。可看著顧元白，薛遠卻覺得哪裡都配不上小皇帝。

他脫下外衣，將尚且乾淨的一面翻轉過來鋪在草席之上，「聖上，將就一夜吧。」

他拖著個咬傷忙來忙去，顧元白冷靜理智地提醒道：「你這樣會折騰傷口，使殘餘的蛇毒蔓延加快。」

薛遠隨口道：「臣命硬得很，沒事。」

傍午時還說著沒事的薛遠，夜裡的時候就發起了高燒。

顧元白坐在床邊，幾乎無語地看著靠著山洞牆壁昏昏沉沉的人。

薛遠離得顧元白很遠，他渾身汗濕，臉龐在微微皺著，神情痛苦似的掙扎，身上白色染血的裡衣也染上了泥土塵埃，整個人狼狽至極。

顧元白最終歎了口氣，下床朝著薛遠走去。

沒想到這種在小說中才會發生的劇情他如今也體會了一遍，只是受傷生病發燒的不是他這個體弱之人，而是薛遠這個身強體壯的主角。

顧元白揉了揉眉心，揮去睏意和疲憊，「薛遠？」

薛遠嘴唇乾燥，面色發熱，顧元白蹲在一旁用手一探，果然是發了燒，他再次叫了一聲：「薛遠，能聽到我說話嗎？」

薛遠在迷迷糊糊之中聽到了心上人的聲音，他奮力睜開沉重的眼皮，看著顧元白就傻樂：「聖上？」

這笑容實在是太傻氣了，顧元白被逗樂了：「別睡，保持清醒。」

薛遠只看見顧元白嘴唇一張一合，他咽咽口水，喉嚨一疼，劍眉頓時皺起。

顧元白：「別說話了。」

薛遠點了點頭，顧元白起身去找水囊。餵了薛遠一些水後，看薛遠清醒了一些，他才問道：「冷嗎？」

「熱，」薛遠啞聲笑了笑，「聖上，臣快熱死了。」

說完，他動了動手，一頭栽進了小皇帝的懷裡。宮廷薰香味而傳來，顧元白身上的冷意也傳來，薛遠滿足地喟歎一聲，在頭腦不清不楚之間，反而忘了皇帝曾經對他說過的威脅。

仗著先前聖上的仁慈，所以大著膽子，趁機上了手。

顧元白悶哼一聲，怒氣橫生。

「再敢動一下，」他語氣陰陰沉沉，危險，「朕看你是疼得還不夠。」

薛遠一被威脅他就受不住，聖上身上的香味悠長而雅致，薛遠近在咫尺，聞得很細，這香味比薛遠聞過最好聞的東西還好聞。

聖上都能給他療傷了，怎麼也是對他不同的吧？

薛遠沒忍住笑了。

顧元白的呵斥被他忽視，突然，聖上渾身一頓，不動了。

薛遠笑了，他記得顧元白嬌嫩，於是很小心，知道自己手糙，於是緩了又緩。

掌心的粗繭一磨，跟羽毛劃過似的癢。

自己來，和別人來，感覺完全不一樣。

顧元白爽到了，腎上激素飛升。男人都是這樣，爽了之下，理智就開始有些搖搖欲墜。

黑夜無人，鳥啼蟲鳴不斷，微風徐徐，這個環境之下，人幾乎要順心而為。

顧元白抓著薛遠的頭髮，讓他抬起頭，兩個人目光對視。

薛大公子聲音低啞，目中好像藏著火花：「聖上。」

聖上居高臨下地看著他，從他眼中看到了自己，神情有些微微的紅，片刻，聖上驟然掐緊了薛遠的下巴，然後狠狠吻了下去。

唇舌熱火烈油一般地交纏，顧元白佔據著主位，他勾著薛遠的舌尖，吮吸，糾纏，滿腦子都是本能的衝動。

薛遠呼吸炙熱，他抱著顧元白，都懷疑這是個夢。

等分開時，唇已經燒起來了。

顧元白捏著薛遠的下巴，唇瓣在他的唇瓣上頭輕啟，他笑了笑，誘哄道：「薛侍衛，伺候朕，會嗎？」

給他伺候舒服了，那就重重有賞。

§

薛遠伺候得很好。

顧元白爽了，爽了之後理智就回來了。他很淡定，淡定地起身，淡定地朝草床走去，薛遠在背後低低一笑，擦著手，「聖上怎麼這般無情？」

顧元白也笑了：「我與薛侍衛都是男人，這叫什麼無情？不就是讓薛侍衛伺候了朕一把，難不成薛侍衛還想做朕的宮妃了？」

他說得理所當然。

薛遠一愣，隨即眉眼一壓，陰翳地朝他看來。

顧元白好似是個佔完便宜就不負責的大渣男一樣，他自己也有些好笑：「薛侍衛，怎麼這麼看著朕？朕記得你之前似乎還說過，即便為朕做什麼都願意。」

薛遠不說話，臉色仍然陰沉。

顧元白摸了摸鼻子，又舔了舔唇。

說實在的，剛剛那一下感覺確實不錯。力與力的對峙，接著便是他的全權掌控。顧元白很肯定地說自己並不喜歡男人，也許正因為如此，即便在不理智的衝動下強吻了薛遠一下，他也沒有產生任何其他的心思。

說是接吻，其實就是撕咬。

唇上都能品出血味了。

顧元白隨意坐在床邊，大馬金刀，衣衫還有些淩亂。他看著薛遠，又是微微一笑，安撫地道：「薛侍衛，朕只是一時激動。想必你也不會在意，你不是女人，朕也不是女人，不過這次卻是朕莽撞了，這是朕的錯。」

他輕描淡寫，「薛侍衛想要什麼？」

薛遠半晌之後，才冷笑一聲，「聖上可真是仁慈。」

顧元白此時對他的耐心還大，裝作沒聽出他話語之中的嘲諷，含笑道：「薛侍衛想清楚之後同朕直說便可。」

他想要換個話題，薛遠卻不讓他如願。他語氣冷冰冰，像是含著刀子和利箭，「聖上就不替自己想一想？」

顧元白奇道：「朕替自己想什麼？」

薛遠的手瞬間攥緊，幾乎咬牙切齒地道：「──我摸了你！」

顧元白中肯評價：「薛侍衛的手糙是糙了點，力度卻是正好，摸起來讓朕很舒服。」

通俗地來說，這不就是簡單地幫忙了一下。

只是那個吻確實衝動了，雄性激素一下子衝了上去，顧元白就抓著人親了。

──但是，人本來就會在衝動之下幹些連自己都反應不及的事，顧元白自己都爽了，他沒什麼感覺，他是不計較了，但難免被他強吻的人會計較。

他的神情很坦蕩，但就是這麼坦蕩的神情，卻讓薛遠鬱結於心。

所以誰來都可以？只要讓小皇帝爽？

薛遠表情難看，他捏住了一塊石頭，用力攥著，石頭尖銳刺破手心，鮮血流出，疼痛帶來無比的清醒。

白親了？白摸了？

這什麼意思？

§

第二日一早，紅雲背著兩個人，馬蹄飛快地在林中奔跑。

循著東邊暖陽的方向，薛遠在顧元白身後，他臉色仍然難看，煞氣深深，目中幽暗。

顧元白微微閉著眼，瞧起來好像睡著了。

薛遠在他耳邊說話，語氣沉沉，「聖上，臣就這麼被您無視了？」

顧元白鼻音應了一聲，懶洋洋地說：「薛侍衛，這句話你今早已經說過數遍了。」

薛遠的表情更加陰沉，他冷呵一聲：「聖上，臣心都冷了。」

這句話一出，顧元白都忍不住笑了。

但他笑了兩下，覺得不好，昨晚明明是兩個人的意亂情迷，他強吻薛遠的時候，薛遠明明也回應了。但顧元白一想起之前薛遠所說的「忠君之心」這四個詞，就覺得現在這場面有些古怪，「冷的是對朕的忠君之心嗎？」

是心上人的這顆心！

這句話被咽了下去，薛遠悶聲應了一聲。

還好還好。

顧元白徹底鬆了最後一口氣。

薛遠不喜歡他，對他沒意思，只是感覺忠君之心被皇上玷污了，或許還難受於和皇上意亂情迷地親上了，但只要薛遠不喜歡顧元白，顧元白就沒有拔屌無情的渣男感。

他不無慶幸地道：「昨夜是朕莽撞了，但薛卿放心，朕也絕對對你沒有那種齷齪的心思。」

薛遠幾乎被氣笑了，他雙目沉色上下浮動，「聖上所言極是，臣記下了。」

艸他娘的。

氣死了。

第五十四章

顧元白一回到朝中，所有人才平靜了下來。

暗中盯著刺客的人給顧元白遞了消息，那群甲申會派來的刺客打聽完京城之中的消息後，已經快馬加鞭地在昨日城門關閉之前離開了。

顧元白一邊洗漱一邊聽著消息，聞言微微一笑，道：「監察處新出來的一批人，已經到了荊湖南和江南兩地了。」

甲申會的大部隊在荊湖南，因為荊湖南亂，便於躲藏。而小部分則是在江南，江南和荊湖南不同，對待荊湖南，反叛軍會直接踏平，對待富饒的江南、廣大的豪強，他們怕是要選擇威逼利誘了。

顧元白將帕子扔在了水盆裡，目光從周邊人身上一掠而過，即便是薛遠，也沒能使他的目光停住一分一秒，最後，顧元白的目光定在了牆上的地形圖上。

那是他剛剛讓人擺上的大恒朝地圖。

在地圖的左下角，那裡便是荊湖南和江南。

顧元白的目光定在這裡，他歎了口氣，道：「終於要開始了。」

他眼饞荊湖南的各種礦山已經很久了。

§

荊湖南的地勢具有天險，三面環山，只餘一面敞開，正對的就是江南。

它南接廣東南，左接廣東西，這兩地均是朝廷重犯流放之地。比如前禦史台中丞馮成之，流放之地便是廣東西。

這樣的地方具有天險，而這樣的天險，正是當地錯綜複雜的豪強勢力們覺得皇上沒法派兵鎮壓他們的主要原因。

荊湖南的當地豪強，身在淮南的呂氏也在能這裡排得上名，要說這裡的大頭，那就是以陳家為首的五大地方豪強。

陳家最大，排第一。他們祖輩為官吏，背後和官員的關係千絲萬縷，他們張揚又囂張，甚至敢因為地方官在街上騎馬衝撞了他們，他們就敢當街將地方官員扯下來毆打。

殺人害命，把控官政，還私自收稅，重稅之下百姓民不聊生。

而隨著時間的延長，隨著勢力的愈來愈大，荊湖南已經形成了以陳家為首的政權。

而這些豪強，都是盧風把持朝政時留下的弊端。

陳家的族長叫做陳金銀，陳金銀年齡已經大了，年輕時的精明都已被貪心所取代。他不再有了拚勁，開始安享其成，家族中的其他人他不管，但碰到他的礦山，那就不行。

人老了，也學會享受奢靡了。他用的瓷器是官窯裡燒出來的最精美的一批瓷器，他用的水果北達永興，東達兩浙，是天下最新鮮的一批水果。他吃的米是好米，吃的肉，是畜牲身上最嫩的一塊肉。

奢靡麻醉了陳金銀的思維，也麻醉了整個陳家的思維。陳家這麼奢靡，其餘的豪強誰甘心比他要差？

上頭紙醉金迷，下頭的百姓就更為困苦了。

當年顧元白派人追蹤著甲申會的人一路逃至荊湖南和江南時，他就順勢在這兩地安插上了自己的人手。四月初時，他曾讓自己的人扮作商隊，在荊湖南地區玩了一出貿易戰。

這貿易戰他玩得非常高調，把管仲的計謀完完全全地搬了過來，只是把管仲砸錢買鹿的行為換成了砸錢買礦。

礦山是荊湖南一大地理優勢，顧元白派人快馬加鞭將頭顱送到甲申會時，那時也是四月分。當時正在春播，按照顧元白的話扮作商隊的人就在荊湖南這裡待了兩個月。他們完全把繁華地區商隊的豪氣給表現地淋漓盡致，表示，「我們只要礦石，無論什麼礦石都可以，有多少要多少。只要能找到礦，那就能拿礦石和我們換錢。」

商隊邊求礦石邊撒錢，只要是礦石立刻一手交貨一手給錢，成功讓荊湖南的農民忘了還未播種的田地，每日都扛著鋤頭去山中挖礦找礦山。

這件事也傳到了以陳家為首的地方豪強的耳朵裡，他們更是直接，全部停了家僕佃戶的工作，讓他們成天成夜的上山找礦，然後轉手賣給顧元白的商隊。

兩個月之後，等過了春播時期，荊湖南的田地裡一片荒廢，顧元白的商隊也走了。百姓們只好繼續採礦，用這些來賣給過往的商人，不少人竟然賺得比種地的錢還多。

而半個月前，荊湖南的人竟然挖出了一個金礦！

荊湖南上至豪強下至百姓全都激動了，每日採礦更是極為熱情。那座金礦理所當然被陳家占了，有了這個金礦之後，那就是坐擁金山，陳金銀已經徹底迷失在礦山之中，他的所有家僕和佃戶，全都被他派去了挖礦。

百姓們見到真的挖出金礦了，之前的礦石也轉手就賣出去了，誰還管糧食啊，他們挖礦掙錢，錢不是就能買到糧食嗎？

江南是魚米之鄉，種出來的大米又香又甜，他們往荊湖南運糧食、開糧店，拿錢就能買到還能不用自己種地，剩下的時間全去挖礦賺錢，這不比種地好嗎？

所以直到現在，荊湖南的糧食都是用錢買來的。他們春播趕不及，全荊湖南都投入到了挖礦的熱情裡，這樣的情況下，這場貿易戰就這麼輕鬆簡單的讓顧元白掌控到了主動方。

這一天，陳金銀正在府中曬著太陽吃著冰茶。

外頭一身汗的小兒子走過來一屁股坐下，拿起還沒化的冰塊就往嘴裡一塞，隨口抱怨道：「那些管事的真是麻煩，不過是江南運送過來的米糧高了些，就非得把我拽過去商量一遍。」

陳金銀道：「沒見過金山銀山的人啊，連這些蠅頭小利都要佔便宜。」

小兒子嘿嘿一笑，「兒子覺得也是，抬就抬了，咱們又不是買不起。我估計就是江南那邊的人羨慕咱們，覺得咱家挖出了金礦，才特地提高了價格。」

陳金銀的一顆心已經被矇上了金子金燦燦的光，他老眼昏花了，什麼也想不清了，聽小兒子這麼一說，也覺得是，破口大罵道：「江南的人窮得只會搞這些小動作了！他們抬高了價，就是認定了咱們會買。咱們偏不買，我都有金礦了，我想吃哪裡的糧食就吃哪裡的糧食，皇帝都沒有我吃得好。先前不是買了一些上好的稻米嗎？先吃那個。」

「哎，」小兒子應是，「兒子這就去辦。」

但這一起身，猛地直面了太陽，小兒子恍惚一瞬，突然升起了一個可怕又荒謬的想法。

他轉過頭去看著陳金銀，訥訥地道：「爹，這金礦在我們手裡，朝廷會不會派兵來打我們啊？」

這可笑的言論讓陳金銀哈哈大笑，甚至笑出了眼淚，他大放豪言：「讓他來打！我看看朝廷會派什麼人來打我！荊湖南的官府都被我握著了，在這我就是土皇帝，朝廷派兵來打？他倒是派啊哈哈哈。」

聽他這麼一說，小兒子也感覺自己想多了。於是趕緊出門，去拒買那些故意哄抬糧價的江南商人。

如此半個月後。

寧遠縣甲申會。

徐雄元正在同劉岩說著話，他的神情很是親密，顯然已經非常信任劉岩。

趙舟在一旁問道：「前半個月，陳家挖出了金礦，整個荊湖南都掀起了挖礦的熱潮，劉兄，你為何攔著甲申會的人讓其不去挖礦呢？」

劉岩歎了一口氣：「趙兄怎麼還未想過來？金礦銀礦雖是讓我等眼饞得很，但這裡是荊湖南，勢力亂得很。就那些地方豪強，連皇上都奈何不了他們，我們甲申會暗中蟄伏便已艱難，又哪裡能比皇帝還要能壓住他們？這種情形下，哪怕我們也挖出了金礦，最後還得被陳家他們搶去。」

趙舟不得不承認，劉岩說的這話很有道理。

徐雄元也覺得很有道理，但這句話中暗藏的他比不過皇上的意思還是讓他非常不高興。他對著劉岩的笑也淡了下來，「這些豪強還真這麼厲害？他們也有兵馬？」

劉岩自然而然地笑道：「他們沒有兵馬，但家中的家僕和佃戶加在一起就有兩三千餘人，而且他們背後與官員的關係錯綜複雜，千絲萬縷，正是仗勢欺人，仗勢做大而已。」

徐雄元不滿道：「兩千人家僕，又怎能比得過我徐雄元五千精兵！」

他心中不由自主地想，那小小商戶都能霸佔一個金礦，那他徐雄元這五千精兵一出，搶佔這金礦豈不是輕而易舉的事？

趙舟好像是知道他在想些什麼一樣，將徐雄元在心中所想的話給一字不落地說了出來。

「那怎麼可！」劉岩驚訝，隨即就是連連阻止，「這些本地的豪強都有或親或遠的關係，將軍要是想強佔金礦，那和陳家有關係的人都會群起而攻之！官府也知曉了將軍所在，說不定就會派兵圍剿我們，更何況這樣行事，豈不是和土匪無疑？」

徐雄元和趙舟對視一眼，一同想著，這個劉岩什麼都好，就是太書生迂腐了。

這哪裡能叫搶呢？就算是金礦真的到手了，那也只是陳家對他們的孝敬。

他們不約而同略過這個話題，笑著安撫著劉岩，其實心中已經在想，那個金礦，到底值不值得他們冒著被官府發現的風險去搶了。

要是派去京城刺殺皇帝的人成功了，那就好了。徐雄元滿心虔誠地想，要是佛祖真的存在，應該庇佑的是他這條真龍，就讓京城的人刺殺成功吧，最好狗皇帝就可以這麼死了。

只要狗皇帝一死，朝廷也沒功夫在意甲申會了。皇帝沒有子嗣，那些宗親，徐雄元就不信他們亂不起來。

而一旦亂起來，就是他徐雄元這條真龍崛起的時候了。

到了那時，別說陳家的金礦了，整個天下的金礦都是他徐某人的！

哈哈哈哈，快哉！

第五十五章

因為有油糧有錢在，托劉岩的福，短時間之內，甲申會當真沒發現本地糧價上漲的事。五千人的士兵口糧不算多，徐雄元目前還沒感覺到壓力。

他暗中饞著本地豪強手中的礦山，特別是閃著金光的金礦，很想就這麼搶過來。但是吧，他到底是把劉岩說的那些話放在了心裡，即便荊湖南有天險，但要是本地豪強聯合起來，再加上周邊的守備軍出動，他這五千兵也不夠看。

徐雄元只能暫時按捺住蠢蠢欲動的心情，耐心等著京城傳來消息，而在這等待的過程之中，劉岩反倒是逐漸得到了他的喜歡。

趙舟卻隱隱感覺到了不對勁，他時不時詢問劉岩，「朝廷的反貪腐活動力度當真很大？」

劉岩冷哼一聲，又恨又怒地道：「面上看起來是反貪腐，還不是亂用權勢逼人！上面的人說話，下面的人敷衍，最後只抓一些替罪羊，這就夠了！」

大恒的那些貪官，就是這麼敷衍聖上的！

劉岩真情實感地怒了，他的這副樣子看在趙舟眼裡，趙舟也不好意思繼續問下去，只想著可能是因為荊湖南這片太亂，要麼是反貪腐人員還沒到，要麼就是地方官員已經敷衍上去了，所以才沒鬧出什麼大動靜。

雖然這樣想也算合理，但他還是有些不好的預感，右眼皮一直跳個不停，就是不知道會發生什麼樣的事。

又過了幾天，派出去刺殺皇帝的人回來了。

這些人狼狽極了，一回到甲申會就累倒在地，徐雄元心急得不行，表面功夫也做不到了，站在刺客旁邊催促道：「怎麼樣，刺殺成功了嗎？那狗皇帝死了沒有？你們怎麼就只剩這幾個人了？」

刺客頭目喘了一口氣，緩了過來之後，才高聲大笑：「那狗皇帝被我們給射傷了，哈哈哈哈！怕是就要命不久矣了！」

徐雄元大喜，拍著刺客頭目的肩膀仰天大笑：「幹得好，天助我徐某人也！」

徐雄元冷笑不已，這下子，怕是朝廷再也管不了反派軍了。金礦搶就搶了，誰還能奈何了他？他讓僕人趕緊把人扶起休息，吩咐人做了上好的飯菜，打算好好熱鬧慶賀一番。

宴上，眾人把酒言歡。幾杯酒水下肚，趙舟就聽不遠處有兩個門客在抱怨今日家中買不起糧食的話語。

趙舟眉頭緊皺，他身邊坐著的劉岩看了他一眼，抬袖悠悠給自己倒了杯酒水，關心道：「趙兄為何面帶憂色？」

趙舟歎了一口氣，「劉兄不知，近日由你帶回來的糧食，這幾日就快用完了。軍餉一旦沒了，士兵就會慌亂。我前些日子派人去收購米糧，結果這才知道，城中的米糧竟然漲價了。」

劉岩閃過一絲笑意，面色不改地問：「漲了有多少？」

趙舟道：「漲為了原本的三成。」

劉岩頓時好笑一般地搖了搖頭，「趙兄，你家中不做這些營生，應當不知道這漲價是在正常範圍之內。」

趙舟疑問：「這已經漲了三成了，這還是正常之內嗎？」

「自然，」劉岩點了點頭，思索了一會道，「最近荊湖南礦石之多的消息，應當都傳了出去，這些從江南來開糧鋪的人難免以為整個荊湖南都掙了筆大錢。商人，逐利是本能。」

趙舟歎了口氣，惴惴不安，「希望如此吧。」

§

當初劉岩來到甲申會時，同他一同來到的，還有兩百名監察處的新人。

聖上缺人用，監察處的人便學得很是拚命。隨著時間的延長，監察處在暗中辦得愈來愈大，一個個同孫小山一樣的人走出了監察處，用腳來替聖上踏遍整個大恒的國土。

同監察處一起的還有五百名東翎衛的精兵，他們隨時聽從監察處的指揮。這五百人都是厲害人，一個能擋十個，各個都是猛漢。

監察處中的領頭人名叫江津。

江津帶著人來到江南，先是暗中不動聲色地包圍起荊湖南，將各個通信的官道私道截斷，以防他們在江南做手腳時有消息洩露出去提前打草驚蛇。

等幹完這事之後，江津就按照聖上的命令，開始在江南一一動手，來為未來的大戰做出準備。

頭一步就得讓江南無法再往荊湖南運送糧食。江南的糧倉早已被顧元白派人夜中清走，各大糧食鋪中的米糧要麼被江津買走，要麼本就是顧元白手底下的商鋪。而他們關閉糧鋪之後，商鋪中最後的糧食也被暗中運往到了監察處，以做之後救濟百姓之用。

顧元白把盧風殘部有意趕到荊湖南和江南，又怎麼會不做些預防？

他把反叛軍趕到荊湖南的時候，就已經為今日這一幕做出許多的準備。多方面的挾制和暗中鋪路，讓他對江南的經濟政權把握到了說一不二的程度。

很快，在荊湖南一無所知的情況下，糧食漲價了的聲音開始在江南響起。

這個聲音剛響起的時候很多人對比嗤之以鼻，江南是什麼地方？繁華的魚米之鄉！這樣的地方，再怎麼漲價又能漲得了多少？

但隨著說的人愈來愈多，不信的人也開始猶疑了起來。

他們不甚在意地走進糧店一看，卻真的發現，糧鋪的糧食漲價了許多，甚至已經超出了正常價格，到了他們買不了的地步。

甚至許許多多的糧鋪都已經關門了。

江南的人驚呆了。

回過神之後，他們去和糧鋪老闆爭執，不少糧鋪老闆自己都覺得冤枉，糧食莫名其妙地變少了，現在又還沒到秋收之季，其他的米糧店都關了門，店裡僅剩的庫存少得讓人不安，他們不賣高點還能怎麼辦？

在這時，江津已經停下大肆收購的手筆。監察處的人在江南經過多方考量，覺得還是不夠。

於是等這種情況在江南愈演愈烈之後，另外一個傳聞又開始響起。

外省鬧饑荒了。

這個傳聞一傳出，再一看糧鋪中沒有糧的情況，所有人頓時都慌了，恐慌下的人們不再猶豫地衝進糧鋪搶買米糧，買的人太多，最後竟然在米糧店買不到糧食了。他們只好跑去找官府，但官府中的官員竟然早就攜糧逃了！

百姓們用蠻力將糧倉打開，卻只看見糧倉內滿地稀稀拉拉的糧食顆粒，除此之外，別無其他。

江南那麼繁華，江南的百姓們已經習慣用貨幣去買各種各樣的東西。他們從沒有想過會沒有糧食的一天，而當這一天真正來臨時，他們才發現，江南的繁華原來是那麼地脆弱。

田地裡的糧食還在生長，百姓的家中只有上次還沒吃完的存糧，而能有足夠多糧食的人，就只有當地的豪強。

此時別說再往荊湖南運糧食了，江南本地的糧食都不一定夠了。

半個月後，荊湖南的百姓才聽聞了從江南傳過來的消息。

江南沒糧送到荊湖南了。

荊湖南的人們面面相覷。

他們同江南剛聽聞這個消息時的反應一樣，不信。

但之後由不得他們不信了。

江南都沒糧了，確認了這件事後，整個荊湖南的百姓都慌亂了起來，荊湖南周邊的省分，唯一能為其提供糧食的就是大省江南，現在江南沒糧食了，他們還怎麼辦？

荊湖南的百姓陷入了深深的惶恐之中。

他們拿著賣礦的錢，去找糧鋪買糧。但沒糧就是沒糧，錢再多又有什麼用？

他們愈想愈茫然，卻不知道該如何辦。

寧遠縣。

甲申會中有身份的人都聚在了一起，不少人神情慌張，說來說起都是同一個問題，「將軍，咱們沒糧了怎麼辦？」

徐雄元的面色也不好看，他問向那一群軍師，「眾位先生可有什麼妙計？」

眾位軍師愁眉苦臉，趙舟心中急跳，眼皮也跳個不停，「糧食怎麼會突然沒有了？」

徐雄元的耐心減少，不耐煩道：「趙先生，如今這件事既然已經發生了，那就不必再追究是怎麼回事了，如今最為要緊的事，就是怎麼去弄到糧食！士兵不能不吃飯，沒有軍餉就會有叛逃和混亂出現。」

趙舟欲言又止，終究還是閉了嘴。

劉岩安撫地看了他一眼，沉吟半晌，道：「將軍，如今荊湖南到處都在傳外省鬧饑荒的消息，連寧遠縣這樣的小地方也倍為恐慌，雖然不知其真假，但百姓們已經信了，如今買不到糧，也沒有人願意出來賣糧。」

徐雄元：「本將軍知道。」

劉岩歎了口氣，壓低聲音道：「正好咱們的人也派人傷到了皇上，如今外頭混亂，難道不是到了我們出頭的時候了嗎？」

徐雄元聞言一怔，隨即就是激動得青筋凸起。他黝黑的臉上躍躍欲試，顯然是已經心動了。

劉岩繼續低聲道：「荊湖南一地如此混亂，想必江南也是如此。如此情況下，我們……」

「到了我們該出頭的時候了，」一位軍師激動道，「百姓這麼慌，那些豪強卻還能坐得住，將軍，想必糧食都在豪強那兒啊！」

徐雄元瞬間想起了陳家半個月前挖出的那個金礦。

貪婪的念頭一出來，就再也壓不住了。

趙舟的思緒也不由跟著劉岩的走，如今不管外頭饑荒一事是真是假，但荊湖南和江南兩地必定亂了。

皇帝如今也危在旦夕，像這樣的機會，誰不出頭誰傻啊！

要是能把荊湖南和江南兩地一舉拿下，一有天險，二有整個江南地帶作為軍餉後勤，再加上皇帝一死——

趙舟倏地站了起來，興奮地握住了徐雄元的手，「將軍，這正是我們復起的機會啊。」

徐雄元心中的豪氣頓時升了起來，他心潮澎湃地道：「先生所言就是我心之所意！」

他蟄伏了良久，終於等來這一天了。

第五十六章

與此同時，三路守備軍已經往荊湖南和江南邊界出發，他們將駐守在這，鎮壓一切反動勢力。這是顧元白的原話。

監察處和東翎衛在暗中將大肆購買的糧食分批運到了守備軍處，留作之後百姓逃亡邊界時的糧食。一隊守備軍的將領感歎道：「聖上將一切都想到了。」

東翎衛的隊長沉穩道：「聖上就將這些交予將軍了，逃亡過來的百姓，也請將軍救助。」

「你放心，」將領道，「聖上吩咐的事，我等都會做好的。」

東翎衛和監察處的人還需要留在這兩地暗中引導百姓逃亡，戰爭本就會流血，但力所能及之下，無辜的百姓們能夠少傷亡一個就少傷亡一個。

§

徐雄元說要派兵搶糧，那就真的派兵搶糧了。他本想連附近幾個縣城之內的百姓家的糧食都給搶了，但劉岩和趙舟極力阻止，這樣一是後方不定，乃出兵大忌，二是百姓家中也無甚糧食，出兵只是憑空浪費兵力。

徐雄元聽進去了，就領著五千精兵，快馬加鞭半日，一舉包圍了懷化府中的陳府。

陳府嚇傻了，抱著一塊好玉欣賞的陳金銀也嚇傻了。

這是什麼事？他們竟然有一天被反叛軍的軍隊給包圍了？

陳金銀還未意識到這代表著什麼，他滿臉怒火，直接將手中的好玉給摔碎在地，「老夫倒要看看誰敢動我陳家！」

沒糧吃而餓得眼睛都要綠了的士兵，他們敢動。

徐雄元一聲令下，黑壓壓的士兵頃刻之間如蝗蟲一般衝進了陳府，遇見抵抗的僕人就殺，遇見貌美的女人就抱著不放。

值錢的東西拚命往自己身上裝，一路砍殺到了內院，如入無人之境。

他們就像是殺人不眨眼的惡鬼，都已經被雕樑畫棟、奢侈豪華的陳府給迷暈了眼，眼中只看得到金銀、糧食和女人，屍體躺了一地，鮮血成河，徐雄元坐在馬背上放聲大笑，對自己手下兵馬的悍勇和狠勁滿意無比，他不斷吼著：「都給殺了！一個不放！漂亮的娘們捉回去賞給你們，看看這個陳家到底有多少糧食，夠不夠咱們吃的！」

這就是兵災。

一邊搶，一邊殺，殺完之後還要放一把火。

陳金銀和兒子們腳步匆匆地被護著逃出內院，士兵們看到了他們，眼中泛起了貪婪。

這道貪婪的目光緊盯著他們身上的真金白銀，抬臂就要殺害他們。

陳金銀驚聲尖叫：「我有錢！我給你們錢給你們糧，什麼就給你們，只要你們不殺我！」

士兵不屑，「殺了你這些東西就全是將軍的了，還要你給？」

當朝廷的兵要遵紀守法，當反叛軍還遵循什麼紀法？自古領兵造反的，哪個沒縱容過手底下的人弄出兵災！

火光滔天，哀鴻遍野，官府的人一聽，連忙從懷化府跑了。

徐雄元呼吸著鼻尖的鮮血味道，看著燒得都快要舔上雲層的大火，許多許多的人在烈火和砍刀之下掙扎，他看著這樣的大火，就好像看著自己的大業在熊熊燃燒。

喊打喊殺之間，徐雄元發覺這陳府不錯，全都燒完了可惜，於是大喊道：「西邊的院子燒了就行了，剩下的給我留著！本將軍今夜就要把甲申會的據點遷到這處，哈哈哈哈。」

陳府遭殃了，懷化府中的其他豪強自然不能乾等著，利益相關之下，幾方帶著家僕急行往陳府而去。

他們來到的時候，整個陳府中的反叛軍們正在狂歡，處處烏煙瘴氣，天邊都被煙薰成了黑色。各方豪強心中一凝，感覺陳金銀不好了。

這一家豪強就這麼死去了，剩下的利益全被反叛軍瓜分了，這簡直就是從他們這群老傢伙手裡搶食吃。幾個豪強臉色很不好看。而徐雄元看這一大批人趕了過來後，看著他們手中拿著的鋤頭斧頭菜刀，不由大笑不已。

隨即就是眼冒紅光。

短短幾日之內，徐雄元就把懷化府上上下下不主動獻上軍餉的豪強給殺了個乾乾淨淨，毫不留情，血染了整個懷化府，徹底把這地方變成了自己的大本營。

而懷化府的百姓，早就在官府逃跑之後也跟著跑了。

幾乎在徐雄元剛剛踏平了懷化府中的豪強之後，反叛軍在荊湖南造反的消息就傳到了江南。

甲申會中留在江南的人都驚呆了！

怎麼就造反了呢？

怎麼就開始了呢？

怎麼就踏平懷化府中的豪強了呢？

他們怎麼什麼都不知道？

不止他們不相信，江南各地紮根於此的豪強們也不相信，他們也不願意相信。

江南的利潤太大了，光揚州一個地方，每年都是淮商們彙集的點。不說其他，淮南呂氏就是因為江南的利潤才能在荊湖南站穩腳跟，相比於淮南西，江南和荊湖南才是呂氏正兒八經的根。

他們怎麼能相信反叛軍在隔壁省造反？百姓能逃，他們根就在這，萬千農田佃戶豪宅莊園……他們沒法逃啊！

於是他們打聽到了確切消息之後，他們決定先下手為強。

豪強們抓住了待在江南的甲申會的人，並以此為要脅讓姓徐的安安分分給他們待在荊湖南。

消息傳到徐雄元手裡的時候，徐雄元已經住在了整個懷化府最大最漂亮的豪宅之中，坐在沉香木製成的椅子上頭，笑迷迷地問各位軍師可有什麼想法。

外頭正在挨家挨戶的徵兵，說是徵兵，其實就是搶人，搶了人之後，因為沒有軍需儲備，給個鋤頭就可以一塊上了戰場，這就是亂世之中的徵兵方式。

整個懷化府最起碼能給徐雄元整出一萬烏合之眾。

軍師們挨個看完江南豪強派人送過來的威脅信，俱都沉思起來。在這時，趙舟翩翩起身，一臉嚴肅地問：「敢問將軍心中志向所在？」

徐雄元面色一整，也沉聲道：「我徐某人雖然不才，但也想要為這天下盡盡力。」

趙舟從善如流地道：「那將軍一定要救江南的同僚們了，若是不救，怕是會背上一個不仁不義之名。」

徐雄元伸手扶起趙舟，笑道：「徐某人也是這麼想的。」

一旁的劉岩端起茶喝了一口，掩下自己眼中的嘲笑。

為這天下盡份力，真是滑天下之大稽。

§

荊湖南和江南所發生的一切事，都如實到了顧元白的桌子上。

顧元白一件件看得仔細，將兵馬守衛地點和難民逃亡路線記得清清楚楚，在心中反復推敲，確定沒什麼遺漏了，才看了豪強和反叛軍之間的衝突。

荊湖南的豪強，反叛軍可以踏平，但江南的豪強，顧元白覺得反叛軍捨不得。

江南一地這麼繁華，反叛軍能把這當做後勤大糧倉。荊湖南採取強硬手段，是為了展示自己的軍事硬實力，江南採用懷柔手段，能合作的就合作，不能合作的強行逼著也要合作。

只要徐雄元和幾個江南豪強的人家組了姻親，豪強就上了賊船，提供一切能支援的東西，以確保徐雄元能真正造反成功。

自古以來，面對豪強的辦法不過是鎮壓和限制，限制之中常用的一種辦法就是令其遷移，離開自己的紮根地，換到另外一個地方，和另外當地的豪強搶蛋糕，以此來形成限制。

顧元白的原身少年登基，盧風掌政數年，沒有金剛鑽就別攬瓷器活，如今這局面，豪強都被盧風縱容成什麼樣了。

顧元白揉著眉心，緩聲道：「朕看啊，江南的豪強還會牽扯得更大。」

因為皇帝的反貪腐，讓他們看見了如今皇帝的強硬。皇帝如此為百姓著想，那就是不為豪強們著想，就是要動手限制豪強。

先前那幾年，豪強們過得太舒服了，只要上供銀子就能舒舒服服地當自己的一方土皇帝，規則由他們定，他們就是法律，他們想幹什麼就幹什麼，極致的放鬆之下，迎來這樣強力的反貪腐，不少豪強都心中怨懟不滿。

江南豪強們的勢力，說句不假的話，幾乎整個大恒的商戶都能和江南搭點兒關係。這樣的情況下，一旦一些人真的被徐雄元拉上了賊船，他們就會拚命拉更多的人上這個賊船，徹底讓顧元白坐不穩皇位，讓另一個和盧風一樣的，只要給錢就能縱容他們發展的上位者上位。

顧元白手指敲著桌子，生怕自己有一絲半點的遺漏，他將眾位信任的臣子將來商議，最後突然心中一動，「荊湖南三面環山，但後方還有一條極其迂回的江秈道，江秈道之後就是大越，朕不能給他們逃向大越的機會。」

一直板著臉看著他的薛遠上前一步，硬生生道：「臣自請，願受長纓。」

顧元白對他的能力很信任，面上露出幾分笑容，「那就交給薛卿了。」

自從兩個人騎著紅雲回來後，顧元白對待薛遠的態度就極為自然，自然的好像薛遠之前被他親了那一口、給他擼了那一下從沒發生過一樣，用完就他娘的當即就忘了。

薛遠其實沒吃虧，反而還佔了些便宜，他被心上人親了，摸了心上人，按理說應該就滿足了。

但就是兩個字，憋屈。

薛遠抬眼看了顧元白一眼，顧元白微微一笑，面色不改，「去同樞密院調兵，允你帶兵一萬，點定遠將軍為輔，爾等與荊湖南、江南兩地三方守備軍相互配合，給朕全部拿下反叛軍！」

薛遠神色一斂，沉聲應道：「臣遵旨！」

說完，他朝著顧元白行了禮，暫且將正事放在心頭，大步朝著殿外而去。快要走出殿門時，莫名回頭看了顧元白一眼，又轉身離開。

這一眼看得顧元白莫名，他看著薛遠的背影，直到人不見了，也沒有搞清楚這一眼的內容。

田福生在旁擔憂道：「此時就派兵前往，是不是快了一些？」

顧元白回神，道：「不快。」

行兵打仗，糧草先行，等薛遠到了江秈道時，江南的豪強們要麼被徐雄元滅了，要麼就被拉上賊船了。

那個時候，無論是豪強還是徐雄元都成了反叛軍，打反叛軍就是正兒八經的藉口，王師征伐他們就站在了道德上的高位。顧元白無意拉長戰線，也無意牽扯更大，等徐雄元搞定豪強，他就會搞定徐雄元。

月餘時間，荊湖南和江南受損不大，很好。

這就是皇帝做事和徐雄元做事的不同了。

徐雄元清除豪強那是直接下手，乾淨俐落不需要一個藉口，而顧元白則不行，身為皇帝，哪能幹出強盜事？

顧元白對徐雄元敬佩不已，並展開聖旨，義憤填膺地痛斥了甲申會草菅人命、擾亂天下太平的罪行。

第五十七章

徐雄元果然和江南豪強們搭上關係了。

軍師之中，能說會道的人主動請纓，前去勸說江南豪強。半是威逼半是利誘，對於江南大族俞氏，更是將其的女兒許給了徐雄元做小妾。

老大都上了賊船了，剩下的一些也半推半就地被勸服了。還有些聰明人覺得此事不對，便連夜逃亡鄉下，寧願拋了這財富也不願意和徐雄元共同謀事。

自然，徐雄元自認自己很好說話，你不想和他合作，可以，人可以滾，錢留下。

劉岩暗中將這些安分守己的豪強記下，稍後通知到在江南潛伏的監察處，還是那句話，對於老實本分的商戶，聖上喜歡得很。

在薛遠快馬狂奔趕往荊湖南的時候，那些上了賊船的豪強們，也打算用自己的勢力，去盡可能地拉其他豪強們上船了。

人愈多，鬧得愈大，皇上就愈是岌岌可危，甚至可能不用發動戰爭浪費兵馬錢財，朝廷就會主動將皇帝給攆下來主動來迎接徐雄元了呢？

徐雄元就這樣做著美夢，黑天白夜地想著朝廷，京城，皇位。

劉岩像是保護一個孩子的童年夢一樣地保護著徐雄元的美夢，在江南豪強聯繫外地勢力時，每當徐雄元臉上顯出對未來的憧憬時，劉岩都會含笑頷首道：「將軍，您想要的都會實現。我們想要的，都得由將軍你來完成。」

他的語氣溫和，夾雜著滿滿的希望和虔誠，每當他說完贊同的話，徐雄元都會感動地握上他的手，再高聲歎道：「我徐某人得劉小友這位知己，夫復何求啊。」

劉岩每當這時，都會微微一笑，笑而不語。

荊湖南和江南邊界。

三方守備軍將這裡圍得嚴嚴實實，江南的豪強往外寄出的信，就這樣徹徹底底地被三方守備軍攔了下來，人馬扣留，連信鴿都會被打下來添個葷，總之，插翅也難飛。

送信準備出江南的人都一臉的不可置信，直到被束縛住被粗魯地扔在一旁，他們才知道，原來朝廷的官兵就守在兩地邊界上。

天呢……

送信的人全身發寒，雞皮疙瘩起了全身，他們往左右一望，就看到密密麻麻站姿筆挺的守備軍，一眼竟然望不到頭。

頓時眼前一黑，頭暈眼花。

省內的人還在研究怎麼造反，怎麼篡位，而省外，皇帝的兵馬就在一旁虎視眈眈。這樣從脊椎猛得竄上的寒意，甚至讓不少人雙膝發軟，呼吸窒息。

皇上就在看著他們謀反。

呼吸都要上不來了，他們心中不斷地哀嚎著，不斷地大聲吼著，腦中期盼著省內的那些人能聽到他們心裡的話，然後趕緊跑，別謀反！

老爺，別謀反，趕緊帶著他們的妻子兒女們跑，皇上的人就在這兒！皇上知道了啊！

§

因為時間倉促，整個甲申會的目光都投在了豪強身上，百姓家中，除了遭遇幾隊兵馬的劫掠，傷亡倒是還好。

徐雄元的兵馬從懷化府往周圍的府州縣擴散，也因此在荊湖南招到了兩萬從未上過戰場殺過人的青壯年，如今兩省食物匱乏，但眾多豪強打開私庫之後，那裡面成批成批的糧食，看得徐雄元眼睛都綠了。

這麼多的糧食，哪怕徐雄元養五萬兵馬也不用怕了，皇帝的糧倉恐怕都比不了！

徐雄元當即大笑，立刻派人將這些糧食運往軍中，都敞開肚子大吃。被搶走糧食的豪強們面上笑容僵硬，肉疼得心臟一抽一抽，卻敢怒不敢言。

徐雄元把這合作直接理解成了豪強的東西就是他的東西，豪門再不願意也沒了辦法，大門敞開了，只能看著徐雄元帶兵洗劫一空，美名其曰為後勤支持。

許多豪強家中的多年資產徹底煙消雲散。這時才知道，這個徐雄元之前的客氣都是在裝模作樣，等到利益相關時，管你是誰，反正你都已經上了賊船了，你還能半路再投靠朝廷？

手裡有兵的人一旦不講究仁義，那就是一群強盜流氓！

徐雄元最近日子過得挺好的。

江南的青壯年也正在被他搶到軍營裡，這都十幾日過去了，周邊的守備軍也沒有進攻的消息，江南的朝廷官員早就抱頭狼狽至極地逃竄了。徐雄元時常和身邊的人講：「可能狗皇帝真的活不下去了。」

身邊的人無盡吹噓，給予徐雄元最舒適的馬屁體驗。他們還趁著如此休養生息之間，準備想一個大義凜然的造反藉口。

如今這皇帝勤政又愛民，反貪腐活動備受百姓支持，他們總不能用皇帝做得太好了，豪強不願意讓皇帝這麼勤政愛民來當藉口。

最後，甲申會的人決定拿盧風掌權時的弊端來反駁如今的朝政。

他們不管是不是恩師盧風留下來的弊端了，就比如說地方豪強勢力強大，草菅人命作惡多端這一事，就是你顧元白沒處理好的原因！

總之不是你的錯那也成了你的錯，你不做錯一點事，我們還怎麼造反？

而在甲申會的人沉醉在江南的財富之中時，薛遠也同定遠將軍帶著一萬士兵快馬加鞭趕到了荊湖南一地。

他們同守備軍的將領定好路線和作戰計畫之後，便從外側繞了一個遠路，帶著人從大越的邊界從後方堵在了江秈道的盡頭，防止這最後的退路。

而守備軍已經接到了消息，整軍待發準備打進江南清除反叛軍了！

駐地半月有餘，將軍們各個摩拳擦掌，旌旗飄空連連，勢要拿到這一份軍功！

大軍行進，灰塵飄飄，地動而山遙，守備軍從三方逼近，轉瞬之間就從江南而去。

一路上逃亡的百姓絕望的心情還未收起，就看到朝廷的兵馬已經裝備整齊地朝著他們而來。這些百姓直接怔愣住了，一步也邁不開了。

士兵們每遇到災民，都會將其安置在後方，將監察處買來的大批糧食分發給百姓，百姓之中的人有些已經兩三天沒有吃上東西了，他們接過朝廷官兵手中下發的米麵，憔悴而枯黃的臉上是兩行熱淚。

等到這時，才曉得國家的士兵意味著什麼，才覺得平日裡交的那些賦稅不冤，一點兒也不冤！

江南甚至剛亂，朝廷就派人來了。這太給人安全感了，等逃亡的百姓們休息完了吃飽了後，他們左思右想，也調轉了路線，遠遠綴在士兵後頭，想要跟著大部隊再回自己的老家。

跟在這群官兵後頭，心中有底，有底氣了。

等甲申會的人聽到朝廷派兵已經進了江南的時候，已經是兩天後的事了，而這時，朝廷的兵馬已經逼近隆興府，距徐雄元所在地不過兩百里之距。

徐雄元感覺很荒唐。

前不久，江南的豪強才寄出信，天下大勢好像都聚集在了徐雄元的身上，但莫名其妙的，怎麼朝廷兵馬就在百里之外了？

天降神兵？

徐雄元感覺很慌亂，除了慌亂之外還有一種當眾被打臉的怒火，他召集來了甲申會的人，在商議時急得語氣暴躁：「諸位到底有沒有好的辦法！」

甲申會的人一聽，也跟著懵了。

他們才剛剛說服了豪強，將豪強帶上了賊船，剛剛搬空了好幾個糧倉，大好局面在此，結果朝廷的兵馬就在兩百里之外?!

慌亂的情緒在大堂之中蔓延，人人臉上都帶出了點忐忑不安。

有人竭力冷靜，不乏希望地問：「將軍，朝廷派來了多少兵馬？」

「已經去打聽了，」徐雄元臉色難看，憤怒道，「他們是什麼時候來的，我們竟然一點消息都沒有！」

「來的這麼突然，怕不是長途奔襲，」趙舟神情凝重，「但長途奔襲的軍隊，規模絕不能過大，但……」

趙舟心中總有些不好的預感，他不由自主道：「將軍，我們占下荊湖南，入侵江南一事，是否過於順利了？」

荊湖南的官府還象徵性地掙扎了一下，江南的地方官府早就已經跑了。而糧食價格陡然上升，外頭傳來的鬧饑荒的消息傳得沸沸揚揚，還有突然斷糧的事情……莫名其妙地就讓甲申會開始了造反一事。

糊裡糊塗，等趙舟得到消息的時候，徐雄元已經將懷化府中的豪強剷除得一乾二淨了。

大堂之中的所有人都跟他一樣糊裡糊塗，惴惴不安。

兩個時辰後，前去打探消息的騎兵才倉促回來，摔在大堂之中，驚恐萬分地道：「將軍，三面都有朝廷官兵，粗粗一看最少也有兩萬人！」

徐雄元猛地一下站了起來。

大堂之中被這話震得安安靜靜。

徐雄元面部表情已經控制不住地猙獰了起來，「顧斂——！」

劉岩當機立斷起身，他走到大廳之中朝著徐雄元深深躬身，「江南沒有荊湖南的天險，朝廷兵馬一旦三面包圍，我們註定插翅難逃，小人不才，願意為將軍殿後，還請將軍快快退回荊湖南，小人會留在隆興府盡力拖延住朝廷兵馬。」

徐雄元當即感動得雙目含著淚光，「你竟為我做到如此地步——」

劉岩歎了一口氣，嚴肅道：「將軍還請快點啟程吧，兩萬朝廷精兵距我等不過兩百里。萬一他們快馬加鞭，就要來不及了！」

「你說得對，你說得對，」徐雄元喃喃，慌了，「我指派給先生一萬五千人，這裡就交給你了！」

劉岩點點頭，堂中眾人欽佩他的人品，不由流露出幾分歎服之色。趙舟在這時也突地上前一步，站在劉岩身旁肅然道：「將軍，我也願留此斷後。」

徐雄元掩面哭泣，大為感動，「我徐某人何德何能，能得此二位先生相助！」

等哭完之後，徐雄元立刻派人運著糧錢往荊湖南而去，而糧食太多，處理起來很浪費時間。劉岩勸道：「將軍，留得青山在不愁沒柴燒，您先保重性命，這才是最重要的事啊。」

徐雄元只好忍痛放下大半糧財，帶著五千精兵和新征的一萬人趕回荊湖南。

而留下隆興府的一萬五千人，其實都是新招收的從未上過戰場的新兵蛋子，裡頭荊湖南的人有一萬，剩下的就是這幾日新招收的江南的人。

看著這樣的士兵，趙舟的臉上也不禁流露出幾分絕望。很快，他強自鎮定道：「劉兄，我們快將城牆壘高，戰壕挖出，準備守城的東西吧。」

劉岩雙眼一眯，笑呵呵道：「好啊。」

徐雄元逃得及時，等人帶著士兵逃走了，江南的豪強才猛然反應過來，城裡的士兵怎麼少了一半？

他們心中不妙的預感升起，派人來問，得到消息之後卻是猛得被氣倒在地。

徐雄元、徐雄元逃了！朝廷派兵了！

家產剛剛被反叛軍當做軍餉奪走，現在他們又要被皇帝當做反叛軍給處理了。

不少豪強直接絕望地暈了過去。

而在第二天，守在城中的人遠遠就感受到了地面石粒的震動，劉岩和趙舟登上了城牆，等兩刻鐘之後，就見到黑壓壓的一片大軍從遠處鋪天蓋地地襲來，黃沙漫天，趙舟腿上一軟，幾乎要扶著劉岩才能站住。

劉岩溫聲道：「趙兄，莫怕。」

「我怎麼能不怕，」趙舟苦笑著站穩，又給自己和劉岩鼓氣，「但自古以來都是守城容易攻城難，我二人齊心協力，城中還有許多將軍留下來的糧食，必定夠我等堅持月餘。」

劉岩卻歎了口氣，「我卻覺得月餘太久了。」

趙舟看著他，眼皮突然一跳，「劉兄這是什麼意思？」

劉岩笑了笑，轉身下了城牆，趙舟心中不安，也緊緊跟在他的身後，不停追問道：「劉兄此言到底何意？」

外頭的兵馬聲音逐漸靠近，雙腳就能感受到大兵壓城的震動，劉岩下了城牆就飛快地往城門走去，他的步子愈來愈快，趙舟已經跟不上他，最後，劉岩走到了城門邊，大聲道：「開城門迎候我王師！」

趙舟陡然一驚，寒意從身後竄起，他驚駭地看著劉岩，幾欲暈厥，「你──」

更讓他渾身發抖的是，守城門的人竟然真的聽了劉岩的命令，乾淨俐落地就打開了城門。

狂風卷著馬匹嘶吼之聲席捲城內，劉岩整理整理了衣冠，大步走出城門，朝著急速奔來的上萬兵馬道：「來者可是陸言茂陸將軍？」

帶頭的騎兵護著領頭將軍一路奔至城門之前，陸將軍翻身下馬，哈哈上前道：「在下正是！」

劉岩笑道：「下官丁堰，見過將軍。」

「下官不負使命，」劉岩高聲道，「將這江南，完璧歸趙予陛下！將這一萬五千名降兵，盡數交予將軍。」

後面的趙舟見到此還有什麼不明白的，他捂著胸口硬生生被氣到吐出了一口血，震驚和憤怒悔意在心頭交雜。

他們從頭到尾都中了皇上的計謀，從剛開始劉岩投靠將軍開始，他們就已經被皇上牽著鼻子走了！

趙舟氣急攻心，又脊背發寒，幾種情緒猛烈之下，他眼前一黑，直接重重暈倒在了地上。

城中哪些豪強投靠了徐雄元，哪些豪強逃了，劉岩一清二楚，他微微一笑，道：「那就勞煩將軍將城中的反叛軍盡數抓獲了。」

§

徐雄元還在逃亡懷化府的路上。

他絲毫不知道身後的江南隆興府發生了何事，也不知道自己一心信任的劉岩是皇上派到他身邊的人。他現在還在同身邊的人悲痛道：「劉先生和趙先生都是為了我才落到了如此地步，那狗皇帝萬一攻了城，還不知道如何作賤他們！」

滿江南的糧食和金銀啊，那可是繁華的江南啊，就這樣沒了！

身邊的人勸慰道：「將軍留給了兩位先生一萬五千士兵，已經仁至義盡了。」

徐雄元歎息道：「希望兩位先生平安無事吧。」

誰都知道那一萬五千的士兵不頂用，也知道兩個人必定凶多吉少，但有些話，心裡知道就得了，不能說出來。

一隊人日夜不停地趕往懷化府，等他們剛剛回到懷化府，還沒將城門壘高，就有四散出去的哨兵來報，身後有大批朝廷士兵追了上來。

徐雄元頓時就呆了，「劉岩和趙舟他們不是留在後方斷後了嗎？」

前來通報的哨兵急道：「將軍，快跑啊！來不及思慮此事了！」

徐雄元瞬息之間滿臉灰敗，他不知道這是怎麼了，幾天前還是一片大好的局勢，如今卻被逼得逃回了荊湖南，而逃回荊湖南之後，還能再往哪裡逃呢？

荊湖南三面環山，唯一能逃的路正被敵人追來，徐雄元頹敗無比，「難道我徐某人今日就要被困死在懷化府了嗎？」

一朝天上一朝地下，不少人跟著面色絕望，無論如何也想不通，這朝廷官兵到底是怎麼突然出現，怎麼這麼快就跟上來了呢？

屋裡一時沒人說話，半晌，突然有一門客高呼驚起，「將軍，荊湖南還有一退路！」

徐雄元一震，「什麼？」

門客道：「荊湖南後方還有一驚險蜿蜒之道，名為江秈道，江秈道後頭便是大越的地盤，將軍！如今我們逃無可逃，不如逃向大越，將軍手裡有兵，也能在大越打出一片天地！」

徐雄元精神一振，連忙拿來地圖細細看了起來，半晌後重重拍上桌子，下了決定，「那便走江秈道！」

因為後方敵軍再追，有可能又是長途奔襲的那種追法，徐雄元不敢多浪費時間，軍餉也是一咬牙，只讓每個士兵帶上三天的口糧，當即就朝著江秈道而去。

荊湖南被他拋在身後，徐雄元落魄得宛如落水狗一樣被不停趕往下一個地方，早就沒有了前些時日的鬥志。而他的士兵，也因為這些時日不斷的逃跑而鬥志萎靡，神情瑟縮，丁點的風吹草動也能讓他們惶恐至極，就在這樣的氛圍中，歷經千辛萬苦，徐雄元等人終於逃到了江秈道。

江秈道萬分兇險，一不留神便是萬丈懸崖，有些馬匹甚至不敢跨上江秈道，只好被徐雄元下令宰殺拋棄，帶著僅剩的馬匹和士兵小心跨上了江秈道。

而等在江秈道盡頭的薛遠，等來的就是這一批猶如喪家之犬的反叛軍。

等反叛軍好不容易走過了驚險萬分的江秈道，腳下好不容易踏上平地之後，他們甚至還剛剛升起慶倖和逃出生天的表情，下一刻，這表情就凝在了臉上。

埋伏起來的朝廷士兵大聲叫喊著撲了出來，黑壓壓的一片士兵在這些逃難的人眼裡比惡鬼還要可怖。徐雄元臉上剛剛露出的笑容僵在了臉上，眼睛瞪大，表情像是在笑又像是在哭，怪異非常。

旌旗飛揚，上面大大的「恒」字映入了每一個人的眼裡。

大恒的士兵每一個人都裝備齊全，體格強壯，他們駐槍拔刀地擋住每一個逃跑的路線，看著反叛軍的表情虎視眈眈。

薛遠駕著馬原地踱步幾下，高聲大笑：「聖上聖明，派我等駐守在此處，定遠將軍，你瞧，是什麼來了？」

定遠將軍放聲笑了起來：「薛將軍說的是，這來的不就是喪家犬反叛軍的頭頭？」

敵軍已經有了潰散的苗頭，後方的人已經轉身往著江秈道跑去，甚至不少人因為心中慌亂害怕，而失腳掉下了萬丈深淵。

徐雄元心中的恐懼和憤怒一塊升起，他揚起刀，表情猙獰道：「朝廷是沒人了嗎?!竟然派了一個毛都沒長齊的小子來抓本將軍!你這小子，上過戰場嗎?!」

薛遠表情玩味，「這是在說老子?」

都虞候官職乃從五品，定遠將軍官職為正五品。但聖上點的是薛遠為主將，定遠將軍是個三四十歲的中年男子，他知曉薛遠的厲害，因此並無什麼想法，此時聽到徐雄元的話，倒是大笑了起來。

徐雄元只以為是在嘲諷他，頓時冷笑連連，駕馬拿上武器，「你這小子，今日我徐雄元就要你見識見識戰場的殘酷，看樣子朝廷是真的派不出將領了，連你這小毛頭都能成了主將！待我斬了你項上人頭，正好讓那狗皇帝看看我的厲害！」

薛遠抽出大刀，大刀在等待殺敵的這些日子被他磨得閃著寒光，他看著徐雄元笑了笑，「有意思。」

§

朝廷大獲全勝！

三方守備軍足足兩萬人幾乎沒有發揮什麼大作用，他們只是斬殺了那些投靠反叛軍的豪強，抄了其家產，再將荊湖南和江南兩地的消息嚴嚴實實封鎖在了兩地，沒漏出去一絲半點的風聲。

百姓們受的傷害在監察處和東翎衛的引導下比想像之中的更少，損失的糧食和被踐踏的房屋顧元白都有安排。等徹底處理好了荊湖南和江南兩地的事宜後，已經從京城緩慢向四周發展的《大恒國報》上才報導了這件事。

其他外省的人這才知道，原來荊湖南和江南兩地發生了戰亂，反叛軍強奪其兩地的豪強百姓，為了錢財糧食踏平了地方豪強，幸而朝廷反應得快，處理得及時，才沒有讓百姓們受到更大的傷害。

只是許許多多的豪強商戶還是被反叛軍徹底殺害，這些反叛軍沒有人性，其首領徐雄元更是殘忍地放火燒了大半的懷化府！

這消息一出，整個京城都震驚了。

隨即就是破口大罵！

身為聖上的御用筆桿子，常玉言第一時間站出來歌功頌德聖上的仁愛舉措和痛斥那些貪婪殘暴的反叛軍，他寫了一篇極其精彩絕倫的文章，那文章讀起來簡直讓人想要提刀親自跑到荊湖南去捅反叛軍一刀，文裡還細膩而悲切地描寫了這兩地百姓在戰亂和逃亡時的痛苦絕望的經歷，讓人讀之好似親臨，淚水都忍不住。

最後，常玉言呼籲大家：「荊湖南、江南兩地為反使軍傷壞也，民無歸，日抱兒泣，朝廷欲辦此哀之民，眾富者捐錢，無錢者捐米，為此地百姓盡上己之一力。」

此文一出，因為寫得實在是好，很快就傳遍了大江南北，被讀書人所知。

也是在這時，這些讀書人才知曉了荊湖南和江南一事，為文中的話而悲痛流涕之後，大筆大筆的捐款就朝著朝廷而去。

顧元白看完守備軍送上來的從那群豪強手中劫下來的拉夥結幫的信後，也大致摸清了全國各地豪強之間的關係和利益遠近，哪些老實哪些不老實，也能從信中獲得一二資訊，等他將這些東西整理完了後，就聽到了全國各地往京城運來捐款的消息。

他帶著戶部尚書一看，兩人都有些吃驚，等之後聽到人點完數來上報的具體數量時，戶部尚書直接倒吸一口氣，顫顫巍巍地被太監扶著，轉頭看著皇上，突然腦子一抽說了一句：「聖上，咱哪裡還有反叛軍嗎？」

這也實在是！實在是太掙錢了吧！

第五十八章

戶部尚書說完這句話就挨了罰，蔫溜溜地從皇宮被聖上趕了出去。

顧元白罵完了戶部尚書後，自己倒是神清氣爽。他看著這一車車的糧食和錢財，還有各式各樣的捐款，不禁在心裡再誇了常玉言一遍，這就是個寶啊。

筆桿子的威力，不輸鋒利的武器。

他吩咐下去：「將常玉言調到政事堂去，讓參知政事挑個有經驗的大臣帶帶他。」

田福生道：「是。」

顧元白沉吟了一會，「等他們回來之後，也該論功行賞了。」

田福生笑著道，「薛大人也要回來了，還別說，這月餘沒見到薛大人，小的還真是有些想了。」

「你想他？」顧元白沒忍住勾起了嘴角，「田福生，朕對你刮目相看了。」

田福生道：「小的還不是看在薛大人膽子大的分上？除了小的和張大人啊，也就薛大人敢勸聖上吃飯歇息了。」

顧元白微微一笑，「但薛遠如此大才，待在朕的身邊，倒是有些屈才了。」

他輕描淡寫，「等人回來，按功行賞，把他調到朝中，或是在禁軍之中，統領諸衛，也不算是失了其能力。」

「總之，」聖上下了結論，「別圍著朕轉了。」

欲望一時起，被雄性激素支配下的那一吻也有幾分試探的意味，顧元白說忘就能忘。但是他怕薛遠不行，所以在他身邊待著，不如早點離遠點。

知道薛遠對他也沒心思之後，顧元白還是挺愉悅的，他得讓薛遠一直保持著這樣的心思。

聖上是在笑著，但這話中的意思卻像是對薛遠厭棄了。田福生分辨不了其中的深意，只覺得伴君如伴虎，他恭恭敬敬道：「小的記下了。」

§

常玉言一朝受賞，就被調到了政事堂中，調職當日，他當真是滿面春風，見人就笑得風流瀟灑，探花郎就這麼高調張揚地一路來到了政事堂。

參知政事將常玉言派給了一位經驗老道的官員，官員帶著常玉言大致在政事堂中看了一圈，等簡單介紹了下政事堂的政務範疇之後，官員就道：「政事堂的事務十分繁忙，你有天賦，便先在新出的國報部中行事。你先同我適應十日，十日之後，再由你親自上手做事。」

常玉言彬彬有禮道：「是。」

政事堂的事務確實無比繁忙，常玉言自從被調到政事堂之後才覺得之前的自己甚是淺薄。國報部中，在這裡的官員好似每個人都有著看一眼就能從各文章奏摺之中獲取眾多暗語和利害平衡的本領，往往常玉言看著極為頭疼和半懂不懂的文章奏摺，到了帶著他的老官手裡，就是片刻翻閱的功夫。

常玉言有傲氣，便埋頭跟著學習，終於在十天之內，將這些事務跟著上了手。

說來也巧，等這十日過去之後，顧元白也親自來了政事堂查看。

常玉言從政務中抬起頭後，就見到聖上同參知政事笑著從身前走過。常玉言心中一緊，趕緊低下了臉，眼前看的都是政務，但卻是怎麼也看不進眼裡了。

參知政事正好看見了他，還記得常玉言寫了一篇讓朝廷收穫許多捐貢的文章，他很看好這年輕人，此時笑著道：「探花郎今日的政務完成得如何？」

常玉言起身行禮：「已完成一半了。」

顧元白隨手拿起一本已經翻閱過的奏摺，將上方的批改和整合的朱字看完之後，微微頷首，道：「不錯。」

常玉言拘謹道：「臣惶恐，遠不及諸位大人。」

聖上笑了，參知政事也跟著笑了兩下，顧元白放下了奏摺，繼續同重臣往裡面走去。

常玉言呼出一口氣，鎮定坐下之後，才覺得自己之前甚是緊張。遙想以往見到聖上第一面時還會驚於聖上容貌，之後再見，卻並非只是容顏之美了。

聖上威嚴愈加濃重，讓人連褻瀆之心都不敢升起。京城之中褚家褚郎美名遠揚，怕若是聖上不是聖上，就要蓋過褚衛的名聲了。

常玉言思緒飄遠一瞬，又瞬間拉了回來，他繼續低著頭批閱自己桌上的政務，只是有些神思不屬。

參知政事同顧元白一邊走著，一邊說著近日忙碌出來的結果，「聖上，荊湖南和江南兩地運送過來的數量就這麼多了。」

顧元白翻看著這兩地被抄家的豪強家底，感歎道：「國庫都塞不下了。」

「臣也未曾料到豪強的資產竟然如此之多，」參知政事表情凝重，「按照清出來的良田、中田、劣田的數量一算，以往荊湖南和江南兩地交上來的賦稅不過是其中三成的分量。」

顧元白嗯了一聲，不怎麼驚訝，「以往都說江南是魚米之鄉，是朝廷的糧倉和錢袋子，這次你瞧瞧，錢袋子只交上了三成的稅頭。」

「只江南和荊湖南便是如此，更何論其他地方了，」顧元白歎了一口氣，「萬千良田就被一家子吞併，一家子就交上百畝的稅收，我朝隱田隱得嚴重。」

參知政事憂心忡忡：「但若是荊湖南反叛軍再來一次，怕是會引起民憂。」

顧元白笑了：「哪有這麼多的反叛軍呢。」

他說完這句話便換了一個話題，參知政事順從地不再多問。等從政事堂出來後，顧元白乘上馬車，欲睡不睡之間，聽到田福生在外頭道：「聖上，前去清剿反叛軍的兩位大人回來了。」

§

本來在大勝之後，薛遠和定遠將軍就要立即趕往京城。但守備軍不可長留，兩地官府的官員還未從外地回來，亂攤子一堆又一堆，只能讓他們兩人領兵一萬原地駐守，等著朝廷過來收拾亂攤子。

常玉言寫的那篇文章傳到江南時，薛遠已經被困在這將近一月有餘了。

小兵將這篇文章送上來時，薛遠剛同定遠將軍練了一番手，身上的熱意燙得空氣扭曲，他將武器扔在一旁，洗完臉才將文章拿過來一看。

定遠將軍道：「寫的是什麼？」

薛遠輕輕念道：「上每聞皆苦心也，惜民罹此難，歎己不治。」

他的目光在「上」字移不動，這一句簡簡單單的話，他就可以想像出顧元白的神情。是否會因為憐惜百姓而皺起眉頭？這三十幾天不見，是胖了還是瘦了？可有生病？

薛遠良久，才喟歎一聲，將文章卷了卷，收入了袖中。

一日不見便想得厲害，一月有餘，這樣的想念反而沉澱了下去，如瘋草一般攀附在薛遠的每一根神經上，只要一想起顧元白，這瘋草便開始遮天蔽日。

沉沉重重，外頭看著愈來愈是沉穩，念頭卻一滴一滴地，都成了淹沒薛遠整個人的水。

定遠將軍笑道：「京城的文章都傳過來了，想必京城的人也離得不遠了。」

薛遠扯起唇，「快點兒吧。」

隨著兩位大人一同回京的，還有一萬士兵同反叛軍中的重要人物。

這些人被換上了囚衣，手腳被銬，頭戴木枷，被束於囚車之上。

禁軍分為東南兩部，還有內外之分，內指的是皇宮之內守衛皇宮安全的禁軍，外則有專門的地方來放置這些禁軍，禁軍南北兩部統共有二十餘萬人，百姓卻沒見過幾次。這次清剿反叛軍的禁軍分批從外進京時，倒是將百姓們嚇了一跳。

兩旁的百姓目光殷切而敬畏，等轉到囚車之後的反叛軍時，就變得凶狠而厭惡了。

趙舟狼狽地低著頭，垂著眼睛不敢往兩旁去看，他的身前就是同樣狼狽的徐雄元。而在兩人身側，是特地駕馬在旁的劉岩。

徐雄元已經罵了劉岩一路了，本來已經罵得口乾舌燥再也提不起力氣，此時見到周圍百姓看著他如看廢物的眼神，敏感的神經再次被激怒，「劉岩，你真是豬狗不如，畜生，畜生！」

丁堰微微一笑，身邊有騎兵怒聲罵了徐雄元一句，再看向丁堰：「不然就將他的嘴堵上，也省得再說些髒話汙了大人的耳。」

「這倒是不必，」化名為劉岩的丁堰面色不改，「都說將死之人其言也善，我等對將死之人，也該讓其再說說善言了。」

騎兵哈哈大笑，樂道：「大人說得對。」

徐雄元氣得面色漲紅，倏地朝丁堰吐了口口水，丁堰往後一躲，撣了撣衣裳，「誰家的畜生還會朝人吐口水？」

趙舟夾雜著恨意和無盡悔意道：「江南糧價漲錢，乃至荊湖南全省民眾挖礦一事，是不是都是你們在背後動的手腳？」

丁堰道：「趙先生所說的話，劉某卻是聽不懂。」

趙舟差點被氣得又厥了過去。

監察處的官員玩得開心，前頭的薛遠和定遠將軍也在百姓注視下一步步到了皇城之外。

他們二人身上還穿著盔甲，皇宮門前有太監含笑等著他們，待兩位從馬上翻身下馬上前後，這才派人為兩位將軍解下盔甲和刀劍。

這位太監薛遠瞧著眼熟，應當是聖上身邊的某個人，說起聖上，薛遠就道：「聖上可是要現在接見我等？」

他看起來似乎並不急著去看顧元白，只是偶然看向皇宮的眼神，幽深得像是藏著霧。

太監笑著道：「兩位將軍遠行甚是辛苦，等見完聖上後，就可回府好好休息了。」

定遠將軍哈哈大笑：「這都是我等該做的。那還等什麼？勞煩公公帶著我等進宮面聖了。」

薛遠也笑了，緩聲道：「正如定遠將軍所說。」

第五十九章

薛遠時隔一月半的時間，再次踏進了顧元白的宣政殿中。

顧元白端坐在桌後，聞聲抬頭看來，嘴角微微一笑。

薛遠遠遠就看到了他唇角的笑意，直直看了一會兒，才跟上定遠將軍的腳步，他壓著神情，低聲喃喃自語道：「好像氣色好了點。」

兩位臣子上前來拜，顧元白溫聲將他們叫起，等他們彙報完了反叛軍一事和荊湖南兩地如今的情況後，顧元白點點頭，就讓他們回府休息了。

定遠將軍乖乖退了下去，但薛遠卻腳步動也不動，顧元白看著他，目光從他的眉梢移到他的脖子上，暗忖荊湖南是個什麼天氣，直接讓人黑了幾個度。

「薛卿還有何事？」顧元白問。

七月分，天氣炎熱。宣政殿中擺著冰盆，外頭的日頭陪著擾人的鳥叫蟬鳴，曬得空氣扭曲。

一月又十七天，薛遠才見到了顧元白。

顧元白臉色被熱得紅了些，身上的衣服薄了些，玉扳指下的指節，仍然圓潤而白皙。

薛遠一身常服，盔甲已經被脫去，他身上還有風沙的氣息，此時微微一笑，鎮定道：「臣身為殿前都虞候，自然要保護聖上的安全，隨時陪侍在聖上身邊。」

顧元白沉吟了片刻，道：「那就不必了，給薛卿升調的聖旨稍後就會降下。薛卿大才，以後就不必待在朕的身邊了。」

薛遠臉上的笑容僵硬了一瞬，舌尖覺出了點苦意，他緩緩問道：「聖上，您這是什麼意思？」

田福生見顧元白不說話，便笑呵呵插話道：「薛大人，這是聖上看您大才，想要給您升官的意思啊！」

心頭剛燃起的火又被猛得冰上。

薛遠眼中沉沉，他看了顧元白良久，半晌後冷冷一笑，「臣遵旨。」

轉身大步離開宣政殿。

顧元白看著他袍角飛揚地離去，從這步子裡都能看出薛遠是生了多大的氣。顧元白摸了摸鼻子，轉頭問田福生，「朕論功行賞，給他一個好職位，這還不夠好嗎？」

田福生也納悶極了，「小的也想不通薛大人心中所想。」

「罷了，」顧元白苦惱地揉了眉頭，想不通薛遠是怎麼想的，「不管他了。」

薛遠一走出皇宮，就面無表情地停下了腳。

身後的皇宮金光燦燦，龐大無比，但卻冰冰冷冷，沒有一絲人情味，就跟它的主人一模一樣。

薛遠捏緊了袖中那個龍紋白帕，就這樣沒有絲毫表情地回到了薛府。

顧元白。

薛府眾人早已等候他多時，等薛遠沐浴完了之後躺在房中時，他仍然在睜著眼看著頭頂的樑柱。

想了一夜，想了許久，終於想出來辦法了。

小皇帝要是以為這樣就能趕走他，那也太天真了。

薛遠第一次上戰場的時候，他看中了敵方一個頭目懷中的匕首，為了那個匕首，他差點在戰場上丟了命。但匕首還是歸他了，薛遠想要的東西，只要有一口氣在，他爬也要把東西扒到自己的懷裡。

要麼殺了他。

要麼把自己給他。

不是爽了就夠了嗎？他讓他夠爽了不就行了嗎？

§

顧元白沒給反叛軍一日多活的時間，當天正午，就在京城之中將反叛軍中的這些重要人物斬首示眾。

當是時，徐雄元看著圍了一圈又一圈看熱鬧的京城百姓們，看著他們眼中的激動和恨不得除之後快的興高采烈，才恍惚之間覺得自己是徹底地敗了。

顧元白都有本事將盧風斬首了，又真的會讓他帶著五千士兵逃離京城嗎？或許從這個時候起，從他被顧元白選上時，他就敗了。

可是他明白得太晚了。

午時三刻，人頭落地。

次日傍晚，便是顧元白給功臣們辦的一場小宴。

宮中侍女忙碌，備酒端著菜肴，宮宴之中的空地上，正有宮中的歌舞女在翩翩舞蹈。

當今聖上不好女色，看著歌舞的目光也滿是清明。薛遠喝一杯酒看一眼聖上，目光灼灼，燙人得很。

小宴時，為了以示親切，聖上穿著一身明黃色的常服，偶爾的舉杯和抬袖都能看出衣紋上的金紋暗光，薛遠以目光描摹著暗紋，嘴裡喝了一杯又一杯的酒。

他身邊坐的就是定遠將軍，定遠將軍被眾人敬酒敬得已經有了醉意，他轉身朝著薛遠一看時，就被一地的空酒瓶子給驚到了：「呵！薛大人，你酒量怎麼如此驚人？」

不遠處的常玉言聽到了這句話，探花郎哈哈大笑著朝著薛遠和定遠將軍舉杯：「定遠將軍同薛九遙在荊湖南待了一月有餘，還不知薛九遙的酒量嗎？」

定遠將軍道：「他倒是每日爬到屋簷上晃著酒瓶喝酒，我還總問他一瓶夠不夠，沒想到還是我低估薛大人的酒量了。」

常玉言一笑，同定遠將軍舉杯一飲而盡。

薛遠突然站起了身，端著一杯酒往聖上的方向走去。只是在他還未走到跟前，坐在聖上左下首的和親王就站了起來，朝著顧元白舉起了酒杯，低聲道：「臣敬聖上一杯。」

顧元白餘光一瞥，卻不經意間瞥到了不遠處停住腳的薛遠。薛遠長眉斜飛入鬢，似笑非笑，看著他們兩個人的樣子好像是在看一場好戲。

好像陡然之間，瘋狗又回到最初的樣子了。但好像又和最初的樣子天差地別。

顧元白收回視線，側頭吩咐了田福生一句，隨即舉起酒杯，同和親王示意一番，淺淺飲了一口。

和親王仰頭一滴不剩地將這杯酒喝完了，他看著顧元白這淺淺一口，也沒有說些什麼，沉默地又坐了下來，好像就只是單純地敬給聖上一杯酒。

等和親王坐下之後，薛遠才上前，田福生正好新拿了一壺酒水來，重新為聖上添了一杯，顧元白笑著道：「薛卿這次又出了次風頭了。」

這一看，就是目光一頓，「薛卿手上哪來的滴水？」

薛遠低頭一看，隨意道：「酒杯裂了條縫。」

顧元白讓人給他換了一個新的酒杯，待薛遠重新拿上酒杯後，他抬袖，剛將白玉酒杯遞到唇邊，薛遠就道：「聖上別喝了。」

顧元白手上一頓，抬眸看他。

聖上的眼眸中倒映著水光，薛遠喉結一滾，將酒杯中的酒水一飲而盡，然後突地上前一步，迅雷不及掩耳之勢地奪過了聖上手裡的酒杯，同樣喝得一滴不剩。

被田福生拿過來裝作酒水的清水清甜，薛遠面上帶笑，斯文道：「聖上這酒味道可不一般。」

顧元白手還頓在原地，聞言嘴角一扯，「是嗎？」

「田福生，」他直直看著薛遠，道，「將這壺酒水賞給薛卿。」

田福生應是，上前將酒壺遞給薛遠。薛遠拎著酒壺卻還是不走，他的陰影幾乎就要將顧元白罩在自己身下，過了一會兒，他才道：「聖上，您上次說要賞給臣的東西，您還沒賞。」

顧元白幾乎是頃刻之間就想起了那個山洞。

思想飄忽一瞬，他小兄弟那次是被薛遠伺候得真好。

這人就是一個土匪，手也很糙，但給他擼的時候卻堪稱是對著珍寶。

顧元白心裡有點渣男的愧疚，他柔著聲音，「你想要什麼？」

薛遠咧嘴一笑，伏低身子，低聲道：「聖上，您曾經穿走了臣的一件衣裳。」

顧元白沒忍住笑了，「堂堂薛府大公子，這還跟朕計較上一件衣裳了？」

「這倒不是，」薛遠道，「臣是覺得那件衣裳聖上穿著好看，應當多穿上一穿。」

他在上頭和聖上已經說了許多句話，已經有不少人看了過來，坐在左下首的和親王在絲竹管樂之間聽不見他們交談的聲音，但能看到他們過於接近的距離，頓時皺著眉大聲道：「薛大人這是還沒說完話嗎？」

薛遠手中一用力，差點連聖上剛剛貼唇用過的杯子又捏出了一道縫了。他笑迷迷道：「聖上，臣送您的玉扳指您還帶著了嗎？」

顧元白心道，這薛九遙今日怎麼盡問些這些話。但還是抬起了手，蔥白手指間，凝重得幾乎滴出綠液的玉扳指裹著細膩的皮肉，跟含著露水的花兒一般，漂亮極了。

薛遠欣賞地看了許多眼，他多想伸出手親一口摸一下，但是不行，會嚇跑人。薛遠將想法壓了下去，朝著顧元白行了禮，拿著酒杯和一個故意藏起來的白玉杯，悠悠走了回去。

一旁的和親王往顧元白的手上瞥了一眼，眼皮一跳，收回了視線。可看到薛遠的背影時，這種倉皇之感又凝成了沉沉的怒火。

這薛將軍家的大兒子也太過大膽了，敬酒就罷了，竟然還敢從顧元白手裡奪酒。但更讓和親王心中鬱結的是，顧元白竟然沒有懲罰他。

難道是皇上的寵愛，足以縱容此人膽大包天嗎？

旁人在想什麼，都與顧元白無關。

傍午的晚風比白日清涼多了，顧元白喝了喝清水，吃了幾口菜，等覺得時間差不多了，就吩咐人撤了宴。

聖上從宴上退下去時，和親王也起身跟在了顧元白的身後，他沉默跟了一路，等快要到了寢宮時，顧元白才問道：「和親王有事同朕說？」

「無事，」和親王聲音悶悶，不樂意抬頭看顧元白，「臣想先帝了，就想來宮中看一看。」

顧元白覺得有趣，品出了幾分不同尋常的意味，他眉頭一挑，笑道：「行了。既然和親王想先帝了，那便在宮中暫住一夜吧，先帝平日裡喜歡宿在華儀宮，和親王今夜便宿在那吧。」

和親王沉沉應了一聲，走前看了他一眼，跟著太監離開了。

顧元白瞇著眼看著他的背影，吩咐道：「去查查和親王最近有沒有出過什麼事。」

等田福生應下後，他才繼續朝著寢宮而去。

洗漱之後，躺在床上，顧元白握著羊脂白玉閉上了眼，手指摩挲幾下玉佩，卻突然想到宴上自己用過的那盞白玉杯。

那杯子呢？

第六十章

白玉杯被薛遠帶回了家裡。

他在月下獨酌，酌的就是小皇帝唇間碰過的杯子。

夏天悶熱，但唇一碰杯子，就想起小皇帝淡色的嘴唇，一想起小皇帝的嘴唇，熱也察覺不到了，神魂都顛倒了。

薛遠不由自主想起山洞裡的那個親吻。

絕了。

靠這個親吻的回憶，薛遠才能在荊湖南待了整整一個月。

每一天，薛遠簡直愈是想，就愈是想得厲害。

顧元白跟酒似的，想了一會就能讓人醉了。

薛遠倏地歎了口氣，想起了顧元白給他的調職，他低聲敲了敲杯子：「小沒良心的。」

第二日一早，被服侍著起身後，田福生就細聲細語地對著顧元白道：「聖上，今兒一早，薛大人就來了。說是只要聖上的聖旨一天沒下來，一天沒有調職，他就還是聖上跟前的都虞侯。要好好保護聖上的安危。」

宮侍上前用冷帕擦去聖上額上的細汗，屋內快要化成水的冰盆搬出，再一一搬來新的。

今日沒有早朝，昨日慶賀之後，又因為徹底地放下了一塊心中的石頭，顧元白一個半月以來總算是舒服地睡了一個好覺。今天起晚了些，聽到田福生的話時，他還沒有轉過來彎：「他有這麼愛崗敬業？」

田福生琢磨了一下，大致猜出了「愛崗敬業」一詞的意思，他也不知道該不該在聖上面前多說薛遠的事，因此保守地一句話帶過：「薛大人莫約是捨不得聖上。」

這一句客套話，一下子讓顧元白清醒了過來。他心道，還是讓他捨得了吧。

這厚愛，顧元白受不起。

如今薛遠和褚衛都已為顧元白獻出了不同程度的忠誠。這樣看，似乎和他原本想像之中的並無區別。

唯一的區別就是兩人之間並未擦出火花。

顧元白歎了一口氣。

隨緣吧，他現在也不好意思再去拉婚配了。

聖上走出內殿，宮侍隨侍在後。禦膳房的廚子已經將膳食送上，考慮著聖上昨晚吃得葷油了些，今早的膳食便特地做得清淡而鮮美。

顧元白用得很是順心，早膳時薛遠就站在殿旁，但顧元白卻並未對薛遠的擅作主張說些什麼。玷污了臣子一片忠君之心的顧元白，對這種小事就睜一隻眼閉一隻眼了。

薛遠看著玉勺玉筷子在他唇邊停停走走，又露出了侍衛長瞧著眼熟的神情。

侍衛長困惑極了，「薛大人，你是未用膳就來上值了？這是又餓了嗎？」

「嗯，」薛遠沉沉應了一聲，眼睛不離，「餓了。」

餓到想嘗嘗顧元白的嘴巴是什麼味兒的。

上次跟夢一般，腳都不沾地，又被毒蛇所影響，只記得又軟又甜，但顧元白，怎麼可能只是又軟又甜？

侍衛長沉吟一番，「你要是餓得厲害，不如朝聖上求個恩典，下去吃個飯。」

薛遠心道，顧元白現在吃得這麼香，估計我現在上去親他一口，他能直接把我按在碗裡。

口中道：「不了。」眼睛還盯在聖上泛著水光的淡色唇上。得找個機會，讓顧元白再爽一把，再給他親一口。

聖上瞧著病弱，性格卻強勢，只要爽了，就算被他捏著下巴親，薛遠也想再嘗嘗他的味兒。

用完了飯，田福生拿了今日的《大恒國報》來，放在了聖上的左手邊。

宮侍正在拿著帕子給聖上淨著手，細白漂亮的手指在帕子之間若隱若現，淨完手之後，就戴上了薛遠送上的那個玉扳指。

薛遠嘴角一咧，等宮侍正要退下時，他不動聲色上前，從宮侍手中要到了剛剛聖上淨手的帕子。

《大恒國報》上，今日登報的仍然是反叛軍一事，但今日的內容之中卻寫了江南的豪強勢力往外送出了一封封的信，想以這些信拉攏各地豪強，結果這些信封俱被聖上攔截一事。

這件事一筆帶過，看上去好似顯得一點兒也不重要。百姓們對此不會多想，但顧元白知道，那些豪強一旦知道了這件事，就會心中不安忐忑極了。

特別是和江南有些關係的豪強，他們生怕那些信是寄給自己的，生怕那些信中寫了犯忌諱的事情，有對自己不利的資訊。如今信封到了聖上的手裡，裡面內容不知，收信人不知，恐怕不少人要寢食難安、惶惶不可終日了。

顧元白轉了轉手上的玉扳指，笑了，「這《大恒國報》上的文章，寫得倒是愈來愈好了。」

田福生笑著附和：「可不是？眾位大人對此多有推敲，筆力卻是愈來愈厲害了。」

《大恒國報》上的文章，都是政事堂寫出來的文章，政事堂專門為此開了一個國報部，常玉言便是在其中以發揮其用。

寫好的文章再送到張氏，讓張氏進行刊登。張氏背後的書鋪已是國有，張氏只是代為打理和發展，等書鋪全國鋪開的時候，《大恒國報》便會代表國家最直接的聲音。

這辦法比以往直接交予張氏的辦法省事多了，張氏壓力驟降，報紙的產量開始逐步提高。最近已經有不少商人想同張氏合作，將這《大恒國報》再往地方上蔓延。

顧元白對這種情況樂見其成，讓張氏挑著其中的幾家合作。相信不久之後，他現在看的這份報紙，就會出現在各地豪強的手中了。

顧元白讓人將報紙收起，心中暗忖怎麼利用地方豪強的害怕心做些東西，但他還未想多長時間，田福生就道：「聖上，如今已七月二旬了，太妃催促了許多次，天兒也熱了起來，您該前往避暑行宮了。」

實則聖上早就該前往避暑行宮避暑了，但如今各項事務忙碌，才一直拖到現在。

田福生給聖上數著，「反貪腐一事已經到了末尾，各地的官職空缺已經派人調職補上。如今定遠將軍和薛大人都已經回來了，您再不去避暑行宮，小的都要被宛太妃給催急了。」

顧元白道：「不是正在準備東西嗎？」

田福生苦笑：「早就準備好了，就等著您一聲令下了。」

如今正是炎熱的時候，皇帝的寢宮和辦理政務的地方都要放上一盆盆的冰塊。顧元白的身子弱，用冰塊去熱終究不如清風去熱好，這些日子，皇上忙政務，宮侍們就忙著伺候皇上，一時生怕熱了，一時又生怕冷了。

各官府的官員們，平日裡上朝還是辦公，官服都被汗浸濕了，已經有不少人暗中詢問過聖上究竟何時啟程了。

顧元白沉思了一會，道：「既然如此，五日後便動身吧。」

田福生鬆了口氣，抹抹頭上的汗：「是。」

先前顧元白忙得沒注意熱不熱的事，但等今日政務沒有那麼繁忙之後，他從忙碌中回過頭，一摸上臉，才發覺鬢角都已被汗染濕了。

宣政殿中還放置著諸多的冰盆，他抬眼一看，果然，他還算好的了，其他人都已熱得脖子處都濕了一圈。

「去外頭吹吹風，」顧元白道，「湖邊還清涼一些，讓人將東西拿上，朕釣釣魚。」

宮侍拿著東西，抱著冰盆，跟著往湖邊的涼亭而去。湖邊種滿了高大繁密的柳樹，樹枝繁茂，擋住了烈日，留下一片陰涼之地。

清風徐來，吹著冰盤上的涼氣，總算是沒有殿中那般悶熱了。

顧元白張開雙臂，讓人將他身上繁重的外衣脫下來一層，再換了件輕薄的單衣。

薛遠熱得頭上的汗如珠子那般的大，看著顧元白換衣服，更是悶熱得難受，「聖上，臣也能將外衣脫下嗎？」

「現在知道熱了？」顧元白好笑，眉頭一挑，斜睨了薛遠一眼，「朕讓你待在家中休息你不待，現在到朕身邊了又嫌熱。好好穿著吧，朕能脫，你不能脫。」

這一眼餘角劃過薛遠，薛遠呼吸一頓，側身遮了遮。

滿腦子都是顧元白的眉眼。

熱氣陡然燒到了體內。

顧元白換了衣服後舒服多了。魚竿被小太監們放在了湖邊，他撩起袍子坐在一旁，看著綠幽幽的水，愜意地長舒一口氣。

宮中的魚兒笨得很，只要餌一撒下去，就成片地追上來搶食。顧元白不到片刻就釣到了一個又一個，釣完了再扔回湖裡，玩得不亦樂乎。

他一高興，眉眼就舒展了開來，白皙的臉上配著一池清幽，更是猶如神仙般的好看，好似一不注意，就會被天上那群不要臉的神仙擄走一般。

薛遠看著他出神，冒出了這個想法之後，默不作聲地緊繃起了神經，趕走替聖上換魚餌的太監，自己蹲在了顧元白的旁邊。

他這麼大的一個個子，站著時修長而挺拔，甫一蹲下來，比坐著的顧元白瞧著還要醒目，顧元白瞥了他一眼，隨口問道：「薛卿如今多高了？」

大恒朝的一尺約有三十二公分，薛遠看起來怎麼也有一百九的樣子，很高，顯眼。

薛遠隨意道：「臣未曾注意過。」

顧元白來了興致，讓人將布尺拿來。薛遠自覺站了起來，筆直的不動。顧元白也站了起來，他的一頭黑髮就在薛遠的眼底，薛遠垂眸看著他，一向又瘋又狠的人，在這時，眼中竟然顯出了幾分溫柔。

只是這溫柔終究不是薛遠的特性，等目光滑到顧元白的脖頸時，又變成了濃濃的侵略。

想要一個帝王，要麼征服他，要麼被他征服。

多難多刺激。

第六十一章

顧元白給薛遠量完身高之後，發現他雖然沒有一百九的高度，但也快要到了。

這樣的身形若是穿上盔甲，跨上駿馬，想必大刀長槍一揚，便是悍勇無比的醒目模樣。

田福生同顧元白一塊兒驚訝感歎了下，隨即便拿著布尺，道：「聖上，小的也給您量一量？」

顧元白笑了笑，站直，「來吧。」

田福生沒有聖上高，最後這軟尺還是到了薛遠的手裡，薛遠從腳下給他量著身高，最後悶笑出聲：「聖上要比臣稍矮一些。」

他離顧元白離得近，笑起來的時候，胸腔之中的震動好像就在眼前，顧元白抿唇，似笑非笑，「薛卿覺得自己就是分外高了？」

薛遠輕聲道：「比您高就好。」

顧元白：「滾邊兒去。」

和親王隨著宮侍的指引來到這時，看到的就是這樣一幕。

聖上髮如綢緞，滑到了身前妨礙了視線，薛遠便伸手，手指穿過黑髮輕輕撩起，就像是捧起一指的水。

和親王的腳定住不動了。

身邊的太監小心翼翼道：「王爺，小的給您通報一聲？」

和親王恍然醒神，他移開視線，看著身邊枝條長長的柳樹，敷衍點了點頭，「通報吧。」

其實要美人，天下美人何其多。

莫約是顧元白平日裡太過強勢和危險，伴君如伴虎之下，反倒讓和親王忽視了他這個弟弟還有著一副好皮相的事實。

和親王壓下心中萬千端緒，走出來同顧元白行了禮，瞥了一眼湖邊的魚竿，語氣硬梆梆，「聖上準備何時前往避暑行宮？」

和親王總是這麼不討喜。顧元白懶得理他，田福生見機插話道：「回王爺，聖上吩咐過了，五日後便遷到避暑行宮中。」

和親王點了點頭，「既然如此，臣也回府儘早準備了。」

「去吧，」顧元白這時才懶懶回話，「和親王要是有時間，再多學學宮中禮儀。朕今早兒左等右等也沒等到和親王過來用膳，這是一覺睡到午時了？」

和親王一怔，隨即應了一聲是。

顧元白竟然等著他用膳了？

和親王的心情好了一些，他又朝著顧元白看了一眼，這一眼之下，只覺得這弟弟唇紅的紅，牙白的白，沒有少年時的那般討人厭，好似都沒有平日裡那樣威嚴可怖了。

顧元白鬆鬆握著魚竿，注意到了他這一眼的視線，眉頭微微一挑，笑著看了過來，「和親王還有事要同朕說？」

和親王儘量平和地道：「聖上剛剛是在同侍衛們做什麼？」

顧元白隨口道：「玩鬧一番罷了。」

和親王原本想走，但顧元白這句隨口敷衍的話一出，他就邁不動腳了，板著臉吩咐太監：「給本王也拿個魚竿來。」

太監將座椅、魚餌和魚竿等等一同備來，顧元白讓人將他的位置搬遠了些，半笑道：「別搶了朕的魚了。」

水波被風吹起波瀾，顧元白釣了會魚就昏昏欲睡，過了片刻，有太監前來通報，說是從京城外頭又送來了一批善捐。

顧元白眼睛一亮，頓時從困頓之中醒了神，他將魚竿一扔，圈起袍子步步生風，「走，去瞧瞧。」

他走得太急，魚線勾住了他的衣袍。薛遠反應極快，大步走過去就拽住了他，握著小皇帝的手腕黑著臉，「能不能慢點？」

顧元白回頭一看，「朕急。」

薛遠握著他的手腕不鬆手，等顧元白徹底停住了腳才算可以。他彎下腰給他解著魚線，語氣不怎麼好，「聖上，您再多走一步，魚線就能勒緊到肉裡了。」就顧元白這細皮嫩肉的，分分鐘就能見血。

田福生瞅了一眼聖上的臉色，對這位爺隱隱佩服。

瞧瞧，說這種話的時候也面不改色，從始到終這位爺的膽子就沒變過，對聖上什麼都敢說。這樣的人陪在聖上身邊多好啊，有膽量催著聖上吃飯休息，讓聖上龍體康健。但誰讓聖上不喜歡薛遠呢。

說是不喜歡好像也不對，若是當真不喜，怕是薛大人早就落板子了。

等薛遠一解開魚線，顧元白就大步邁了出去，薛遠看著他的背影，將魚線團成一團扔在了一邊，大步追了上去。

和親王身邊的隨侍問道：「王爺，您還去嗎？」

在這最大的主子走了，主子身邊的奴僕也浩浩蕩蕩地走了，湖邊的地兒剎那間就空了出來，涼風一吹，倒顯得幾分蕭瑟。

和親王毫無動靜地坐在自己的位置上，湖中的魚兒游過來吃了魚餌，水面蕩起一圈圈漣漪，釣魚的人卻只是看著，好似透過漣漪看到了另外的東西。

過了好半晌，和親王才不屑道：「本王是來釣魚的，難不成聖上在哪裡，池塘就跟著跑到哪裡了？」

隨侍訕笑，不敢再說。

§

這一批來到京城的捐款，被顧元白查完數量之後，全數轉到了荊湖南與江南兩地留作建設之用。

處理好了這件事之後，顧元白已經是渾身的汗水，田福生問他可要沐浴，顧元白想了想，搖頭拒絕了，搖頭時的餘光瞥過了薛遠，仍然不在薛遠身上停留一秒，就轉開了視線。

小皇帝臉都曬紅了，這時就顯出了幾分健康色澤，薛遠看他能不閉眼地看上三天三夜，但顧元白卻不願意為薛遠停留片刻鐘的時間。

薛遠幽幽歎了口氣。

宮殿之中即使擺上涼盆也悶得很，顧元白並未多待，無事之後，便起身準備朝著湖邊而去。走到半路時，路過一片密林。聖上身後不遠處的侍衛突然覺得膝彎一痛，他還未反應過來，身子已經失去平衡，直直往聖上身上撞去。

想攔住他的人慌亂，上前擋住聖上的人急躁，也不知怎麼了，眨眼之間人就亂做了一團。

顧元白就在慌亂之中被人抓走抵在了樹上。

樹葉猛得晃動了一下，幾片碧綠葉子飛下，樹影蕩悠，絲絲密密的沉浮涼意。

薛遠在大庭廣眾之下拐走了顧元白，他壓在顧元白身前，將威嚴的皇帝困於自己與樹幹之間，神情似認真似說笑，「聖上，您先前說過，等臣想明白要了什麼之後再來同您說，您就會將東西給臣，這是真是假？」

顧元白被他身上的熱氣蒸得有些難受，伸手去推著他，「朕說過的話，自然沒有失信的道理。」

薛遠的胸膛推不動，手觸上去，彈性倒是十足，顧元白皺著眉，屈指毫不留情地彈了他眉心一下，壓聲道：「起開。」

「起哪兒去？」薛遠眉心留下一轉即逝的紅印，道，「臣還沒說過自己想求什麼。」

顧元白終於抬頭看他，與薛遠對視，「薛卿想要什麼？」

薛遠張張嘴，顧元白剛以為他要說出來，誰知道他突然另轉了一個話題：「聖上，那次舒服嗎？」

顧元白：「……」

但他卻很誠實，沉默了一會後，坦坦蕩蕩地道：「朕似乎同你說過，除了手糙了些，其他一切都好。」

薛遠好似就跟在等他這句話一樣，在他說完的那一刻，就立即接道：「聖上，臣這些日子即便出師荊湖南，也未曾忘記用魚油護手，相比以往，臣的手已經順滑了不少，摸上去只會更加舒適了。」

顧元白隱隱有了預感，「所以？」

薛遠咧嘴一笑，往下瞥了一眼，「所以臣想再伺候一次聖上。」

也就小皇帝能有這待遇了。

薛遠為了練習怎麼能讓小皇帝只在他的手裡爽，還特意把臥房裡積灰的那盒玉勢拿出來練了手。只是玉勢終究還是玉勢，沒小皇帝的手感好。

薛遠流氓土匪一般，他看著愣住了的小皇帝，吊兒郎當地笑了幾聲，道：「要是聖上覺得不公，覺得臣欺負你，那臣也可以給聖上看看臣的傢伙。」

他頓了一下，繼續道：「您要是想上手……也不是不行。」

話音一出，他自己把自己說硬了。

「啪」的一巴掌，當眾耍流氓的薛遠臉上就印出了一個紅印。

顧元白乾淨俐落地收回手，「舒服了嗎？」

薛遠臉偏了一瞬，他頓住不動，感受著臉上火辣辣的觸感。片刻後，他才用舌尖抵著被打的臉側，回過頭朝著顧元白露出一抹似笑非笑的笑，「聖上，您這一巴掌用的力氣有點小。」

顧元白的目光放在他的臉上，微微瞇起了眼。

這樣專注的視線，全投在薛遠一個人身上。外頭慌亂摔倒的人得不到顧元白的視線，糧食、政務、那條湖，那些魚，全都得不到顧元白的目光。

薛遠被看得有些興奮，他笑了笑，伸手握住顧元白養尊處優的手，放在了自己的臉上，哄道：「就這麼點力氣，哪能讓我知道疼呢？」

「再用點力，」他用舌尖，隔著自己的臉，去碰了碰小皇帝的手，笑迷迷道，「讓臣流出血，這才算厲害。」

第六十二章

等從樹後出來後，這些時日出盡風頭的將帥人才薛大公子的臉上，已經有一左一右對稱的深深紅印了。

薛大公子臉上笑迷迷的樣子，似乎並不以此為恥，反而以此為榮。兩道巴掌印清清楚楚地惹人注目，田福生一眾人的驚奇視線投過去，也沒見這位大爺表情有絲毫的難堪和羞愧。

薛遠坦蕩大方極了，把俊臉上的東西當做展示，長眉微展，雙手背於身後，悠然跟在顧元白身旁。

顧元白面不改色地往湖邊而去，神情之間有隱隱的若有所思。

因為這隱隱的若有所思，他都忘記立即去懲治薛遠的放肆了。

薛遠落得遠了些，周邊的侍衛們一眼又一眼地往他臉上看來。侍衛長憋了一會，沒忍住道：「你這是怎麼回事？」

薛遠伸手摸了摸臉側，頰邊頂起，突然笑了，暗藏得意，「羨慕？」

侍衛長：「……」

薛遠看著別人吃癟，心中爽快了起來，他腳步輕鬆，餘光瞥過走在前面的顧元白，看了一會兒，才移開視線，勾唇笑了。

聖上的衣物貼合身形縫製，每個月都有新衣朝著宮殿送去，顧元白穿的衣服，無論是常服還是正經無比的禮服，帝王的繁複和嚴肅已經從這一身身的衣物上展露了出來。

看著只覺得威嚴，並不讓人敢升起任何褻瀆之心。

但每一步的走動之間，袍腳隨著邁步而輕揚，好似又給了人可以窺視的地方。

小皇帝啊。

薛遠喟歎，太合他心意了。

等這一日過去，皇帝四日後將啟行去避暑行宮的事情，已經傳了下去。

各王公大臣和皇室宗親早已準備好隨時啟程了，聽到命令後，當即開始做起了最後的準備。

他們在避暑行宮外大部分都有自己的府邸，行宮之中也有各處辦事的衙門處。如今七月半，前半個月，熱得腦子都不清楚的各位大臣和宗親，最期盼的就是皇上準備遷到避暑行宮一事。

避暑行宮位於京西旁的河北處，夏季清涼，冬季溫暖，雨季繁多，乃是真正的四季如春之景。

宮中的人也在忙碌地準備著最後的東西。這日，戶部尚書前來拜見顧元白，同戶部侍郎一起向聖上稟告先前剿滅反叛軍與所獲得捐款的總共數量。他們兩人紅光滿面，笑容都止不住，具體數目一報，顧元白都反應了一會兒，才回過了神。

現在江南和荊湖南兩地都被牢牢實實地把握住在皇帝的手裡，江南，魚米之鄉，富得流油，光踏平了那群豪強所獲得的資產，就可以夠填滿數個國庫，可以將全國的糧食倉肉倉給填得滿滿當當。

這些豪強十幾年的積攢，總數量大得驚人。

更別說從四面八方湧來京城的捐款，直到現在，這些捐款還在源源不斷地被京城收入，這兩樣來源，猛得把戶部都給砸暈了。

「即便是我朝最為繁盛的時候，國庫最為充足的時候，」戶部尚書笑得見牙不見眼，謙虛地道，「也比不得如今的十分之一。」

顧元白回過神來，心中也是高興，但也還能冷靜，他玩笑道：「如今不叫喊著說朕浪費銀錢了？」

戶部尚書訕笑：「臣怎麼敢。」

顧元白哼了一聲，「朕以後養兵、修路、造船，都給朕大方點。」

「是，聖上今日說的話，臣與大人必然時時刻刻放在心上，」戶部侍郎在一旁也笑著道，「聖上，臣與大人來此，其實也是為了修路一事。」

中國古代每個朝代每個州縣都會去修官道，官道可以由任何人在其上行走，卻不允許任何人將其占為己有。

各州府的官道其實都已修建差不多了，如今只是修繕或者補上以往未建起的交通，兩位大人來此，正是為了詢問聖上是否要多費錢財，將各道路修到縣鄉的問題。

古代修路，多是土、石、磚、瓦為主角，古代的修路水準其實比顧元白想像之中的要好，漢代的石板路已經修建得光滑平整，唐代保留到如今的道路也是十分整齊乾淨。

特別是秦朝修的大秦直道，從西安一直修到內蒙古，幾乎就是一條直線，遇山就挖山，有水就架橋，道路寬度可並駕行駛四輛馬車，即便到了後世，因為此道修建得路基太密，仍然沒有樹木能從中長出。

在修路一道上，已經不需要顧元白多去費心。他聽聞此，當然是點了點頭，「將道路都修到鄉鎮之中，修到他們的村子裡，打破他們的故步自封，這是朕的要求，也是朕在位時的目標。朕不要求一步就能完成，慢慢來即可，稠密的驛站點要彼此暢通，使運輸不絕。兵鋒所至，驛站隨伴，懂了嗎？」

說完之後，看著戶部尚書和戶部侍郎，顧元白恍然大悟，「修路是工部的事。」

「你去將朕說的那番話轉告給工部尚書，」顧元白失笑，「湯卿，工部尚書怎麼沒同你來？」

戶部尚書湯大人笑道：「臣這不是來問問聖上修路費用幾何？這話若是被吳大人聽了，又得和臣吵上一番了。」

說完此事之後，兩位大人將摺子放下，行禮離開了。

戶部上的摺子，收取分支寫得一清二楚。顧元白拿起細看，果然掙錢會使人快樂，他看著看著，不自覺地，臉上就帶出了笑意。

等午時一到，薛遠比田福生還要準時，「聖上，該用膳了。」

顧元白才放下奏摺，心情愉悅地用了午膳。

膳食之後，宮侍在屏風後為聖上換上午睡的薄衣，薛遠等人在外頭恭候。過來一會兒，聖上好像突然想起了什麼，語氣慵懶響起，「薛卿，朕明日就會下旨，你能力出眾，實力非凡。待在朕的身邊著實委屈，等今日回去了，就在府中候旨吧。」

薛遠一聽，臉色冷了一瞬，手指緊握，「臣不覺辛苦，待在聖上身邊怎能會覺得委屈？」

竟然這麼快，是因為他之前所說的那些話嗎？

薛遠早就做好了迎來顧元白雷霆手段的準備，怎樣的懲治都可以。像他說的那樣，讓他流血都可以。

可就等來了顧元白這麼快下發的一紙調職。

薛遠表情難看，他寧願受罰也不想離開顧元白的身邊。

顧元白換好了衣服，又拿著帕子清洗了臉，水聲在屏風後響起，薛遠耐心等著他的話。好不容易，顧元白才出聲，「都是你該得的賞。」

意思就是非調不可了。

薛遠頓時冷笑一聲，恭恭敬敬道：「臣遵旨。」

§

賞賜應快不能慢，在讓各位功臣休息一日之後，第二天，論功行賞的聖旨就下來了。

作為抓到了反叛軍主力軍的主將薛遠，更是一口氣從從五品的都虞侯，升為了步軍副都指揮使。調到步軍營中統領步兵，官職上升，但人卻被調出了皇宮。

薛府一家都是喜氣洋洋，薛遠獨自沉著臉領了聖旨，面對著宣讀聖旨的太監，露出的笑都有些面無表情的味道。

看著他難看的臉色，薛將軍罵了他數句，但這次的薛遠卻跟沒聽見他的話一般，獨自臉色沉得可怖。

這就有些嚴重了。

別人罵薛九遙，薛九遙不還嘴，這很不同尋常。

薛將軍閉了嘴，吩咐別人別去煩他，省得誰直接惹怒了薛府的這個大瘋子。

薛府臥房。

薛遠這裡有三樣顧元白的東西。

湖中撿去的手帕，宮中顧元白擦手的帕子，還有那盞白玉杯。

薛遠現在就坐在桌旁，看著桌上的這三樣東西，眼中晦暗不明。

半晌，他叫來奴僕，「去將薛二公子搬過來。」

薛二公子被薛遠打斷了腿，從骨頭裡就斷成了兩半。如今還只能躺在床上，吃喝拉撒都讓別人伺候著，不能經受折騰。

但薛遠一句話，薛二公子不敢不聽，他被奴僕抬著到了薛遠的門外，見薛遠連門都不讓他進，他只好躺在廊道裡，扯著嗓子喊：「大哥叫我？」

薛遠陰森森的語氣從門內傳來：「你上次找我是想說什麼？」

薛二公子打了一個寒顫，都後悔上次來找薛遠了，他聲音愈來愈小，「安樂侯府的世子罵我是殘廢，他還慫恿我上樑吊死、投湖自盡，我看不慣他，就想找大哥你教訓他一頓。」

薛遠沒出聲，薛二公子愈來愈害怕，最後竟然都發抖了起來。

良久，薛遠才冷笑一聲，「老子去給你教訓安樂侯府的世子，而你，給老子想想辦法。」

他語氣像是地底下的惡鬼，陰沉得駭人，「給老子大病一場。」

§

顧元白昨日剛放下去的論功行賞的聖旨，第二天就被薛遠推辭了回來。

他上了一個摺子，摺子裡的內容就是薛二公子重病，病情來勢洶洶。薛遠身為兄長，無比擔憂家弟，因此暫時推拒聖上的任命，想要留在府中專心照顧薛二公子。

否則拿著皇帝的俸祿，卻心神不安地完成不了自己的職責，最後也只是辜負了聖上的信任。

顧元白將摺子往桌上一扔，轉頭問田福生：「你怎麼看？」

田福生訕笑兩下，心道薛二公子的腿都是薛大人打斷的，如今說這樣的話，真把人噎得什麼話都說不出來了。

「想必薛二公子病得很重，」田福生委婉地道，「瞧瞧，薛大人都急了。」

顧元白似笑非笑，「他是把朕當傻子。」

但人家這摺子寫得好，兄友弟恭，做兄長的想要照顧弟弟，誰也不能攔著，皇帝也不能。

所幸顧元白不在意，他隨意道：「既然如此，那便讓宮中的御醫去薛府瞧瞧，再配上幾份藥材帶過去。」

田福生：「是，小的這就吩咐下去。」

「順便去同薛遠說上一句，」顧元白翻開另一本奏摺，拿起毛筆，漫不經心道，「朕等著他可以上值那日。」

第六十三章

宮裡來的天使，將這句話完完整整地傳到了薛遠的耳朵裡。

薛遠帶著笑，風度翩翩地道：「謝聖上恩典。」

待天使走後，他則是緩步走到了薛二公子的房門外，看著臉色凍得鐵青、渾身瑟瑟發抖的薛二公子，眼神幽深。

薛二公子只覺得一陣冷意襲來，他抬頭朝著薛遠一看，登時被他的眼神嚇得一顫。

為他把脈的御醫撫了撫鬍子，安撫道：「還請薛小公子莫要亂動才是。」

半個時辰後，宮裡來的御醫和宮侍都已離開了。薛遠悠悠踏進了薛二公子的房間，他坐在一旁，氣吞山河地坐下，餘光瞥過宮侍留下的許許多多的藥材。

薛二公子福至心靈，「大哥要是想要就儘管拿走。」

薛遠聞言咧嘴一笑，衝著旁邊伺候著薛二公子的僕人道：「被子拉開，拿兩桶冰水，給二公子降降火。」

薛二公子已經冷得在大夏天蓋上兩層被子了，但聽到薛遠話的僕人卻好似沒有看見這一幕似的，逕自拽開薛二公子的被子，抱來了兩桶混著冰塊的冷水，從頭到腳給潑在了薛二公子的身上。

「啊！」薛二公子慘叫。

薛遠笑了笑，真情真意道：「林哥兒，哥哥這兒有一事，非你做不可。」

薛二公子牙齒抖得發出磕碰聲，他驚恐地看著薛遠。

薛遠微微一笑，「你給我一直病到聖上前往避暑行宮之後，好不好？」

薛二公子一抖，打了一個大噴嚏。

「來人，再給二公子上兩桶冰水，」薛遠倏地站起身，他快步走到床邊，陰影壓迫，「薛老二，老子告訴你。」

他壓低聲音，嚇人，「要是在聖上啟程前你能起來一下床，吃下一口飯，老子就把你的舌頭拔了，手給斷了。」

「但你要是能乖乖的，」薛遠道，「安樂侯世子對吧？罵你殘廢？老子切根他的手指給你玩玩？」

薛二公子被駭得話都說不利索，「謝、謝謝大哥。」

薛遠真的覺得自己變成了一個好兄長，他欣慰地看著薛二公子，直把薛二公子看得渾身發麻之後，才轉身風馳電掣地離開了這屋子。

薛二公子鬆了一口氣，他看著床邊那新弄來的兩桶冰水，咬咬牙，想起安樂侯世子囂張嘲諷的臉，哆嗦道：「把水、把水給本公子澆上來。」

§

五日時間一晃而過。

期間發生了一件不大不小的事，安樂侯世子外出遊玩時，卻不幸與家僕失散，遭遇到了歹人搶錢。歹人搶完錢後，還砍下了安樂侯世子的一根小拇指。

這件事發生在京城之外，雖然還在京城府尹所負責的轄區之內，但因為太遠，京城府尹也顧及不到那處。也不知安樂侯世子是怎麼去到那麼遠的地方的，但那地方遠，來往人跡稀少，很不好查。哪怕安樂侯發了多大的脾氣，誰都知道這歹人估計就抓不住了。

顧元白也聽聞了此事，他眉頭一皺，暗中派人去加強巡查一番，將京城府尹無暇顧及的地方加強了一番防護。

前往避暑行宮的當日，薛遠準時出現在顧元白面前。

他穿著都虞侯的衣服，面色有些疲憊，「臣拜見聖上。」

顧元白今日穿著隨意，只以涼快為主。他似笑非笑，從薛遠身前走過：「薛卿若是放心不下兄弟，也不必非要陪在朕的身邊。」

薛遠亦步亦趨地跟在顧元白的身邊，隨意笑了笑，「家弟無事，臣領著俸祿卻不來聖上身邊，心中才是不安。」

顧元白不知聽沒聽得進去，他看也不看薛遠，逕自上了馬車。薛遠獨自在馬車旁站了一會兒，才退後翻身上馬，策馬伴在聖上馬車一旁。

顧元白進了馬車，準備好了之後一聲令下，長長一條隊伍開始動了起來。在聖上的馬車及其護衛隊之後，則是各王公大臣、皇室宗親的馬車和家僕。禁軍護在四面八方，緩緩往避暑行宮而去。

在前往避暑行宮的途中，聖上和朝中大臣也不得耽誤政事。早朝是不必上了，但各人要在各自的馬車之中處理政務，聖上也會時常點些大臣去聖駕之中共商國事。

如此一來，前往避暑行宮的路上，諸位大臣們反而比在衙門之中的效率更加高了起來。

顧元白是個好老闆，他不會過大壓榨下屬，偶爾在路上遇見好風光，便讓隊伍暫時休憩，讓各位臣子和宗親帶著家眷與美好大自然親密接觸一番。興致來了，便帶著眾人爬爬山，玩玩水，瞭解一番當地的名勝古景，閒情逸致，乘興而來，滿意而歸。

有時馬車窗戶打開，簾子掀起，外頭的微風裹著青草香從馬車穿過時，也是分外的愜意十足。

京城離避暑行宮很近，即便皇帝的隊伍行走得長而緩慢，但也在七日之後，全部抵達了避暑行宮。

避暑行宮中湖水很多，景觀小品也數不勝數。顧元白來到這也有兩三次了，但只有如今這一次才最為愜意，清涼湖風一吹，他身上的汗意瞬間乾了。

顧元白遣散了眾人，讓其各去自己的府邸收拾東西，這兩日先行休息，第三日再開始如在京城一般的工作制度。

等眾人退散之後，顧元白讓人備了水，準備洗一洗身上的薄汗。

而一路沉默的薛遠，看著他的背影，心中沉沉的想，怎麼才能讓顧元白留他在身邊了。

這七日以來，顧元白就像是看不到薛遠這個人一般，從未給過薛遠一時片刻的眼神。

他上下馬車，叫的都是張緒侍衛長。聖上白皙的手也時常被侍衛長攙扶，侍衛長忠心耿耿，握著顧元白的手時，只要聖上不抽回去，他就不懂得放手。

可放在張緒身上，聖上不覺得這是逾越。放在薛遠身上，聖上則根本沒把薛遠放在眼裡。

顧元白必定是察覺出什麼了。
薛遠心知肚明。
知道可以讓他留在顧元白身邊的機會，只有這次的避暑行宮了。
顧元白沐浴出來後，他穿上了裡衣，坐著休息了一會，待喘過來氣之後，才喚了人進來。
田福生為他端來溫茶，顧元白喝了幾口，才覺得舒服了些，「裡頭的窗口關得太緊，悶得朕難受。」
「行宮裡的宮人到底比不過京城中的宮侍，」田福生道，「粗心了些，小的今日就教一教他們做事。」
顧元白又喝了一杯茶，呼出一口熱氣，等衣物整理齊全之後，才大步走出了霧氣縹緲的宮殿。
田福生想了想，「聖上，若是殿中不舒適，行宮之中也有露天的泉池，在那處泡著，應當比在宮殿之中更和您心意。」
「哦？」顧元白果然心動，「下次帶朕去瞧一瞧。」
顧元白先前來避暑行宮的時候，因為大權旁落，他沒有心情享受，所以對這個行宮，他並不熟悉。
稍後，顧元白便去了宛太妃的住處，給宛太妃行了禮。
等從宛太妃處回來之後，顧元白這才算是沒什麼事了。
他打算也給自己放兩天假，除了緊急事務，其他稍後再說。

避暑行宮之中，有一處湖中島，極似大明宮中太液池的形貌。島上四面涼風侵襲，哪怕是夏日也能感受到秋風的涼爽，用完午膳之後，顧元白便乘船，帶著隨侍的一些人，悠悠朝著湖中島而去。

避暑行宮為前朝所築，湖心島到了今朝時也跟著易了名，開國皇帝給它更名為了南湖島。

南湖島上被收拾得乾乾淨淨，可顧元白這身子耐不住疲勞，在船還未到島上時，已經隨著一晃一晃的木船沉睡了過去。

為了不驚擾到聖上，船隻便圍著南湖島開始了一圈又一圈的轉悠，等顧元白醒過來時，侍衛們大多都已面染菜色，有暈船之兆了。

顧元白還在醒神，有些暈乎。他揉了揉額頭，船夫將船隻停到了岸邊，顧元白起身走了兩步，差點被晃蕩的船給帶得失去了平衡。

薛遠面不改色地扶住了他，攙扶著他上了岸。他的手臂有力極了，顧元白幾乎沒有費上什麼勁，已經穩穩當當地踩在了地面上。

他聲音沙啞地問：「朕睡了多久？」

薛遠道：「兩刻鐘有餘。」

顧元白恍惚，不敢相信自己才睡了半個小時。他揮開了薛遠的攙扶，回頭朝著田福生一看，這老奴已經徹底暈了，難受得趴在船旁，動也動不了。

顧元白無奈搖頭，「難受的都回去歇著去。」

田福生艱難含淚道：「那您——」

薛遠笑道：「田總管，聖上身旁還有我等在。」

若是以往，田福生自然是欣賞薛遠，薛遠待在聖上身邊他也放心。但在如今知道聖上有意調開薛遠之後，他卻不知道該不該讓薛遠待在聖上身邊了。

田福生看了聖上一眼，顧元白注意到了他的視線，隨意道：「回去吧。」

田福生恭敬道：「是。」

這一批再也堅持不住的人被船夫送了回去。侍衛長也有些難受，但堅持要跟在顧元白的身邊。

顧元白帶著人走到涼亭處，坐著休息了一會兒，待到眾人面色好轉了些，他才繼續帶著人往前方而去。

薛遠一路默不作聲，但彎腰為顧元白拂去頭頂柳樹枝葉時，卻突然開了口：「聖上。」

顧元白側頭看了他一眼。

薛遠微微笑著，朝著顧元白伸出了手：「前方陡峭，您抓緊臣的手。」

侍衛當中，沒有一個人能比得過薛遠的精力旺盛。所有的人因為一圈圈的水上轉悠都有些精神萎靡，但薛遠，卻好似剛剛出發一般，比睡了一覺的顧元白還要精神奕奕。

顧元白收回視線，好像隨口一說，「薛卿，朕是男人。」

薛遠知道顧元白這話是在提醒他。聖上是個男人，而薛遠不應該對一個男人產生這種心思。

即便聖上身體再弱，容顏再好，也是一個天下最尊重的男人。

他是天下之主，對權力有著欲望和勃勃的野心，不折不扣，一個從骨子裡透著強勢和魅力的人，薛遠怎麼會搞不懂，這就是讓他心底瘋草叢生長起的原因。

薛遠笑著收回了手，「那等聖上需要時，臣再扶著您。」

陡峭的地方過後，便聽到了潺潺的水流之聲。一行人走近一看，就見一方清澈的淺水湖泊正在流動，微風驟起，水波粼粼。

「聖上想要戲水去去暑嗎？」薛遠問，「這處就不錯，瞧瞧這水流，應該只到胸口處。」

一群走得滿頭大汗的人都意動了，殷切地看著聖上。

「水溫如何？」顧元白問。

薛遠靠近試了試，「尚且溫和，聖上應當可以接受。」

顧元白眼皮一跳，覺得這幕倍為熟悉，他親自蹲下身，伸手一探，指尖入了水，卻有些驚訝地朝著薛遠看去：「確實是正好……」

曬了一天的池水，正好是微微泛熱，是格外舒適的游水溫度。

以往熱水倒在手面上都察覺不到熱的人，現在卻連野湖中的水溫都感知得一清二楚了。

顧元白不由朝他放在水中的手看去。

薛遠手指一動不動，讓聖上看得清楚。

他看著顧元白的頭頂，黑髮細軟，但即便是再軟和的頭髮，再柔和的面孔，也擋不住顧元白的無情。

薛遠心道，老子的心都快要冷了。

給踹了，給碾了，前幾次還給打臉了。龍床都爬了，嘴巴都親了，摸也摸了。

怎麼一知道他喜歡他了，就想把他調走呢？

薛遠也是人，這一次次的，雖然絕不會後退一步，但也真的心情好不了。

顧元白回過了神，讓侍衛們在此地下水涼快一番，他則是順著水流的前頭走去，找到了一處大小正合適的安靜地方。

他穿著中衣下了水，來回游了幾圈後就過了癮。

顧元白懶洋洋地靠在岸邊，岸邊的夏日黃花有不少落了花瓣飄在了水面之上。

「撲通」一聲。

顧元白睜開眼睛一看，原是薛遠已經脫掉了外袍入了水，他正在往深處游去，顧元白看了他一會，閉上了眼睛。

過了一會兒，顧元白突然感覺身邊的水正在晃動。他抬眸一看，薛遠已經靠近了他，浪花一波打著一波，打到顧元白身邊時，薛遠也停在顧元白面前了。

薛遠伸手，從顧元白脖頸上拾起一片黃色花瓣，抬手放在了自己嘴裡。

這片花瓣黏在了聖上脖頸處有半晌了，薛遠也跟著看了半晌，此時終於嘗到了味，雙眼一瞇，真甜。

第六十四章

顧元白覺得頭疼。

「薛卿，」他懶得玩暗示了，「你有龍陽之好？」

「臣不喜歡男人，」薛遠眉頭一壓，幾乎毫不猶豫，「男人有什麼好喜歡的？」

聖上的目光帶著明晃晃的審視和懷疑，薛遠微微一笑。

「聖上，」他又光明正大地從顧元白的髮間撿起一瓣黃花，「臣對您只是一片忠君之心。」

這怕不是把朕當成了傻子。

但顧元白也不是非要逼著薛遠承認對他的心思。

顧元白揉著眉心，疲憊，「朕懶得管你。」

薛遠上手，替他揉著太陽穴，聲音低低，催人入睡，「臣不需要聖上操心。」

顧元白被他伺候得舒舒服服，渾身都要癱在水裡，聲音也帶上了些微的睏意鼻音，「薛卿，你不應該推拒朕給你的調職。」

「如今七月半，」聖上道，「你應當知道，你父已要前往北疆了？」

薛遠道：「臣知道。」

近日薛將軍已經做好了準備，如今這年歲還能得到聖上的任命，薛將軍激動非常，日夜精神奕奕，薛夫人時常抱怨薛將軍因為太過興奮，夜中經常翻來覆去得讓她睡不著覺。

府中已經準備好了行囊，而因國庫充足，糧草滿倉，朝中眾人也未曾對聖上的決定出言反駁過，雖然覺得這些日子動兵用馬的次數多了些，但六部尚書大人都沒反駁，他們反駁個屁。

正因為如此，顧元白才想不通。

「薛將軍遠征遊牧，家中兒郎只留了你兄弟二人，」顧元白，「身為家中頂樑柱，你應當有些志氣。」

喜歡一個人能有這麼大的力量？竟然可以拒絕了升職加官。

顧元白對此有些無法理解。

「臣家中二弟病了，」薛遠氣定神閒，「聖上可是忘了？」

顧元白失去了聊天的欲望，沉沉嗯了一聲，不再說話。

等過了一會兒，薛遠低聲喊道：「聖上？」

顧元白呼吸淺淺，好似睡著了。

薛遠逐漸停了手，他站直身看著顧元白。看了好一會，才彎下腰抱起了人，將人一步步抱離了水面。

顧元白眼皮微不可見一動，懶洋洋道：「別碰朕。」

薛遠停住手，腳也停住了，顧元白身子貼著水面，這種徹底失重的感覺不太舒服，他睜開眼，被天上的太陽光給刺得又閉了起來。

「別來煩朕，」聲音有了點怒意，「把朕放回去。」

聖上懶得連手指也不想動一下。薛遠抱著他，跟抱著一具沒有活力的屍體似的，除了聲音裡的怒意外沒有半點生氣。薛遠不喜歡這種感覺，他掂了掂顧元白，逗著他道：「聖上，您輕得跟個小孩似的。」

顧元白：「滾。」

「滾哪兒去？」薛遠樂了，沒管住嘴巴，「滾你……」龍床上去嗎？

最後的幾個字還是咽了下去。

薛遠又換了個姿勢，把顧元白舒舒服服地伺候在懷裡，另外一隻手撩著他的五指，「聖上，不能在水裡睡。」

顧元白：「朕睏了。」

薛遠心都軟了。

他好像笑了兩聲，胸腔悶悶，裡頭心臟跳動的聲音顧元白都能聽得見。跳得太快，他都被吵得皺起了眉。

「聖上，臣同您過來的時候，在不遠處看到有一叢荷葉池，」薛遠低聲哄著顧元白入睡，聲音宛若催眠，「荷花這會謝了，但蓮蓬已經熟了。臣瞧著那幾個蓮蓬，都很是香甜的樣子。」

「以往駐守邊關的時候，臣想吃蓮子都想瘋了，」薛遠，「臣帶著聖上去採一捧嘗嘗？」

顧元白沒說話。薛遠拍著他的背，力道很輕，等最後抱著顧元白走到荷葉池旁，顧元白已經睡了過去。

薛遠單手採了一根蓮蓬，嘗了嘗裡面的蓮子，明明很是香甜，但奇怪，他現在卻生不起丁點的覺得這東西好吃的念頭，甚至有些理解不了先前想吃這東西的執念。

反而。

薛遠側頭看了看已經在他懷中睡熟了的帝王。目裡澀意沉沉。

§

顧元白醒來時，已經回到了寢宮之中。

宮侍為他擦過臉之後，顧元白才清醒了過來。他接過巾帕自己用了，「朕睡了多長時間？」邊問著話，邊四處看了一下，薛遠不在。顧元白皺眉，依稀記得自己最後好像是在薛遠身邊睡著的。

水聲淅瀝，田福生為聖上整理著衣衫，笑著道：「聖上睡了有一個時辰了。」丟人。

顧元白振作起精神，「讓人備膳吧，朕也覺得有些餓了。」

傳膳的命令吩咐了下去，這是聖上來到避暑行宮之後的第一頓飯，廚子們使出了壓箱底的功夫，各樣式的佳餚一一送了上來，還好田福生知道聖上不喜浪費，特地吩咐過要減少用量。

顧元白一出來，聞著味道就有些餓了，他在桌邊坐下，等吃到半飽時，田福生道：「聖上，您睡著時，安樂侯曾過來拜見了您。」

「安樂侯？」顧元白想了想，「朕記得前些日子，安樂侯府的世子被歹人砍掉了一根手指？」

「正是，」田福生道，「安樂侯前來拜見您的時候，也帶了世子一同前來。侯爺面帶不忿，應當是有事求見。」

顧元白挑了挑眉，「去將安樂侯請來，朕看看他們是有什麼事要來見朕。」

田福生應下，吩咐人去將安樂侯父子倆請了過來。

然而在安樂侯來到之前，褚衛和常玉言倒先一步相攜來拜見了顧元白。

他們二人一是遞交御史台官員從各地呈上的摺子，一是為了遞交明日的《大恒國報》，恰好在不遠處碰了面，於是相攜走了過來。

褚衛同常玉言同聖上行過禮，宮侍上前，從他們手中接過東西。

聖上伸手欲拿過來，卻忽而掩袖，低聲咳了兩聲。

「聖上！」田福生急忙遞上手帕。

還有人想要上前，顧元白伸手阻了他們過來。過了一會兒，被嗆到的感覺才緩和了下來，他繼續接過奏摺和報紙，慢慢看了起來。

褚衛聽到他的咳嗽聲就沒忍住皺眉，眼睛微抬，看到了這一桌量少數多的膳食。

聖上的手放在桌旁，同摺子一比，宛若瑩瑩發光。

桌上的膳食都依聖上口味所做，褚衛一眼看過，就下意識將這些菜肴給記了下來。

當今不好奢靡，因此即便是在菜肴上，用的材料也都是尋常可見的東西。褚衛有片刻恍惚，不禁想起他曾與同窗踏青之時，偶遇聖上觀看蹴鞠時說的話。

他那時嫌聖上喧鬧，說了一句「上有所好，下必投之」，如今才知道淺薄地抱有偏見看一個人是多麼的錯誤。

褚衛閉了閉眼，耳根微紅。

但這羞愧的紅，看在其他人的眼裡，就有些不一樣的意味了。

侍衛長對他警惕非常，一看褚大人耳朵都紅了，頓時語氣凝重地對薛遠道：「薛大人，多謝你提醒我要多多注意褚大人。」

薛遠沉沉應了一聲，眼睛卻盯緊在顧元白的身上。

是被水嗆著了，還是身體不舒服了？

顧元白將東西看到一半，殿前就響起了匆匆的腳步聲。他抬眸一看，正是安樂侯父子二人。

他們二人一進宮殿，還未到顧元白眼前，便俯身跪倒在地，哽咽道：「臣請聖上給臣做一做主。」

褚衛和常玉言退到了一旁。

顧元白沉聲道：「起吧。」

宮侍為安樂侯父子倆搬來了椅子，兩個人落座之後，安樂侯眼眶通紅的抬起眼，在殿中環視了一圈，目光最終定在薛遠身上，兩行熱淚流下：「聖上，臣這事，正和都虞侯有關。」

顧元白驚訝，轉頭朝薛遠看去。

薛遠眉骨微微挑起，他走上前，恭恭敬敬道：「還請侯爺指教。」

安樂侯質問，「我兒這尾指，是不是你給切斷的？」

薛遠聞言，咧嘴一笑，朝著躲起來的安樂侯世子看了一眼。

安樂侯世子一抖，猛地低下了頭。

常玉言生怕薛遠這狗脾氣會在這會犯病，就上前一步，態度謙和道：「敢問安樂侯何出此言？」

安樂侯臉色不好：「我兒遠出京郊遊玩，卻被歹人砍去了一根尾指。我怎麼找也找不到這個歹人，原本已經放棄。誰曾想到了最後，還是托了薛二公子的福，才讓我找到了這個歹人。」

安樂侯的神情有了幾分鄙夷，即便惱怒於薛遠，但也極為不恥薛二公子這借刀殺人、賣兄求榮的行為，簡直噁心人。

牽扯到薛遠那個蠢弟弟，顧元白心道，薛遠這次真的栽倒那蠢貨手中了？

安樂侯看著薛遠不放，「薛二公子給我送來了一根斷指和一封信，說的正是你斷了我兒尾指一事。而那斷指正是我兒的斷指，你薛遠認還是不認？」

常玉言對薛府內的情況最為瞭解，他臉色一變，顯然已經信了安樂侯的話，他朝著薛遠看去，無聲催促著他趕緊說幾句話。

薛遠卻是面色一斂，「臣認罪。」

顧元白的眼皮又猛地跳了一下，倏地朝著薛遠看去，眼神銳利。

他這麼乾淨俐落的認罪，反而讓在場眾人意料不及。安樂侯已經滿面怒火，不斷請求聖上為其做主。也有人認為這其中或許有些誤會，正勸解著安樂侯稍安勿躁。

殿中的聲音吵鬧，吵得顧元白頭一陣一陣的疼。

顧元白臉色冷了下去，他拿起玉箸落在白瓷盤上，響起的清脆一聲讓殿中宮侍齊齊跪倒在地，吵鬧之聲霎時不見。

聖上聲音喜怒不明，卻是率先朝著薛遠發了難，「薛遠，你到底做了多少朕不知道的事。」

薛遠沉默了一會，只說：「但憑聖上處置。」

這次，顧元白的神情徹底地冷了下去。他的眼中啐著冰，正當眾人以為聖上就要直接降下懲治後，聖上卻冷聲道：「派人去查一查安樂侯所說的事是真是假。」

殿中的人當即有人站起離開，顧元白容顏如寒冰，在七月分的時候都讓直面他的人覺得猶墜冰潭，打心底升起森森寒意。

「安樂侯放心，」顧元白緩聲道，「朕會為你做主。」

安樂侯本應該高興，但他現在竟然有些害怕。他勉強笑了笑，道：「多謝聖上。」

宮侍出去探查的兩刻鐘時間裡，宮殿之中半分聲音也沒有。顧元白沒有動一下飯食，過了一會兒，薛遠的聲音突兀響起：「聖上，用些飯。」

顧元白好似沒有聽見，連眼皮都懶得撩起一下。

「聖上。」薛遠。

一杯茶杯猛得砸在了薛遠的身邊，瓷片脆裂，其中的茶葉狼狽四濺，顧元白眼中發狠：「你給朕閉嘴！」

薛遠眼中浮浮沉沉，恭恭敬敬地閉了嘴。

即便是之後有招，即便這是自己在自導自演，但被顧元白這樣對待，陰翳都快要淹沒了薛遠整個人。

不久，宮侍回來了，垂著眼將事情緣由說得明明白白：「安樂侯世子紈綺囂張，不僅仗著權勢欺辱他人，還常罵薛二公子是個殘疾，多次語言相逼慫恿薛二公子投湖自盡。薛二公子受不住，因此才懇求薛大人為其教訓教訓安樂侯世子。」

緣由一出，別人看向薛遠的目光就是一變，怪異十足。

這還是一個好兄長？

被自己的弟弟算計出賣的好兄長？

安樂侯的臉色也因為宮侍話裡的前半部分驟然一變。

顧元白嗤笑，不相信這故事裡的薛大人指的就是薛遠。

薛遠搞這麼一大圈子，他是想做什麼。

顧元白冷靜了下來，他轉而看向安樂侯，「安樂侯想怎麼處置薛遠？」

安樂侯表情有些微妙，又羞愧又是怒火中燒，若是因為他兒子品行不端而放了薛遠，那這口氣他怎麼也忍不了，「臣只知道，誰切了我兒的尾指，誰就拿自己的尾指來還。」

顧元白眼睛微瞇，手指輕輕敲了敲桌子。

安樂侯猛然想起，和他這個毫無實權的宗親不一樣，薛遠的父親可是薛將軍，手裡有實權的忠良。而這個忠良，更是在近日被聖上委以了重任。

薛府的主人為聖上賣命，聖上怎麼也得照顧照顧薛府，安樂侯頭上的冷汗流了下來。

三代忠良怎麼也比他們這群靠著皇室吃飯的窩囊廢討皇上喜歡吧？

正在這時，安樂侯世子猛得站了起來，好像被嚇到了一半，抖著手抓住了安樂侯的手臂，大聲道：「我不要他的手指！我要打他五十大板，再剝奪他的軍功！」

安樂侯眼睛一亮。

安樂侯世子不敢看薛遠一眼，因為一旦看到了薛遠，他就會渾身發抖，就會想起那恐怖的一夜。

那天黑夜，刀子在月光下反著寒光，薛遠聲音低沉，帶著笑：「老子要是撤不了職，世子爺，這事都得怪你。」

「我也得找你。而你只要弄不死我，」匕首拍在臉上，對面威脅的人慢條斯理地笑著，「就得被我弄死。」

安樂侯世子都快要哭了，「聖上，剝奪他軍功就行了。」

安樂侯思索片刻，也覺得這樣很是出氣，硬梆梆跟著道：「聖上，先前是臣莽撞了，犬子說的對。既然如此，我敢問薛大人一句，你受不受這五十大板？」

薛遠行禮：「臣一切聽聖上所言。」

顧元白半晌後，才道：「既然如此，就依安樂侯所言。」

薛遠就被帶了出去，為了以安撫安樂侯之心，薛遠就在門前被打上這五十大板。

沉重的板木打在身上的聲音透過房門沉悶傳入殿中，薛遠一聲不哼，偶爾才會響起幾聲悶哼。

顧元白靜了一會兒，突然拿起了筷子，面無表情地繼續用著膳。

田福生小心翼翼道：「聖上，小的讓御膳房再給您上一輪新的膳食？」

顧元白：「退下。」

田福生不敢再說，悄聲退了下去。

白玉筷子在瓷盤上碰出點點清脆聲響，每一聲都在外頭沉聲的板木之間響起。安樂侯世子隨著一聲聲的悶響臉色愈來愈白，頭上的汗珠滾滾落下。

殿內沒有一絲聲音，更因為如此，外頭的聲音才更加清晰。

沉沉悶悶，聲聲入耳。

身體弱的人，打得狠的話，三十大板都能打死人。時間一點一滴過去，等到外頭終於停了，安樂侯頭上的也不由泌出了細細密密的汗。

顧元白放下了筷子，淡淡道：「薛遠在荊湖南，抓捕了反叛軍重要黨羽數十人，俘虜地方士兵萬人以上。安樂侯世子這尾指貴，貴得連這等軍功也能抹去。」

安樂侯心中一顫，父子兩人連忙跪倒在地：「臣惶恐，臣失言……」

「荊湖南和江南數十萬民眾，這些免於戰亂傾軋的百姓性命也抵不過世子的一根手指，」顧元白繼續道，「紈絝囂張，跋扈不講道理，安樂侯世子好得很，手指也值錢得很。」

安樂侯與其世子已經開始瑟瑟發抖了。

良久，顧元白才道：「退下吧。」

安樂侯不敢再提軍功的事，他與安樂侯世子兩個人勉強起身，朝著顧元白行了禮，匆匆從宮殿退去。

外頭行刑的侍衛走了進來，稟報道：「聖上，五十大板已行刑完畢了。」

站在一旁聽到這話的褚衛和常玉言心情複雜。

顧元白朝著一旁看了一眼，讓他們退了下去。褚衛從宮殿內走出去時，看到了一地的水漬和血腥味道。

他眉目一收，壓下心中萬千心緒。

顧元白端起杯茶水，水喝到半杯，他突地站起了身，眉壓低，「帶朕去看他。」

§

御醫已經為薛遠治療過了，顧元白來的時候，除了潮濕、血腥氣之外，還夾雜著藥草味。

這地方窄小，壓抑。顧元白不知道是不是因為心理作用，他甚至覺得這個房間極為昏暗，讓他呼吸不過來氣。

聖上緩步走到薛遠的床邊，垂下眼皮，居高臨下地看著床上的薛遠。

薛遠竟然還保持著清醒，他臉色難看，汗水濕了鬢角，濕了衣領。他聽到了聲音，順著響動一看，乾裂的嘴唇扯開，朝著顧元白露出一個他從未露出過的疲憊的笑。

「聖上。」

顧元白道：「你為了替兄弟出氣而受了這一段懲治。品行雖好，但朕希望你以後知道，此乃法之不可為。」

薛遠笑了笑，身子動不了，只能趴著，身上的血腥氣刺鼻，合著藥味往顧元白身上沖。他堪稱溫順地道：「臣知道了。」

「至於安樂侯世子所提的剝奪軍功一事，」顧元白語氣突然一冷，「朕沒有同意。」

薛遠嘴角的笑意一僵。

他緩緩抬頭，目光陰森而可怖，佯裝的溫順褪去，剩下的俱是戾氣和煞意。

拳頭驟然握緊，先前還虛弱的身體猛得注入了力氣，脊背攻起，好像隨時都能暴起一般。

顧元白冷冷一笑，就要轉身離開。然而他剛走出兩步，衣角就被一隻手拽住，顧元白低頭一看，順著這只手看到薛遠的眼。

薛遠眼中幽深，他歎了一口氣，低聲道：「聖上，您好狠的心啊。」

顧元白道：「鬆開。」

薛遠拖著一身的血氣，拉著顧元白讓他無法離開。他另一隻手撐在床上，上半身抬起，衣服上的血跡也映入了顧元白的眼底。

「聖上，您明明知道臣挨了這五十大板，臣斷掉了安樂侯世子的一根尾指，甚至家弟的病入膏肓，」薛遠一邊緩緩說著，一邊抬手拉過了顧元白的手，他手上還殘留著忍痛時掐入掌心的血跡，這些血跡染紅了顧元白的手，「您明明知道，臣做這麼一大圈子，就是想留在您的身邊。」

「但你偏偏不讓我如願。」

薛遠笑了笑，將顧元白的手貼在自己汗濕的臉上，「聖上，你再讓臣離開，臣都要瘋了。」

「臣都不知道自己會不會做出更過分的事。」

顧元白靜靜同薛遠對視，「薛卿。」

薛遠，你對我的心思不一般。

但這句話，顧元白並不想問出來。

問出來了又怎麼樣呢？無論薛遠回答的是與否，顧元白的答案都是否。

他不喜歡男人，不喜歡同性，更不喜歡自己以後會在歷史上留下許多的豔色傳聞，留下皇帝與某個臣子的野史故事。

更何況顧元白這個身體，並不適合談戀愛。

他不想耽誤姑娘，但並不代表他就願意耽誤男人。

顧元白冷酷無情地要抽出手，薛遠察覺出來了他的意圖。他抓緊手裡玉一般的手，低頭，在顧元白的手上落下輕輕的一吻。

明目張膽、再也壓制不住的一吻。

薛遠不想看到顧元白這樣的表情。

好臉色，他只想看到顧元白對他的好臉色，對他的笑。

「你對我笑一笑，」薛遠低聲，「笑一個，我給你拚命。」

軍功，手指，這顆撲通撲通跳著的心。

顧元白想要哪個就要哪個，只要一笑，全都能行。

第六十五章

薛遠有個顧元白很羨慕的東西，那就是這個時代別人所沒有的自由性，他隨心所欲，有一個能配上自己才能的身體。

他的感情和脾性像火，如果顧元白是個旁觀的人，他會很欣賞薛遠這樣的個性。如果在現代，他或許會和薛遠成為舉杯暢飲的朋友。

但在古代，在封建王朝，他這樣炙熱的情感，就像是頭瘋子。

顧元白用力，將手抽了出來。

「對上不敬，言德有虧，」顧元白道，「薛遠，朕已經饒過你許多次了。諒在你為朕收好了荊湖南和江南兩地，諒在你為了救朕而不顧一切的份上，也諒在你父為朕鞠躬盡瘁的份上。你平日裡做過的逾越的事，有些，朕可以睜一隻眼閉一隻眼。」

「他人都懂得借此機會愈加守禮，進退有度，好討得朕的歡心，」顧元白聲音愈冷，「唯獨你，不僅不知收斂，更是次次挑戰朕心中的底線。」

「朕想要你的這條命，又何須對你展顏？想要為朕拚命的人，也不缺你這一個。」

顧元白心底有隱隱莫名的怒火升起，這怒火衝上了心頭，袖袍猛地揮動，他伸手掐住了薛遠的下巴，壓聲，「他們之中的任何一個人，都要比你聽話。」

薛遠的呼吸重了起來，身體緊繃，剛剛包紮好的傷處再次滲出了血來。

他竭力壓制住心中的陰霾，佯裝無所謂地笑了下，「聖上，他們都沒有臣有用。」

「這大話讓朕想要笑了，」顧元白扯起唇，冷冷一笑，「天才人才盡入皇家門。薛遠，你的才能是有多大，大到天下人才都不能與你比肩？」

「你又有多大的自信，自信他們都不會比你更效忠於朕？」

薛遠沉默了。

良久，他幽幽歎了口氣。

顧元白以為他認了錯，鬆手放開了他，「今日這五十大板，就是對薛卿肆意妄為的懲治。」

「朕只望你清楚，」顧元白低聲啞啞，好聽得人耳朵都要軟了，話裡的寒意卻把人心都給凍住了，「大恒的法，不是你有才能就能越過。」

顧元白不是迂腐的人，他的思想甚至比這個世界中的任何一個人要更為先進。

可是，古代的法，一個帝王的勢，這些絕對不容許任何人踏過。

皇權為尊，顧元白是個皇帝，皇帝就要鞏固皇權，一旦一個人犯錯受不到懲治，皇帝還能有什麼威懾？

今日不管是出於什麼樣的理由，能將安樂侯世子的尾指砍斷。那明日，是不是又能為了另外一種理由，去將其他人的命給殺了？

聖上最後說：「五十大板要是還不夠，那就打到夠了為止。」

說完，顧元白轉身就往外走去。

他面無表情，威壓讓屋內外的人絲毫不敢抬起頭。一腳跨出門檻時，薛遠在身後說話了。

「聖上，臣即便才能不夠，也有樣東西是他們給不起也不敢給的，」薛遠的聲音冷靜極了，「臣——」

「閉嘴。」顧元白道。

薛遠似有若無地笑了笑。

汗意鹹濕，染濕了床褥。血味愈濃，薛遠看起來卻比之前冷靜了。

他撐起身，從悶熱而蒸騰的房屋空氣之中看著顧元白，聲音不大不小，四平八穩，「聖上先前問臣為何要拒了調職，臣現在能說了，因為臣想待在您身邊。」

「臣心悅您，」他的聲音陡然低了起來，好似是從很遠很遠的地方傳過來的一般，有些失真，「鍾情於聖上，這顆心，旁人不敢給。」

因為旁人會怕死。

撲通一聲，聽到這句話的所有人雙膝一軟，全部跪倒在了地上。

他們脊背竄上寒意，冷汗從頭頂滑落，聽著薛遠這大逆不道的話，只恨不得自己沒有出現在這。

顧元白沒有說話。

窄小的院子之中，這麼多的人卻沒有發出一絲一毫的聲響。聒噪的蟬叫聲不斷，一聲一聲地催人命。

滿院子的人，都怕因為聽著這些話而丟了命。

哪怕是田福生，也提心吊膽，緊張無比。

良久，顧元白才緩聲道：「田福生，將這些人帶下去。」

院子之中已經有人克制不住地發抖，表情驚恐得彷若下一刻就會丟了命。

聖上接著道：「讓他們知道什麼該記著，又該忘掉什麼。」

田福生顫顫巍巍起身，「是。」

顧元白目不斜視，宛若剛剛什麼都沒發生一般，什麼都沒聽到一般，面不改色地繼續大步走出了這座小小的院子。

在現代，顧元白也沒少過向他求愛的人。

只是薛遠在其中顯得尤為特別了些，特別就特別在，顧元白不知道薛遠是不是被自己那意亂情迷的一吻給掰彎的。

如果是，他心中愧疚，可愧疚之後，顧元白還能做些什麼？

薛遠無論喜歡誰，都比喜歡他好。

無論是誰，都比顧元白有時間陪他耗。

聖上一離開，院中的人才陡然鬆了一口氣，他們癱坐在地，為自己還能留下一條命而感到慶倖。

屋中。

薛遠閉上了眼，躺在枕頭上，半晌，掌心之中流出絲絲血跡。

傍晚，常玉言親自來看薛遠。

他安撫道：「你父親知道了你弟弟做的事了，臨走之前還出了這麼一事，薛將軍臉色很不好看，我猜，應當是又要動用你說過的家法了。」

薛遠不知是睡著了還是醒著，半晌，他才用鼻音懶懶應了一聲。

常玉言打開摺扇，給自己翩翩然扇了幾下，納悶道：「薛九遙，你竟然會為你弟弟做這種事。以你的本事，竟然還會被你弟弟反陷害一次。就你弟弟那般蠢樣，你實話實說，你是不是故意的？」

「故意的？」薛遠動動嘴，「探花郎的腦子真是不同常人。」

常玉言曾在薛遠面前吹噓過自己要得狀元的事，結果就成了探花。薛遠每次朝著常玉言說道「探花郎」的口吻，聽在常玉言的耳朵裡，就像是諷刺一般。

常玉言氣惱地敲了敲床邊，「就算你不說，我也能猜得八九不離十。」

他半是幸災樂禍，半是真情實意，「安樂侯的嘴上從來不饒人，聖上未曾派人將這事傳出去，但安樂侯已經將此事鬧得沸沸揚揚了。不過除了宗親，倒是沒有多少人罵你，相比於你，你的弟弟爭議倒是很多。」

薛二公子這名聲是徹底沒了，背上個又蠢又毒的稱號。

薛遠沒理，過了一會兒，才說：「你給我寫首詩。」

常玉言一怔，「什麼？」

「誇一誇我的英姿，」薛遠終於睜開了眼，眼中的血絲滿溢，乍一看，如同眼中溢滿了血一般可怖，生生把常玉言嚇了一跳，薛遠看著他，淡淡繼續道，「相貌、家世、經歷、軍功……好好寫。」

「這、這是什麼意思？」

「讓你寫就寫，」薛遠勾起唇，陰陰冷冷地笑了，「寫得好了，爺賞你好東西。」

§

兩日時光稍縱即逝，等第三日時，便如在京城大內一般，各衙門正式在避暑行宮之內運轉了起來。

顧元白與眾位臣子上了早朝，早朝之上，按照聖上的吩咐，戶部尚書將以往荊湖南和江南兩地的稅收實乃這兩地稅收之中的三成一事，通報給了滿朝文武知道。

眾位大臣譁然。

諸位家族當中難免會多多少少的有隱田現象。臣子背後的家族愈來愈富有，就代表著皇帝愈來愈虛弱，等皇帝虛弱到一定程度時，權臣就會誕生，僭越代為掌權，接著就是王朝的更替。

這個道理，很多人都不明白，明白的人也開始在強勢的皇帝手下謹言慎行。

他們心知平日裡的稅收絕對不是實際的稅收，但三成？這也太嚇人了些！

顧元白只是讓這些臣子知道這一事罷了，等戶部尚書說完，眾臣面面相覷，吏部尚書突然上前一步，深深一鞠躬，竟然同顧元白告罪了。

顧元白眼睛微微一眯，意味深長道：「吏部尚書這是何罪？」

吏部尚書嘴唇翕張一下，手掌交握在身前躬身，「臣慚愧。」

利州知州，早在半個月前，就已經踏進了孔奕林及眾位大人精心佈置的陷阱之中了。

反貪腐的監察官員剛走，後腳便迎來了孔奕林等人運送糧食和稅銀的隊伍。這精心準備的隊伍實在是太誘人了，利州知州忍了十幾天，最終還是心癢難耐地忍不下去了，他將有一頭「大肥羊」即將經過利州的事情，詳盡告知給了各個土匪窩。

這一下，利州周圍的土匪和利州知州這個大禍害，終於徹徹底底被一網打盡了。

因為土匪人數過多，東翎衛的人甚至不夠。還好他們提前有所準備，聯絡到了本地的守備軍，守備軍馬隱藏在暗處，未曾打草驚蛇，這一場逮捕利州知州的事，終究成功落幕。

這一些人已被壓著回程，吏部尚書因為被顧元白命令同去處理利州知州結黨營私一事，也因此對此多多少少聽到了風聲。

吏部尚書面色憔悴，神情之間一片認命之色。

顧元白自然知道他為何如此，吏部尚書官職高，乃是「雙成學派」之中的重要人物，也是代表人物。如今被聖上吩咐著調查利州知州一事已覺出不安，現下，更是沒有半分希望了。

這就是顧元白討厭結黨營私的原因之一。

「吏部尚書沒有犯錯，終年勤勤懇懇於政務，又何來告罪？」顧元白道，「還是說你們學派之中，一人犯錯，便是其餘人也不論對錯，捨身同其共赴生死，不分青紅皂白也要一力支持？」

此言一出，一些不明緣由正準備出列為吏部尚書說話的「雙成學派」中的人，瞬間冷汗上身地停住了腳步。

皇帝煩結黨營私，是因為黨派之間會為了共同的利益，因為仁義相逼，而必須與黨派之中的其他人站在同一條戰線之上。

他們必須這麼做，即便知道這麼做會得不償失，會失去官職甚至是性命，但苦著臉咬著牙也得站在自己人這邊。

因為自古以來都是這樣，這樣的行為成為了眾人的潛意識，而這樣的潛意識，沒人會覺得不對。

他們只知道，自己是這一派的人，就要為自己人說話。

所以吏部尚書在顧元白根本沒打算追究他時，他就自己站了出來，打算請罪。

吏部尚書啞言，低頭不敢出聲。

顧元白淡淡道：「退下吧。」

這就是不追究的意思了。吏部尚書依言退下，顧元白轉了下大拇指上的玉扳指，心道，學派改革，在內外安定之後，必須要擺上桌面了。

對學派能造成劇烈衝擊的東西，有一樣，那就是現代之中學生的學籍。還有一樣，正是全國統一的標點符號。

只有如現代一般，所有的學子只有擁有政府的學籍才能考試時，他們只有進入官學才能得到學籍時，這些抱團的學派和文化之中的糟粕，才會受到猛烈的衝擊。

第六十六章

早朝之後的第五天，薛將軍便率兵與張氏的商隊一同從京西與河北交界處出發。

空地之上，萬人齊聚，擊鼓鳴鑼之聲響起，聲音恢宏，響徹天地之間。

顧元白穿上了帝王禮服，一一為天地敬酒，為士兵祈福祭祀。

待他祈福完了之後，便是薛將軍鼓舞士氣的出征誓師。

薛將軍經驗很多，即便是隨手拈來也讓人聽著熱血沸騰。

但這次薛將軍明顯也很激動，他在說著邊關遊牧人做過的事時，已經拳頭緊握，咬牙切齒。

佇列之中的基層軍官會將薛將軍的每一句話都一一傳導下去，確保每一個人能聽到主帥說的什麼。

等宣誓結束之後，薛將軍大步來到顧元白面前，熱淚盈眶道：「臣必不負聖上所托！」

顧元白也聽得熱血沸騰，恨不得自己也能策馬衝上戰場。他定定神，笑了，扶起薛將軍，也朗聲道：「那朕就等著將軍凱旋了！」

送走薛將軍與商隊之後，因為有皇上的要求，謹遵聖令，負責書鋪的張氏族人很努力地將聖上特意吩咐的那一期《大恒國報》的報紙，分發到了大恒各地。

等各地的豪強看到這封報紙時，就看到了上面寫得清清楚楚的反叛軍同黨在被剿滅之前送出去了一封封拉攏各地豪強的信封的事。

他們心徹底涼了。

因為時間差，顧元白搬到了避暑行宮之後的十幾天後，這期的《大恒國報》才被人快馬加鞭地跨越過了眾多山河和險阻，送到了諸位豪強的手中。而在之時，這就證明荊湖南、江南兩地豪強寄出的信封，已經在聖上手裡待過快要一個月的時間了。

幾乎在看到報紙的下一刻，所有的豪強都產生了親自前往京城，想要拜見聖上的想法。不管是自證清白還是心中不安，他們得必須親自去看一看。

但不能所有人都擠去京城啊。

於是各地的豪強們選出了各地的代表，專門挑選出夠有名，也與江南、荊湖南兩地的關係夠深的豪強，讓他們加急往京城之中趕去。

這些豪強們趕路趕到一半，又聽聞聖上已遷移避暑行宮，於是半路改道，趕緊往河北避暑行宮而去。

因此，顧元白在避暑行宮之中舒舒服服地待了二十幾天之後，終於迎來了這些從四面八方趕過來的數十位豪強。

這些豪強哪怕再有錢，在皇帝面前也豪橫不起來。

他們各個拘謹得很，雙眼不往四處亂看，身上的衣物和配飾沒有分毫不該出現在他們身上的規格，乾乾淨淨，甚至堪稱樸素地出現在了顧元白的面前，生怕一步不小心就會得罪貴人。

而顧元白，則讓人搬上了一個火盆。

眾位豪強不由朝著火盆看去，面上流露出幾分疑惑。

顧元白微微一笑，側頭吩咐了一句，田福生就將一袋子的雪白信封放到了火盆旁邊。

「朕派軍討伐荊湖南和江南兩地的反叛軍時，當地的不少豪強已經淪為了反叛軍的同黨，他們在大兵兵臨城下之前，曾寄出過一封封的信，以求得各方的支持和籠絡，」顧元白不急不緩，「而這一大袋子，就是這些豪強曾經寄出過的信。」

眾位豪強的目光移到信封之上，心中萬分著急，呼吸都不由一滯。

顧元白笑著道：「朕知曉各位來此是為了什麼，這些信封，朕從未拆過，也並不想以反叛軍的言論來冤枉朕的臣民。既然各位趕到了這裡，那正好，田福生。」

田福生畢恭畢敬道：「小的在。」

顧元白輕描淡寫道：「將這些信封給燒了。」

「是。」田福生從袋子之中掏出一封封的信紙，眼睛也不眨地給扔到了火盆之中。火盆裡的火花猛然竄起，火光映在地面之上，周圍的豪強目光已滿是震驚。

聖上竟然就這樣乾淨俐落地給燒了?!

有不少眼睛尖利的人，一眼看過去就知道這些信封確實是從未拆開過的狀態。一些和江南關係親密的豪強，他們認出了信紙上方的筆記，認出之後就是心裡一驚，雙腿不由一軟。因為他們心中隱隱知曉，這些信封必定是寄給自己的。

但這會看到這一封封的信被火苗吞噬之後，所有的豪強不可避免升起一股死裡逃生的慶幸感。

他們都後怕得開始發抖了，一個勁地在心中感激聖上寬厚大度的胸襟。

顧元白態度溫和道：「朕說了不再追究，君子一言駟馬難追，諸位放心吧。」

這一手收買人心的方法，簡直讓眾位豪強心中激蕩不已，他們老老實實地給顧元白請完了安，離開避暑行宮之中，仍然不敢置信得很。

來時的心惶惶不可終日徹底沒了，轉而代之的則是死心塌地地對聖上的佩服。

如此胸襟如此決斷，這些藉機整治他們的信封說燒就燒，這是何等的優容！

宮殿之中，顧元白品了幾口茶，讓田福生將火盆和灰燼收拾下去，又開始悠閒處理政務。

歷史上，光顧元白記得幹過這焚燒書信一事的人，就有兩個。一是魏王曹操，一是光武帝劉秀。

這兩位俱是手下臣子因為局面不利於己而向敵方送去了投誠的信，但他們勝了之後，在敵方府中發現這些書信後，俱都選擇了在眾位臣子面前將這些信盡數焚燒，顯示自己不再追究。

這樣做的好處很多，一是唯恐以後落到人心惶惶互相猜疑的局面，二是此乃收服人心的好手段，高明，還能體現上位者寬廣的胸懷。

三則是顧元白打著的還是從這些豪強手裡要回土地的打算。但現在內裡還在發展，外頭還有敵國虎視眈眈，這個時候，顧元白應該做的事是緩和皇帝和豪強之間的關係。

他將荊湖南和江南兩地收在了自己手上，江南又是天下商人熙熙攘攘的利益場，又因反貪腐一事，豪強們忐忑不安，在這樣的時候，就需要來個能維持安定的手段了。

做事要一步步來，目標也不能完全擺在明面上。

這樣才是最好，先軟化他們的態度，平定他們的心情，使其信任皇帝，對皇帝徹底放下戒心。

顧元白將茶杯放在一旁，在奏摺之上批改出了一個龍飛鳳舞的「閱」字。

過了片刻，侍衛長大步走了進來，朝著顧元白行禮之後，道：「聖上……」

他欲言又止。

顧元白抬起眼看了他一眼，懶懶道：「說。」

「臣剛剛出去，聽到了一首極為精妙的詩，」侍衛長一板一眼道，「這詩讀起來朗朗上口，含義深遠而合著音律，此詩為常玉言常大人所作。臣打聽了一番，聽說是常大人這二十幾日來推敲出來的好作品。」

顧元白有了興致，「念一遍聽聽。」

侍衛長給一字一句地念了出來。

前四句還好，委婉而含蓄，用詞生動而優美，顧元白只能隱隱琢磨出這是首吟人的詩，等侍衛長再朝下一念，他就沉默不語了。

確實朗朗上口，確實精妙絕倫。顧元白愈聽熟悉感愈重，他最後直接出言打斷侍衛長，問道：「這詩是寫給誰的？」

侍衛長含蓄道：「臣聽說這詩名便是《贈友人·七月二十一日與薛九遙夜談》。」

「……」顧元白一聽薛遠的名字，才知曉詩句之中的熟悉感是從何而來。

他不由升起一股啼笑皆非的感覺，低頭品了一口茶，將這無法言喻的感覺吞咽下之後，他才敲著桌子，想了一會，問道：「薛九遙如今如何？」

聖上的語氣不辨喜怒，一旁的田福生在侍衛長念詩時臉色已經怪異極了，此刻聽到聖上的問話，他不由又想起薛遠曾經說過的那番大逆不道的話，後背頓時一陣發涼，忙低著頭降低存在感。

之前聖上前往去見薛遠時，侍衛長帶著兄弟們去為聖上辦了事，他們當時並不在。後來回來了，那些被田福生警告過一遍的人，也不敢就此事多說一個字，所以直到現在，侍衛長還不知道薛遠對聖上的不軌心思。

他老老實實道：「薛大人這傷，已經比先前好上許多了。」

田福生眼皮跳個不停，不停在心底說，張大人啊，您別說了！

他在聖上身邊待了這麼多年，也看不清聖上如今的心思。按理來說，薛遠都說了那般的話，處死都是應該的。但聖上非但沒處死人，還壓下了這件事，可見對薛遠的態度不一般，這樣的事，他們這些做奴才做臣子的，當真是摻合不來。

顧元白有些玩味道：「你是怎麼想起去看他的？」

「臣早上為聖上去探望太妃身體時，便在回程路上遇見了薛府的小廝，」侍衛長道，「薛府的小廝就在念著這首詩，臣認出了詩中寫的人是誰，便上前一問，說了幾句話之後，就跟著小廝前去看了薛大人。」

行刑的侍衛們人高馬大，吃得多，力氣也足。大板一落下來，肉都能打出一片淤青。按理說以薛遠的身體，應當不會出什麼事。畢竟他那時即便如此，也還有力氣能抓著顧元白的手，還能跟他說上那樣的一些話。

顧元白想到這，出了一會神，突地嗤笑一聲，起身道：「走吧，朕出去瞧瞧，看看這詩到底是怎麼回事。」

看看薛遠到底是想做些什麼。

第六十七章

顧元白已經二十多日沒有見到薛遠了。

他忙於事務之中，也不會去想起其他的東西。這時聽到侍衛長入了套，乖乖將這首詩念給他聽時，顧元白其實有些想笑。

被逗樂一般的想笑。

薛遠這手段，是最簡單粗暴的給自己造勢的手段了。

他起身出了殿，帶著眾人在周邊轉了轉。行宮大得很，顧元白轉悠著轉悠著，偶然之間，也聽到有小侍正在吟唱這首詩。

這首詩已經被譜了曲子，加上點兒尾音字，整首詩都有了不一樣的味道。顧元白坐在涼亭之中，耐心聽著草林之後灑掃宮女的輕哼，聽了一會，他突然道：「黏糊了。」

田福生沒聽清，彎腰靠近：「聖上有何吩咐？」

「譜的調子黏糊了些，」顧元白道，「把詩味都給改了。」

田福生不懂這些，卻聽出了顧元白的意思。他朝著灑掃宮女的方向看了一眼，詢問道：「小的去問問是誰譜的曲？」

「去吧，」顧元白收回視線，從身邊人手中拿過摺扇，輕輕搧動了兩下，「問她，是從誰那學來的。」

田福生應下，快步走了過去。

顧元白感受著扇子間的微風，突然聞到了幾分很是香醇的墨香味，他將扇面一轉，就見上方提了一首詩，畫了一幅山水嫋嫋的畫。

「這是誰送上來的？」

侍衛長上前一步，不太情願道：「聖上，這是褚大人送上來的。」

這細膩的筆觸和內藏風骨的字眼，確實合了褚衛的形象。

「朕記得朕的生辰是在月餘之後吧，」顧元白好笑，「現在就開始給朕獻東西上來了。」

畫和字都好，顧元白受了褚衛這心意。他站起身，走到涼亭邊往遠處眺望。

清風徐徐，不遠處的柳葉隨風而搖曳，顧元白的餘光一瞥，卻在樹後瞥到了一角衣袍。

顧元白沉吟片刻，神情微微一動，他收起摺扇轉身出了涼亭。身後的人連忙跟上，顧元白踏下最後一步階梯，就朝著那顆柳樹而去。

快要走到時，他停住了腳，左右莫名，也跟著陪在身後。

顧元白轉身問侍衛長，「薛遠那日的五十大板，打得嚴重嗎？」

侍衛長苦笑道：「聖上，身子骨弱的人，三十大板都有可能會被打死。即便是身子骨強健的人，輕易也吃不消這五十大板，不死也會重傷。薛大人身子骨好，但也需要在床上休息兩三個月。」

顧元白過了一會兒，才輕聲道：「他該。」

國無法，則會大亂。

《韓非子》中講過許多次君主的法、勢、術的重要和關係，顧元白研讀透了。法之禁止，薛遠就不能為。

即便他兜了這麼一大圈，全是為了留在顧元白身邊。

顧元白嘖了一聲，找出平整的石塊坐下，指了指那些柳樹，道：「去瞧瞧那樹後有沒有什麼人。」

「是。」侍衛們從顧元白身後跑了過去，謹慎地去查看樹後的情況。

顧元白轉了轉手上的玉扳指，還在看著那處的情況。身後卻突然有一道沙啞的聲音響起，「聖上。」

顧元白一頓，他轉身一看，是筆直站在不遠處的，一身黑衣的薛遠。

§

薛遠身上的傷，其實真的很重。

他的目的是為了待在顧元白身邊，至於安樂侯世子的尾指，他拿五十大板還了。還的對象不是安樂侯世子，而是聖上。他是為了讓聖上消氣，才甘願挨了這實打實的五十大板。

薛遠即便再強，他也是個人，五十大板實打實地打在身上，血肉模糊，沒有兩三個月好不了。

但薛遠不能看不到顧元白。

薛九遙從來就不知道什麼叫做後退。

傷成這樣了，他都能讓人抬著自己，等著顧元白走出宮殿散步時趁機看他一眼。不看不行，薛遠會瘋。薛遠瘋起來的時候，沒人能鎮得住。薛將軍早就走了，薛夫人也曾親自堵在薛府大門外口，攔著薛遠不讓他出去。

那時薛遠被奴僕抬起，他撩起眼皮看了一眼他親娘，眼底下的青黑和眼中的血絲宛若重症的病人，「娘，兒子得去看一眼。」

嗓子都像是壞了一樣的沙啞。

看一眼什麼，他沒說。但他的神情已經說得清清楚楚，誰都攔不住他，這一眼，他看定了。

薛夫人知道自己兒子執拗，執拗到了有些偏執的地步，如果不讓他出去，他甚至可以自己在地上用著雙臂爬，直到爬到他想去的地方為止。

薛夫人抹著淚退讓了。

直到今天。

在顧元白以為他和薛遠有二十多天沒見的時候，其實在薛遠眼裡，沒有二十天這麼長，但也好像比二十天還要長些。

顧元白不是每日都會出宮殿散步，散步時也不是每次都去同一個地點。薛遠完全靠運氣，有時候好不容易等了一天，結果連個頭髮絲都沒看見。

薛遠生平連血水都泡過，腐臭的屍體都被他擋在身邊過，蒼蠅，蟲子，生平狼狽的時候，比一條落水狗還要狼狽。

所以為了見顧元白一眼而使出的各種手段，對他來說，這根本就不算什麼。

難忍就難忍在，他想跟顧元白說說話。

常玉言將詩傳了出去。隨著《大恒國報》的盛行，這傢伙的名聲也跟著膨脹似的迅速急升，他的名聲愈來愈大，也讓《大恒國報》也跟著在文人圈子裡愈來愈有地位，形成一個良好的迴圈。

薛遠用點兒小手段，就請了侍衛長上了門。

今天一早，傷處還沒好，薛遠就挑了身黑衣，遮血。挺直背，邁著腿，當做身後的傷處不存在，用強大的意志力，走出一副正常無恙的模樣。

就像是此時站在顧元白的面前一樣。

§

顧元白看著薛遠。

薛遠眉目之間沉穩，嘴角含笑，但眼中卻佈滿血絲，下巴上胡茬狼狽。

頹得有一股男人味。

長得俊的人，真是連如此頹態都有一股瀟灑之意。但也是奇怪，若說是俊美，褚衛那容顏更是俊美非常，但若是褚衛如此狼狽，卻又不及薛遠的灑脫之態了。

顧元白收回了思緒，輕輕揮了一下摺扇，面上沒有怒氣，也沒有喜色，「傷好了？」

侍衛長先前才說過薛遠得躺上兩三個月才能好，而如今看起來，薛遠實在是太正常了，完全不像是受了重傷的樣子。

薛遠嘴角一勾，站得筆直，依舊是強悍無比的模樣，「臣很好。聖上這些時日可好嗎？」

他的聲音倒是像病重之人一般的低沉沙啞，啞到說話都好似帶著沙粒感，最後三個字的「可好嗎」縹緲虛遠得仿若從遠處傳來。

「朕自然過得好，」顧元白合上摺扇，「你與其擔心朕，不如擔心你自己。」

薛遠微微一笑，斯文得體得仿若是個書香世家裡養出來的文化人，「知道聖上這些時日過得好，臣就安心了。」

顧元白一頓，認認真真地上下打量著他。

他的目光從薛遠身上一一掃過，薛遠面色不改，只是低了低眼，「聖上看臣做什麼。」

「薛卿好似有哪裡不一樣了，」顧元白眉頭微蹙，卻說不出是哪裡的不一樣，他看了一遍又一遍的薛遠，「薛卿似乎……」

他突然察覺，好像是薛遠如今變得規矩了。

站在這片刻，也未曾朝著顧元白上前一步。他一身黑衣沉沉壓壓，襯得氣勢也開始沉澱了下來。好像先前的那些心思，那些大逆不道的話，全被埋在了少許人的記憶之中，如今站在這兒的，就是乾乾淨淨、什麼也沒做過的一個臣子。

薛遠若無其事地笑了笑，背在身後的手穩穩當當地交握著，他緩緩說著：「聖上，如今已經八月了。風跟著起來了，聖上想不想放一放風箏？」

顧元白抬頭看了看樹尖，細長的樹尖被風隨意吹得四處亂晃。天氣晴朗，頗有些秋高氣爽的感覺。確實是一個放風箏的好天氣。

在柳樹後查看的侍衛們兩手空空地跑了回來，他們一看到薛遠，俱都有些驚訝。特別是瞭解薛遠傷勢的侍衛長，瞧著薛遠的目光欲言又止，難受非常。

薛遠卻沒有在意他們，他在等顧元白的話。

過了一會兒，顧元白才點點頭，「走吧。」

薛遠已經準備好了風箏，他彎下腰將風箏拾起，整個動作行雲流水。黑袍遮掩下，傷口已經微微裂開。薛遠面不改色地走在顧元白身邊，走過一片草地時，突然道：「聖上，嘗過有甜味的草嗎？」

顧元白被吸引了注意，回頭看著他，眉頭微挑：「有甜味的草？」

他只知道有甜味的花，對著底部一吸就有甜甜的汁水。

薛遠笑了，往草地中細細看了一番，快步上前幾步，在綠意之中摘下幾片帶著小白花的草葉。他特意用手指碾碎了這些草葉，清幽的青草香味和甜汁兒味溢出，正正好好蓋住了薛遠身上似有若無的血腥氣。

薛遠不樂意自己在顧元白面前顯出疲弱姿態。

他將這些甜葉草送到了小皇帝跟前，自己率先嘗了一口，微微瞇起眼，滿意地點了點頭。

見他吃了，表情還不錯的樣子，顧元白身邊的宮侍才接過一片葉子，用清水沖洗後再用乾淨帕子擦過，才遞到顧元白的面前。

顧元白抬手接過，試探性的嘗了一口，驚訝地發現這東西竟然有著跟甘蔗差不多口感的甜，他再嘗了一口，「這叫什麼？」

「百姓們都叫其甜葉草，」薛遠道，「甜嗎？」

顧元白不由點了點頭，「這樣的甜味，泡茶喝的話，應當可以成為一種不錯的飲品。」

什麼事都能牽扯到政務上去，這是顧元白的特點。薛遠及時改了話題，「聖上，也有不少同樣是甜的。花蜜，百姓買不起糖，家中孩童想要吃甜時，吃的就是這些東西。」

「味道很好，」顧元白若有所思，「也不知好不好養活。」

瞧著剛剛薛遠隨意一看就能找到這東西的模樣，這個甜葉草應當不是很難種植的東西。要是這東西滿大街都有，那在大恒朝就算不上尊貴，但對沒有這東西的國家，西夏、大越、絲綢之路的周邊國家……那應該是挺好賣的。

能賣出去一份就是白坑錢一份，顧元白身體不好，活不了多久。但要是他能活得久些，他就一定要把這種東西給賣到國外，狠狠賺上一筆海外各國的金銀。

「聖上，」侍衛長道，「聖上？」

顧元白回過神：「怎麼了？」

侍衛長的目光已經許多次劃過薛遠了，最終還是閉了嘴，「這處就很空曠，若是放起風箏的話，這處就夠了。」

薛遠左右看了一番，點點頭贊同：「這處確實可以。」

「那就放吧，」顧元白道，「薛卿的風箏呢，長得是個什麼樣子？」

「在這處。」薛遠將風箏放起，有侍衛配合著他，幫他將風箏舉起遷遠，等下一陣大風吹來時，再猛然隨風放手。

風箏悠悠飛上了天，在避暑行宮的上頭成了獨有的一處風光。顧元白以摺扇遮住額前刺目日光，抬頭往上一看，就看到了那風箏的樣子。

有些微驚訝，這竟然就是一個普普通通的燕子風箏。

他原本以為薛遠那般的性格，放的風箏應當會很是龐大囂張。卻沒想到大錯特錯，這風箏極其平凡，平凡得顧元白都有些驚訝。

驚訝之後，顧元白有些好笑，他勾了勾唇角，正要收回視線，風卻猛得一收，那風箏晃晃蕩蕩就要落地，在落地之前，薛遠及時扯了扯線，恰好又一陣風吹起，這風箏又重新飛了起來。

只是那靠近的一瞬，顧元白好像在燕子風箏上看到了幾行字。

風箏放了一會兒，侍衛長就上前從薛遠手中接過了東西，他暗中苦口婆心地勸道：「薛大人，身體為重。你如今托著病體前來聖上跟前，受罪的還不是自己，何必呢？」

他們還不知道先前發生的事，只單純以為薛遠為弟報仇得罪了安樂侯，因此才被聖上懲戒。侍衛長愈是和薛遠相處，愈覺得薛遠是個說話不好聽、態度很不好的好人。他真的是在擔心著薛遠：「你這樣折騰自己的身子，到了最後，傷處豈不是會更加嚴重？」

薛遠道：「那就受著吧。」

他將風箏交予侍衛長，大步朝著顧元白走進。顧元白正在琢磨風箏上的字跡，見他過來，便隨口一問道：「那是什麼？」

「臣隨手寫的兩行字，」薛遠隨意瞥了一眼，收回了視線，「寫著玩的，聖上無需在意。」

顧元白嗯了一聲，沒了看風箏的興致了，在薛遠的陪同下，一起走到了附近休憩的陰涼地坐下。

看著侍衛長帶著人還在辛辛苦苦地放著風箏。

「聖上，先前是臣逾越了，」薛遠突然道，「雷霆雨露皆是皇恩。臣見識短淺，目光很是淺薄，讀的書少，就不知道規矩。」

顧元白不由回頭看了他一眼。

薛遠的唇角勾起，眼中若不是血絲狼狽，必定溫文爾雅得風度翩翩。

這不是薛遠，或者說，這種感覺，並不是薛遠應該給顧元白的感覺。

顧元白眉頭不由蹙起，過了一會兒淡淡道：「朕已經忘了。」

薛遠連笑意都沒變，只是點了點頭，隨即就將目光放到了不遠處的風箏上去。

拚了命說出來的話，壓著所有感情，薛遠生平第一次說出那種的話。

就這樣被顧元白忘了。

但沒關係。

薛遠會準備好另外一番更好的話。

前方的侍衛長等人都在專心看著燕子風箏，後方的顧元白和薛遠已經從陰涼地，緩緩走向了最近的一個四角亭。

四角亭建在木道之上，木道兩旁都是碧綠泛著黃的湖泊，鳥雀飛來，在人靠近之前又倏地飛走。

薛遠看清了顧元白手中的摺扇，「聖上，這扇子出自何人之手？」

「褚衛。」這兩個字一說出來，顧元白就覺得有些微妙，現在的原文男主攻對他有了心思，那原文男主受可怎麼辦？

他頭疼得揉著眉心，沒想到除了做皇帝之外，還得兼職做情感大師和婚姻介紹所。

薛遠從扇子上收回了視線，「原來是褚大人所做。」

「他的筆墨字畫都是一絕，」顧元白隨口道，「怕是百年以後，也要成為別人手中的珍寶了。」

薛遠笑了笑，忽地伸手指了指前方：「聖上，您看，前方有隻鳥正在給幼鳥輔食。」

顧元白順著他指的地方看去，沒有看到：「在哪？」

「臣斗膽請旨握一握聖上的手，」薛遠道，「臣指給您看。」

顧元白頓了一下，不看了，「不用。」

薛遠也不強求，他慢悠悠地陪侍在旁，步子不急不緩，即便被拒絕了也沒有失望。

等到了四角亭之後，顧元白正要隨處找個地方坐下，薛遠先道：「聖上莫急，臣擦一擦。」

他從懷中掏出一方白色手帕，將亭中座位上的灰塵給擦了擦。實際上哪裡需要去擦，自從聖上駕臨避暑行宮以來，灑掃太監和宮女俱是勤勤懇懇，哪裡都乾乾淨淨不曾落上絲毫的灰塵，就是怕衝撞了聖上，受到了懲罰。

薛遠這一彎腰，顧元白就聞到了一股似有若無的血腥氣，他眉頭一皺，順著血腥氣靠近，再聞時，卻又覺得了一些藥草和青草的味道。

顧元白嗅了嗅，聞得愈多，反而是最開始時聞到的血腥味再也聞不到了。他還想再湊近一步，誰曾想薛遠突然站起了身，背部猛地襲來，倏地撞上了顧元白的鼻子。

薛遠身體僵硬一瞬，快速轉身，因為著急，傷口都猛得裂了開來。但他一看到被撞得捂著鼻子，平日裡冷酷無情的小皇帝現在卻眼中泛著潤光時，什麼話、什麼動作都忘了。

心裡只有一個想法。

原來小沒良心的還知道疼。

顧元白鼻子這一撞，直接被撞上了淚腺。他憋著疼，但身子太過嬌貴，這一撞，淚腺直接蹦出了眼淚。

太丟人了。

但即使這麼狼狽，顧元白也不想在薛遠面前丟人。他忍著這酸疼，面不改色地鎮定著。好像這一雙眼睛跟他一點兒關係都沒有。

小皇帝倔強極了，薛遠回過神之後，好笑地彎腰，低聲哄著：「別動，我看看。」

顧元白悶聲悶氣：「看個屁。」

薛遠拿開了顧元白捂著鼻子的手，這一看，還好，只是被撞的地方有些紅了，沒被傷著。顧元白眼前一片模糊，疼的感覺到了最頂點，接著才開始緩緩褪去。

他前不久，對待薛遠是還是倍為冷酷的模樣。薛遠時常看到他的表情，大多是含著威嚴或是親切的笑容，一旦生氣，便是寒冰瑟瑟。

但從未見過顧元白淚眼朦朧。

他壓低著聲音，啞聲：「聖上，臣想給您擦擦淚。」

顧元白也啞聲回道：「擦。」

薛遠剛想要碰上去，顧元白又道：「不准用擦凳子的那條手帕。」

怎麼捨得拿手帕給你擦淚。

薛遠無聲好笑，笑裡有幾分天生帶出來的譏諷意味。他認真無比地拿著掌心捧著顧元白的臉，拇指輕輕擦過，將顧元白眼角些微的淚痕擦去。

但手一碰上去，好像又將原本還在眼眶之中的淚給戳了出來，顧元白自己都無所察覺的時候，又是幾滴淚唰地流了出來。

薛遠無奈地歎了一口氣。

顧元白永遠不知道自己神情鎮定地流淚時，樣子是多麼地戳著薛遠的心。

好不容易，經過二十多天佯裝出來的規矩，在這一瞬間都快要再次破碎了。

薛遠湊近顧元白，呼吸炙熱噴灑過去，伸舌就能捲走淚珠的距離，但他終究沒有做些什麼，而是拿著衣襟小心擦去這些淚。

等顧元白好了的時候，他才發覺自己不知何時已經坐了下來，而薛遠就站在他的兩步之外。

顧元白緩了一會，才回過神薛遠之前幹了什麼。他朝著薛遠看了一眼，薛遠的目光並不在他的身上，而是雙手背在身後，身姿挺拔地遠眺著遠方。

察覺到顧元白的視線後，他才回過頭，眉峰微挑，朝著顧元白微微一笑。

顧元白霎時之間想起了一句話。

會咬人的狗不叫。

第六十八章

薛遠這個樣子，有些像是書中攝政王的形象了。

顧元白微眯了眼，問道：「你在看什麼？」

薛遠看著假山旁的一個太監偷偷從假山後溜走，若有所思地回過頭，朝著顧元白風輕雲淡地笑道：「看看山水，看看花草。」

「薛卿倒是有閒情，」顧元白閉上了眼，「休息的日子，傷養得如何了？」

薛遠道：「尚可。」

他站得離顧元白約有兩步之遠，等他回完這句話之後，兩個人就沒有再說話了。片刻。

「聖上。」薛遠突然出聲。

顧元白撩起眼皮看了他一眼。

薛遠恭恭敬敬地問著：「行宮之內，是否還有宗親在此居住？」

「是有一些宗親，」顧元白漫不經心，「你是又衝撞了誰？」

薛遠沒忍住笑了，「聖上多慮了。」

說完這兩句，一時之間風都靜了下來，正在這時，亭外傳來一道呼聲：「聖上！」

顧元白轉頭一看，原來是被他派去找灑掃宮女打聽消息的田福生。

田福生累得氣喘吁吁，上了亭子正要同顧元白彙報事情，一抬頭就瞧見了薛遠，他眼睛一瞪，整個人愣在了原地。

薛遠朝他彬彬有禮頷首道：「田總管。」

「薛、薛大人，」田福生回神，朝著薛遠訕笑一番，繼續朝著聖上道，「聖上原來都已走了這麼遠，小的在後面怎麼也看不到影，差點兒以為要跟丟了，小的這心都要被嚇得從嗓子裡跳出來了。」

「行了，」顧元白笑了，光明正大地道，「朕讓你打聽的事，你可打聽清楚了？」

田福生餘光瞥了一眼薛遠，隨即一板一眼地道：「聖上，那灑掃宮女知道的不多，但小的順著她上頭的太監一查，就查出了一些東西。」

顧元白道：「說說看。」

§

假山後方的太監偷偷溜走了之後，就一路來到了和親王府。

和親王冷臉聽著他的話，聽到他說的「聖上和薛大人相處甚為親密」之後，猛地變了下臉色。

他沉沉地問：「是什麼樣的甚為親密？」

太監委婉道：「小的不敢多看，只知道薛大人就站在聖上面前，還為聖上淨了面。」

那就是連臉都摸了。

和親王倏地站了起來，來回踱步不停，「那聖上可生了氣，有沒有罰了人？」

「聖上並未呵斥薛大人，」太監小心翼翼道，「似乎也並無怒顏。」

「……」和親王頓住了腳，沉默了半晌，才突然道，「你退下吧。」

行宮中的太監退下後，和親王又叫了貼身太監過來。

貼身太監一走了進來，便見和親王坐在房間背陰的地方，容顏在黑暗之中看得不清，只語氣很是壓抑：「去派個貌美的宮女送給聖上。」

顧元白和薛遠，顧元白難道……難道喜歡的是男人？

§

田福生打聽到的消息，其實也並沒有什麼特別。

不過是收了點銀子，讓手下管理的太監宮女們學學這首詩歌的譜子。這首詩本來就好，哼起來朗朗上口，人傳人，便誰都會哼唱一兩句了。

聽完他的話後，顧元白便讓侍衛長收了風箏，帶著人順著原路返回。

等他們走到那兩面環水的四角亭時，正巧見到有一個宮女正拿著巾帕擦拭著四角亭內的雕刻石桌。

這宮女面容很是貌美，不知是熱的還是羞意，面上還有些微的紅潤。素手纖纖，衣著雖是樸素，但卻突顯了身段。

田福生一眼就看出這宮女的不凡，但能送宮女來的，都是各府的主子，甚至有可能是宛太妃。田福生眼觀鼻鼻觀心，聖上不吩咐，他也不好主動出聲驅趕。

顧元白走過去坐下，隨口道：「退下吧。」

宮女有些失望，「是。」

但因為心神大亂，她收手的時候反而不小心打倒了桌上的茶杯。剛剛倒入茶杯之中的熱水急速順著桌子流下，顧元白迅速起身後退了兩步，眉頭皺起。

袖上已經染上了熱水，顧元白甩了兩下手，往那宮女身上看去。

宮女跪地，嚇得臉都慘白了，「聖上，奴婢該死，請聖上恕罪。」

顧元白歎了口氣：「退下吧。」

宮女連忙低身俯拜，小心翼翼地離開了四角亭。

田福生正吩咐人去收拾桌上的水跡，顧元白走到涼亭兩旁，手隔在扶欄上，往水底看了一眼。

不久，竟然有小鳥雀靠著扶欄落下，尖嘴啼叫不停，顧元白不由伸出手，想去碰一碰這些鳥雀的羽毛。

但應當是大拇指上的玉扳指太過顯眼，讓動物也愛極了，顧元白的手還未碰上小鳥，鳥雀已經出其不意，探頭叼走了著顧元白指上的玉扳指，翅膀一揮，就要銜著玉扳指逃跑。

顧元白失笑，「就你這個小傢伙，也想來偷朕的東西？」

他伸手一抓，反而驚到了鳥雀，鳥雀驚慌揮動幾下翅膀，嘴巴一鬆，「撲通」一聲，玉扳指掉到了涼亭兩旁的湖泊之中。

顧元白跟著玉扳指看到了湖面上，笑容都僵硬了。

身邊一道黑影閃過，顧元白最後一眼之中，就見到薛遠踩上了欄杆，毫不猶豫地朝著湖中跳了下去。

顧元白眼皮猛得一跳，撩起衣袍就快步走出了涼亭，大聲叫道：「薛遠！」

眾位侍衛連忙跟著出了涼亭，其中已經有人放下佩刀，「撲通」跟著跳入了湖裡。

侍衛長面色嚴肅，擔憂道：「薛大人這傷……」

顧元白表情變來變去，最終定格在一個格外難看的臉色上。

湖中的侍衛來來回回地高聲大喊，不停地潛下浮起，但薛遠還是一點聲都沒出。顧元白臉色愈來愈沉，突然，他腳底下的木道一旁猛得冒出來了一個人。

水聲嘩啦，大片大片的水往木製的平面路上湧去，薛遠冒出來了上半身，他渾身濕透，黑髮上的流水蜿蜒地順著身上的紋路流下。

他無奈朝著顧元白笑道：「聖上。」

「薛卿受傷了後也是這麼莽撞嗎？」顧元白語氣生硬，「朕問你，你若是沒命了，朕怎麼跟薛將軍交代！」

他心中的火氣蒸騰，雙目直直盯著薛遠，眼中藏著火光。

漂亮得整個天地都亮了。

薛遠道：「聖上的玉扳指不能丟。」

「朕的玉石多得是，」顧元白壓著聲音，眉目逼仄，「朕不需要一個任何人去賣命給朕找一個平平無奇的玉扳指！不過是一個死物——」

顧元白的聲音戛然而止。

薛遠靜靜地看著他，半個身子仍然泡在水裡，放在水下的手抬了起來，五指鬆開，裡頭正是一枚綠到滴著汁液一般的碧綠玉扳指。

掌心之中的流水，從指縫之中滑走，玉扳指上沾著幾滴水珠，那幾滴水也好似成了綠色。

「聖上，」薛遠無所謂地笑了笑，「這平平無奇的玉扳指被臣找到了。若是您現在還無其他的玉扳指可戴，那便先委屈些，暫且用上這個吧？」

他朝著顧元白伸出了手。

顧元白深呼吸幾口氣，遞出了手。

濕漉漉的手握上，另一隻手拿著玉扳指緩緩往大拇指上套。顧元白俯視著薛遠，從他的眉眼掃到他的身上，然而薛遠太過認真，一顆心神都放在了顧元白的手上，完全沒有發現顧元白這樣探尋的目光。

碧綠的玉扳指回到了它該回的地方，顧元白收回了手，「薛卿，上來吧。」

薛遠笑了笑，「臣衣物都濕了，會礙著聖上的眼睛，等聖上走了，臣再從水中爬出去。」

顧元白喉結上下動了動，似乎想要說話，但終究還是一句話都沒有說，他深深看了一眼薛遠，如他所願，轉身就離開了這裡。

這一大批的人浩浩蕩蕩地走了，水裡尋找薛遠的侍衛也跟在後頭離開。等人影幾乎看不見之後，薛遠才收了笑，他雙手撐在地上，幾乎是用著雙臂的力量將自己拖上了岸。

將自己拖上岸之後，他閉了閉眼，緩一緩。

下半身的腿還泡在水裡，背上浸透了衣物透出了絲絲縷縷的血痕。還好顧元白已經走了，不然就這副樣子，被看到了之後，薛遠怎麼還有臉說自己是最有用的。

過了一會兒，薛遠緩過來了。他睜開眼，往四角亭一看，就在四角亭中的石凳子之上看到了一面倍為眼熟的摺扇。

那是聖上之前拿在手裡的摺扇，褚衛送給聖上的。應當是過急，這扇子就被扔在這兒了。

薛遠嘴角一扯。

他又休息了一會兒，才撐著地面站起來身。拖著一身的水跡，走到了四角亭裡面，薛遠彎腰拿起這個摺扇，唰地展開一看，上面的山水畫和提的詩就露了出來。

薛遠看完了，道：「文化人。」

他似笑非笑，然後撕拉一聲，乾淨俐落地將摺扇給廢成個兩半。

「爺不喜歡除爺以外的文化人。」

§

顧元白回到宮殿，讓渾身濕透的侍衛們先下去整理自己。而他則坐在桌前，眉頭深深，若有所思。

外頭傳來通報：「和親王前來拜見。」

顧元白回過神，「宣。」

沒過一會兒，和親王大步走進了宮殿。

他直奔主題地問道：「聖上也快要到生辰了吧？」

田福生回道：「回王爺，還有莫約一個多月的時間。」

「過完生辰之後，」和親王道，「聖上已有二十又二，也該有宮妃了。」

正在低頭處理政務的顧元白手下一頓，抬頭看他：「宮妃？」

和親王看著他的目光好像有壓抑著的怒火，雙拳緊握，「聖上從未考慮過嗎？」

他這個語氣簡直就像是在質問，顧元白的心情本來就有些不好，聞言直接氣笑了，他連臉面都不給和親王留，指著宮殿大門道：「給朕滾出去！」

和親王臉色驟然一變，夾雜著不敢置信，愣愣看著顧元白。

「朕說最後一次，」顧元白厲聲，「滾！」

和親王的表情變得鐵青，他嘴唇翕張幾下，轉身離開了。

顧元白轉頭問田福生：「朕先前讓你們查他，查出什麼東西來了嗎？」

「沒有，」田福生小心翼翼，「未曾發現出什麼不對。」

顧元白不出聲，過來一會兒，站起身往內殿之中走去，夾雜風雨欲來的火氣，「朕睡一會，半個時辰後再叫朕。」

第六十九章

薛遠回到府中，就將身上的這身衣服給脫了下來。傷處的血已經黏上了衣物，薛遠面無表情，猛地用力，好不容易停住流血的傷處就猛地再次蹦出了血來。

薛遠房裡的桌上，都是御賜的藥材。當然，這些藥材並非是顧元白賞給他的，而是顧元白派人賞給薛二公子的。

這些藥材薛遠也沒有用過，他只是擺在上面留著看。

薛遠呼吸粗重，喘了幾口氣之後就讓人叫了大夫。他自己則側頭一看，看到身後一片血肉模糊，都想要笑了。

受了重傷，又跳下了湖，湖水泡了那麼長時間，估摸著傷口都要爛了。但開心。

千金難換爺開心。

等過了一會兒，跟著大夫一同來的還有薛遠的娘親薛夫人。

薛夫人站在門外，高聲道：「薛九遙，你床底下到底放了什麼玩意！」

薛夫人一向溫婉知理，在薛府之中完全是不一樣的存在。她這時放開了嗓子含著怒氣的質問，屋裡的小廝差點連手裡的藥碗都給摔了，整個人懵了。

薛遠懶洋洋道：「玉件。」

薛夫人怒道：「那是玉件嗎？」

「我說是玉件，它就只能是玉件，」薛遠道，「娘看到了？」

薛夫人冷哼一聲，「不止看到了，我還給扔了。你平日裡想怎麼胡鬧都可以，我與你爹從未管過你。但薛家……你是老大，你怎麼能這樣？你已經不小了，早就到了娶親的時候。先前在北疆，我不要求你回來娶妻。但你現在既然從北疆回來了，依我看，還是得給你定個親，多大的人了，怎麼能學壞？」

薛遠：「不能扔。」

但這三個字薛夫人沒有聽到，她自個兒止不住地多說了一會兒，說到最後，又眼中含了淚，拿著手帕擦著眼角，「乖兒子，你好好的。娘會給你看一個好姑娘，等娶了親之後，你穩重一些，娘就安心了。」

薛遠笑了笑：「你敢給我娶，我就敢殺妻。」

薛夫人的淚頓時就止住了，氣得難受，轉身就要離開。

薛遠提高聲音道：「記得給我還回來。」

府裡的大夫心中好奇，沒忍住問道：「大公子如今也已二十有四了，怎麼還不願意娶妻？」大公子不娶妻，二公子自然也不能娶妻。如今隨著薛遠的造勢，他名聲好聽得不得了，隨之而來的，薛二公子名聲臭得估計都要娶不到媳婦了。

薛遠閉著眼，不答話。

他笑起來的時候機鋒外露，不笑時又深沉了許多。薛遠相貌俊美，卻同京城裡的公子哥兒的俊美不一樣，他有著在邊關多年的軍旅生涯，這些年的戰爭和廣袤而荒涼的草原，在他身上形成了既野蠻自由又壓抑陰沉的矛盾，透著一股子邪肆和刀刃的鋒利勁。

響噹噹的男子漢，鐵骨錚錚的好兒郎，怕是不缺好女兒想嫁。

大夫瞧著大公子不願意說，也不再多嘴了。

過了好長一會兒，薛遠才閉著眼睛，跟說著夢話一樣道：「能娶到就行了。」

大夫說著好話：「薛大公子想娶，依我看啊，就沒有娶不到的人。」

薛遠悶在枕頭裡笑了兩聲，肩背都動了動，然後揚聲道：「來人，拿賞銀來。這話說得好，不能不賞！」

§

另一頭，和親王從聖上那一回來，就臉色難看地把自己關在了書房裡，直到夜裡也沒有出來。

第二天一早，和親王妃帶著一碗補湯，盡心盡力地前來探望和親王。

和親王門前無人佇立，應當是王爺特意揮退了人。和親王妃讓侍女上前敲門，叫道：「王爺？」

門裡沒人應聲。

和親王妃心中奇怪，擔憂之下，她推開了房門。咯吱一聲，外頭的幾縷陽光從門縫中徑直投到了書房的地上。

書房之中的門窗關得嚴嚴實實，昏暗得有些壓抑。和親王妃從侍女手中接過補湯，自己一個人進了書房之中。

書房有內外兩個部分，外頭並無人影，和親王妃拐到內室，一眼就看到了窩在床上睡覺的和親王。

和親王妃鬆了一口氣，正要將補湯放下，餘光一瞥，卻瞥到了正對著床上的牆面上掛著一幅泛著些微白光的畫，這畫紙實在是透亮極了，在這昏暗的室內，好似能發著光。

和親王妃心中湧起一股子好奇，她輕聲走過去一看，隱隱約約看出好像是一個人的畫像。

和親王都要掛在牆上的畫像，這人會是誰？

光線太暗，和親王妃直到快要貼上畫了，她才看清楚了畫中人是誰。

但看清楚的一瞬間，和親王妃的手就是一顫，手中的補湯「嘭」的一聲重重摔在了地上。

瓷器四分五裂，這聲響將和親王妃震得出竅的心神給喚了回來，她倉皇後退兩步，一回頭，卻對上了和親王的眼。

和親王眼底青黑，攏著被子坐起，沉沉看著王妃。

王妃心肝猛得一顫，心底的寒氣驟起。地上的那片補湯狼狽地濺到她的裙角上，補湯之中的肉塊在慌亂之中被踩成了泥，髒亂又黏糊。

和親王的視線從她身側穿過，看到了牆上掛的畫像上，「王妃進來，都沒人通報的嗎？」

王妃聲音顫抖，抓著裙角的手指發抖，「王爺，外頭沒人。」

是了，和親王昨日從顧元白那處回來之後，就揮退了隨侍，獨自進了書房之中。

因為心裡有鬼，他將書房外的人也遠遠遣走了。

然後獨自一人拿出了這幅畫像。

這不是從平昌侯世子和戶部尚書的兒子手中拿過來的那兩張似是而非的畫作，而是和親王請了人，重新畫的一副畫作。

這畫畫得太好了，他平日裡不敢多看。從顧元白那裡回來之後，和親王原本在盛怒之下，是想要將這些畫直接給撕了，但一看到畫後，他還是下不了去手。

最後終究放棄，將畫掛在了眼睛一抬就能看到的地方，和親王就看著這幅畫，也不知道什麼時候睡著了。

書房裡昏暗，一聲的響動也無。

和親王妃有些莫名的驚恐。她感覺自己自己好像發現了什麼不一般的秘密，但這秘密太過不敢置信，所以她下意識中就將那想法給排除了出去。

但心底深處，已經開始膽顫。

「王爺，」和親王妃竭力鎮定，「妾身……」

和親王緩緩道：「王妃，下次沒有本王的允許，不許踏進書房一步。」

和親王妃應得極快：「妾身知道了。」

「下去吧。」和親王沉沉道。

和親王妃連忙快步從內室走了出來，腳底的油葷在地上印出一個個的腳印。她愈走愈急，最後甚至害怕得提裙跑了起來。

房門響起又關上，大片的陽光又被拒之門外。獨留在昏暗之中的和親王，裹了裹被子，又蒙頭蓋住了自己，躺下閉了上眼。

晚膳時，和親王才從書房之中走了出來。

他換了身衣服，眼底仍然是沒睡好的青黑。

飯桌之上，沒有人敢出聲，一時之間只聽到碗筷碰撞的聲音。過了一會，和親王突然道：「聖上的生辰在九月底，和親王府給聖上的生辰賀禮，現在就該準備起來了。」

王妃小心道：「妾身從兩個月前便開始準備了。讓一百名繡娘居於王府之中，正在繡上一副錦繡山河圖。」

先帝在時，每年的壽辰都由和親王親自準備。但等先帝一死，顧元白上位後，和親王懶得理這些事。逐漸的，給聖上準備賀禮的事情，就由王妃全權打理了。

和親王聽了一番，覺得沒有出錯的地方，也沒有什麼出彩的地方，他皺了皺眉，「就這些了？」

王妃驟然想起在他書房之中看到的那幅畫作，身子微不可見地抖了一抖，「王爺可還覺得缺了些什麼？」

王妃多想問一問王爺，為何在書房之中掛上聖上的一副畫作。是因為恭敬，還是因為想念兄弟？可那畫上的內容，又怎會是一個兄長該看的東西！

王妃膽怯了，她不敢問。

和親王遲疑了一下：「算了，就這些了。皇上想要什麼沒有？還在乎我一個小小和親王送上的賀禮？」

他說著說著，怒火隱隱就升了起來，「估計那個薛府，都比我和親王府得他喜歡！」

主子一生氣，沒人敢弄出動靜。一陣鬨然之後，和親王陰晴不定地將火氣壓了下去，「來人，去派人打聽打聽薛府家的大公子。」

皇帝怎麼能走上彎路。

顧元白不會喜歡男人，絕對不會。如果他喜歡男人，那麼一定是有別人在勾引他。

但如果。

如果顧元白真的喜歡男人呢？

顧元白不能喜歡男人，他怎麼能喜歡男人！

他如果真的喜歡男人了，那他顧召又算什麼了？

第七十章

皇帝的生日叫做萬壽節。

萬壽節當日，皇帝會接受百官們的朝賀及貢獻的禮物。萬壽節的期間禁止屠宰，前後數日不理刑名，文武百官需按規制穿上蟒袍禮服。這一天，京城的匠人們用彩畫、布匹等將主要街道包裝得絢麗多姿，到處歌舞昇平。

而各地文武百官，則要設置香案，向京城方向行大禮。

顧元白的生辰正是在金秋佳節，糧食收穫的季節。皇帝生日格外重要，早在顧元白帶著眾位臣子遷到避暑行宮之後，京城之中便開始準備起聖上壽辰之日的事了。

等真正到了萬壽節時，就連外國使者都會前往大恒京城，來為顧元白祝壽。

而顧元白，也想要趁此時機好好瞭解一番這些前來朝賀的國外使者。

關於生辰，這些排場和規格都已寫進了律法，萬壽節前後和當日，整個大恒也會休假三日。

當一個人的生辰是與天下人同樂的時候，那這樣的生辰，就不是過生日的人能決定該幹些什麼了。

顧元白只吩咐了下去，勿要鋪張浪費。

又過了幾日，利州知州因為剿匪不成反被匪賊殺死一事，就傳遍了朝廷之中。

因為利州知州逼民成匪，又與匪勾結一事一旦傳出去必定動搖民心，所以這件事必須要瞞得死死的，一點風聲也不能傳出去。就連先前主動朝顧元白請辭的吏部尚書，也只以為利州知府縱容土匪劫掠本地百姓，又貪污良多，並不清楚其中更深層次的道道彎彎。

這更深層面的消息，也只有顧元白和他的一些親信知道了。

傳到朝廷百官們的耳朵裡時，故事就變了一個樣子。

利州知州因為貪污而心中害怕，想要以功贖罪，便帶著人莽撞前去剿匪。卻反而被匪賊殺害，這一殺害朝廷命官，事情就大條了，最後甚至出動了守備軍，一網打盡了利州周圍所有山頭的匪賊。

一些匪賊已經被壓著前往京城，他們將會作為苦力來開墾京西之中最難開墾的一片荒地。而那些讓利州及周邊州縣深受其害的土匪頭子，則是在利州萬民的見證下直接斬首示眾。

便宜利州知州了。

原本應該臭名昭著，永遠在歷史上被眾人唾棄。但因為他做的事態隱蔽，也太過可怕，已經到了動搖民心、引起暴亂的地步，所以只好暗中將他處理，再由明面上的一個「利州知州只犯了貪污罪」的消息在進行傳播。

顧元白來到古代愈久，就愈覺得歷史是一個任人打扮的小姑娘。

這東西，就是上位者和勝利者手中的一塊遮羞布。

顧元白將手中寫明利州知州死亡緣由的摺子扔在桌上，看向身邊的史官，問道：「寫清楚了嗎？」

史官點了點頭，將今日早朝上記錄下的文字拿給顧元白看，上方寫得清清楚楚：上聞之利州害一事，歎息數數，朝廷百官心恨惜，歎其貪污，又惜其欲將功贖罪而被賊害，利州知州事之贓數傳來時，皇上大怒，曰：此人朕所惜費矣。

「很好，」顧元白道，「就這樣了。」

史官恭敬應是，將書卷接過，悄聲告退，準備謄寫到史卷之上。

運送一批免費勞動力回京的孔奕林他們，也快要走到京西了。顧元白轉了轉手上的玉扳指，但手一碰上去，動作不由一頓。

良久，他問：「人怎麼樣了？」

這突然而來的一句，將田福生給問懵了。好在很快就回過了神，試探性地回道：「回聖上，薛府沒有大動靜傳來，薛大人應該無礙。」

「應該？」顧元白的眉頭皺了起來，不虞道，「什麼叫做應該。」

田福生的冷汗從鬢角留了下來，當即承認錯誤，「小的這就去打聽仔細。」

顧元白有些煩，他揉了揉太陽穴，壓著這些煩躁，「退下吧。」

那日身處其中，只是覺得有些怪異。現在想起來，怕是薛遠身上的傷還重著。聞到的那些古怪的味道，怕是就是血腥氣。

重傷還在髒水中泡了那麼長的時間，豈不是肉都爛了？

身體好的人便這樣糟蹋自己的身體，真是讓身體不好的人怎麼想怎麼不爽。

顧元白往後一靠。

太陽穴一鼓一鼓，長袖鋪在軟椅之上，神情有些微的生冷。

如果有人只是為了給顧元白撿一個死物便這樣糟蹋自己，這樣的行為看在顧元白的眼裡不是深情，不是忠誠，是蠢。

人命總比任何東西都要貴重。

還是說，薛遠所說的給他拚命，就是這樣拚的嗎？

為了一個玉扳指？

過了一會兒，聖上命令道：「將常玉言喚來。」

§

常玉言知曉聖上傳召自己之後，連忙整理了官袍和頭冠，跟在傳召太監身後朝著聖上的宮殿而去。

避暑行宮之中道路彎彎轉轉，園林藝術造極巔峰。夏暑不再，常玉言一路走來，到了顧元白跟前時，還是清清爽爽的風流公子模樣。

「臣拜見聖上，」這是第二次被單獨召見，常玉言不由有些緊張，彎身給顧元白行了禮，「聖上喚臣來可是有事吩咐？」

顧元白從書中抬起頭，看著常玉言笑了笑：「無事，莫要拘謹，朕只是有些無趣，便叫來常卿陪朕說說話。」

常玉言是顧元白極其喜歡和看重的人才，他給常玉言賜了坐，又讓人擺上了棋盤。

常玉言有些受寵若驚。他依言坐下，屁股只坐實了一半，記起了上回聖上與褚衛下棋的事情，不禁道：「上回聖上與褚大人下棋時，臣未曾在旁邊觀上一番。至今想起來時，仍覺得倍為遺憾。」

顧元白笑道：「那今日便全了常卿這份遺憾了。」

常玉言笑開，挽起袖口，同聖上下起了棋。

他下得不錯，顧元白升起了幾分認真，等常玉言漸入其中後，他才漫不經心地問道：「朕聽聞常卿近日又作了一首好詩。」

顧元白只用了一半心神，但他棋路實在是危險重重，處處都是陷阱和鋒機，常玉言全副心神都用在了棋面上，話語便沒有過了頭腦，多多少少透出了一些不應該說的內容：「是，薛九遙前些日子非要臣為他作一首詩。」

手指摩挲著圓潤的棋子，顧元白聲音帶笑，「常卿與薛卿原來如此要好。」

常玉言苦笑道：「就薛九遙那狗脾氣，誰能——」

他恍然回過神，神經驟然緊繃，連忙起身請罪，「臣失言，請聖上恕罪。」

「無礙，」顧元白微微一笑，「探花郎何必同朕如此拘謹？」

他問的話讓人脊背發寒，但等聖上微微一笑時，這寒意倏地就被壓了下去，腦子發昏，哪裡還記得危險。

常玉言羞赧一笑，又重新坐了下來。

瞧瞧，薛九遙那樣的人，都有常玉言這樣的朋友。不管其他，只在面對顧元白的禮儀上，薛九遙就遠不及常玉言。

但同樣。

顧元白在常玉言面前也是一個無關乎其他的皇帝樣。

顧元白笑了笑，突然覺得有些沒勁，他不再問了，而是專心致志地跟常玉言下完了這盤棋。他認真後，常玉言很快潰不成軍。

常玉言敬佩道：「聖上棋藝了得。」

聖上嘴角微勾，常玉言又說道：「薛九遙的路數和聖上的還有幾分相似，臣面對這等棋路時，當真是一點兒辦法都沒有。」

顧元白挑眉，玩味道：「他還會下棋？」

常玉言沒忍住笑了，「薛九遙書房裡的書，說不定比臣府中的書還要多呢。」

這個倒是讓顧元白真的有些驚訝了。

瞧著聖上這副樣子，常玉言的嘴巴就停不下來，他腦子都有些不清不楚了，一個勁兒拿薛遠的糗事去逗聖上開心，「薛九遙的房中不止書多，前些日子的時候，臣還發現他拖著病體，竟然開始做起了風箏。」

顧元白一頓，「風箏？」

「是，」常玉言道，「還是一個燕子風箏。」

「那在風箏上寫字，」顧元白道，「可有什麼寓意？」

常玉言面上流露出幾分疑惑：「這個，臣就不知道了。」

顧元白微微頷首，讓他退下了。

等人走了，顧元白抬手想要端起杯子，手指一伸，又見到了綠意深沉的玉扳指。

他看了一會兒，突地伸手將玉扳指摘下，冷哼一聲，「瞧得朕心煩。」

田福生聽到了這句話，他小心翼翼道：「那小的再去給聖上拿些新的玉扳指來？」

顧元白瞥他一眼，一句「不了」含在嗓子裡，轉了一圈之後，道：「拿些來吧。」

§

常玉言下值之後，就鑽入了薛府之中。

他來的時候，薛遠正在拿著匕首削著木頭。

薛大公子的身上只穿著裡衣，外頭披著衣袍。黑髮散在身後，神情認真，下頷冷漠繃起。

常玉言不由斂了笑，正襟危坐在一旁，「薛九遙，你這是又在做些什麼？」

手指上均是木屑，薛遠懶洋洋地道：「削木頭。」

常玉言一噎，「我自然是知道你在削木頭，我是在問你，你打算削出什麼樣的木頭。」

薛遠唇角勾起，「關你屁事。」

常玉言已經習慣地忽略了他的話，他咳了咳嗓子，鐵直了背，狀似無意道：「我今日又被聖上召見了。」

薛遠手下不停，好似漫不經心：「嗯？」

「聖上同我說了說話，下了盤棋，」常玉言的笑意沒忍住愈來愈大，歎服道，「聖上的棋路當真一絕，我用盡了力氣，也只能堅持片刻的功夫。」

薛遠不說話了，他將匕首在手中轉了一圈，鋒利的刀尖泛著落日的餘暉，在他的臉上閃過了一次又一次的金光。

「然後呢？」

然後？

常玉言看著薛遠的側臉，原本想說的話不知為何突然悶在了嘴裡，他自然而然地笑了笑，目光從薛遠的身上移到他手中的木頭上，語氣不改地說道：「然後便沒有什麼了，聖上事務繁忙，同我說上一兩句話之後，就讓我走了。」

第七十一章

「嗡」的一聲，匕首插入木頭深處的顫抖之聲。

薛遠壓低了聲音，帶著笑，「常玉言，你得給我說真話。」

常玉言頭頂的冷汗倏地冒了出來。

薛遠彈了一下匕首，絕頂好的匕首又發出一聲清脆的顫音，薛遠這幾日的嗓子不好，說話跟磨砂一般的含著沙粒，明明好好的語氣，說出來可能都會帶著威脅，更何況他此刻的語氣，絕對算不上好。

薛遠笑了一下，「聖上要是沒說我，你也不會這麼急匆匆地跑來薛府找我了。」

常玉言竭力鎮定，「先前你總是在聖上身邊上值，惹人眼紅又羨慕。如今我單獨被聖上召見了一回，來你面前炫耀一番就不行了？」

薛遠瞇著眼看著他，目中沉沉。

「聖上能同我說你什麼？」常玉言苦笑，「或是說起了你，我又為何要隱瞞呢。」

心口在砰砰地跳。

全是緊張和忐忑。

他不知道自己為何要隱瞞同聖上交談的話，但當時身處其中沒有察覺，如今一想起來，聖上和他的交談，竟然大部分都和薛遠有關。

這樣的認知，本能讓常玉言不願意對薛遠說出實情。

他打開摺扇，儒雅地搧了幾下，等頭頂的冷汗沒了之後，才微微笑道：「薛九遙，你今日怎地變得如此奇怪。」

薛遠還在看著他。

他身上的外袍披在肩頭，即便披頭散髮，也擋不住他眉眼之中的銳意。桌上的匕首還反著寒光，顫鳴卻逐漸停了。

薛遠收回了視線，他將匕首拔了出來，繼續削著木頭，喃喃：「比我想的還要心硬些。」

常玉言沒有聽清：「什麼？」

「沒什麼，」薛遠懶洋洋道，「對了，給你看個東西。」

薛遠叫過來小廝，小廝聽完他的吩咐後就點頭跑了。片刻功夫之後，小廝捧著一柄彎刀，獻在了薛遠的面前。

薛遠拿起刀，常玉言不由走上去細看，只見這彎刀的刀鞘上全是金絲勾勒，再輔以上萬顆珠寶細細製作而成，金絲根根分明，從頭到尾粗細均勻。只這一個刀鞘，就能斷定這彎刀必定不同凡響。而愈是精妙的金絲製品，愈是獨屬於皇家所有。常玉言脫口而出道：「這是聖上賞給你的？」

薛遠握著刀柄，將彎刀抽出一半，只聽「噌」的一聲，鋒利的刀刃與刀鞘發出一聲餘音繞梁的兵戈相碰之聲。

「這是春獵那日頭名得的獎賞，」薛遠摸著刀面，「漂亮嗎？」

常玉言幾乎移不開眼，「漂亮極了。」

跡。

薛遠莫名笑了笑，他抽出彎刀隨後在桌上一劃，灰色的石桌之上竟然就被劃出了一道白色的痕

常玉言咂舌：「竟然如此鋒利。」

「漂亮是真漂亮，鋒利也是真的鋒利，」薛遠將彎刀在手上耍了一個花招，看得常玉言膽戰心驚，他最後將刀扔進了刀鞘之中，回頭笑道，「這樣的好刀，就得擱在會玩刀的人手裡。」

常玉言歎了一口氣：「可不是？」

兩刻鐘之後，常玉言便起身同薛遠告辭離開。常玉言一出了薛遠的院子，還未走出薛府大門，就遇上了急匆匆趕來的薛夫人。

薛夫人妝容整齊，瞧見常玉言還未離開，便率先鬆了一口氣。

常玉言同薛夫人行了禮，薛夫人讓他快起，問道：「言哥兒，你同九遙關係親密，你可知他還認識了什麼卓越非凡的男子？」

薛遠要日日堅持出去看上一眼，受了那麼重的傷被抬也要抬出去。可見他想見的那個人，輕易不會上薛家的門，怎麼看，怎麼都不會是常玉言。

薛夫人有些急切，臉上也有隱隱的憂慮和發愁，常玉言有些莫名：「夫人何出此言？」

「我瞧著府中只有你一人上門，」薛夫人勉強笑笑，「想著遠哥兒一個人難免寂寞，便想問問他可還交好了什麼同齡人。」

常玉言心道，就薛九遙這個脾氣，誰還能和他相處得來？

土匪流氓一樣，也就常玉言和他蛇鼠一窩了。常玉言想了想，遲疑道：「若說交好不交好，這個

我卻不知道。但若說卓越非凡的男子，這個倒是有一位。正是工部侍郎褚大人家的公子褚衛，與我同窗時的狀元郎。」

「狀元郎，」薛夫人若有所思，「我知曉了。」

§

褚衛這一日回府之中，便聽說了薛府夫人上門拜訪的事。

褚衛動作一頓，抬起頭來看向母親，蹙眉：「薛府？」

「正是，」褚夫人道，「薛夫人正在給自己的兒郎相看女兒家，正好聽說你尚未結親，便專門上門與我說說兒女的話。」

褚衛道：「褚府與薛府關係不近。」

褚夫人嗔怒道：「說說話不就近了？怕是薛夫人也是真的著急了，這樣的心思，我是最瞭解不過的。就像是你，也不比薛府的大公子差多少，先前拿著遊學當藉口，七年的時間就是不願意回來說個親，你如今也成了狀元入了職，又備受聖上器重，媒人都快踏平府中門檻了，只你一人不願意，一點兒都不體恤你的老母親。」

褚衛若有所思。

薛遠竟然要相親事了。

對聖上心懷不軌的人，這不正是一個讓他死了心的機會？

褚衛微不可見的勾起了唇，垂著眸，狀似在聽著母親的說教，實則思緒已經在想著，怎麼能幫助薛夫人，讓薛遠的這門親事徹底定死了。

第二日，褚衛跟著御史大夫來到顧元白面前議事。禦史台的事情已經告了一個段落。等御史大夫走了之後，褚衛就作為翰林院修撰留在了顧元白面前。

顧元白處理完政事之後，趁著喝茶的空，都與他說起了笑，「褚卿忙得很。」

褚衛有些微微的羞慚，「臣慚愧。」

顧元白的唇上有些乾燥，他多喝了兩口茶水，唇色被溫茶一染，淡色的唇泛著些微健康的紅潤。他溫和地笑了笑，「趁著這會沒事，褚卿不若給朕說一說你遊學時的事？」

褚衛回過神，神情一肅，認真道：「聖上想知道什麼？」

顧元白問：「你去過多少地方？」

褚衛道：「臣從運河一路南下，途中經過的州府縣，臣已去過大半了。」

「深入其中嗎？」

褚衛微微一笑，芝蘭玉樹，「臣花了七年。」

顧元白肅然起敬，「那便給朕講講在各地的見聞吧。」

褚衛沉吟一番，便從頭說了起來。他少年孤傲，佳名在外，但在探訪各州府縣的隱士之時，卻學到了諸多的東西。

這些大儒的學識各有千秋，看待世間和問題的想法也極為不同。褚衛看得多了，卻忘了自己年紀尚輕，聽到那些大儒口中的關於世間疾苦的事情，只記得了疾苦，卻忘了記住尚且好的一面。於是在接下來的遊學當中，他就只記得不好的一面了。

說著說著，褚衛的語氣就遲緩了下來，他目中流露出了幾分困惑。顧元白用茶杯拂去茶葉，笑了，「褚卿怎麼不繼續說了？」

褚衛抿抿唇，「臣不知該說些什麼了。」

各地的弊端總是那樣的幾個，說來說起也只是贅餘。

顧元白問道：「怎麼不說說各地的風俗和飲食習慣？還有各地的商戶是否繁多，州府之中的官學是否同京城的官學內容一致，若是不一致，又有什麼不同，哪些有益處，哪些可以更改，這些，你都不知道嗎？」

褚衛愣住了。

他的神情持續了很長時間的怔愣，良久，他才回過神，有些心神不屬，「臣都未曾注意過這些。」

顧元白放下了茶杯，忽地歎了一口氣。

這歎的一口氣，將褚衛的心神給吊了起來，聖上這是對他失望了？

褚衛唇抿得發白，垂著眼道：「聖上，臣……」

「褚卿應當知道，遊學的目的是為了什麼，」顧元白緩聲道，「既要看到各州府的弊端，也要看到各州府的好處。就如同荊湖南那般，荊湖南礦山極多，若是知曉了這事，那就可以用荊湖南的這一個點，對其進行量體裁身的發展了。」

褚衛若有所思，他細細思索了一會，道：「臣懂了。」

這樣一看，他以往的七年遊學，倒是什麼都沒學到了。

褚衛有些悵然，但也有些輕鬆。他突然笑了，「若是以後可以，臣想跟著聖上再重新去看一看這些地方。」

顧元白笑了幾聲：「如此甚好。」

褚衛嘴角彎著，他突然想起母親先前同他說過的事，褚衛心中微微一動，垂眸道：「聖上，說起遊學的事，臣倒是想起來了一些趣事。」

顧元白挑眉，來了興趣，「說說看。」

「民間有一老嫗，家中小兒年歲已長卻不肯成親，老嫗被氣得著急，拽著小兒一家家登門拜訪有女兒的家中，見人就問：我兒可否娶你家女兒？」

見聖上隨意笑了兩聲，褚衛道：「前些日子，臣聽家母說。薛府的夫人也開始著急，似乎已經四處打探消息，準備給薛大人定個婚配了。」

顧元白恍然，一想，薛遠已經二十四歲了，這在古代，已經是大齡剩男了。

而且同顧元白這身子不同，薛遠身子健康極了，他是應該娶妻，薛府夫人也是應該著急了。

「挺好的，」顧元白道，「成家立業，不錯。」

褚衛瞧著聖上面上沒有異樣，便心中安定了下來，他笑了笑，狀似隨意道：「若是薛夫人看中了什麼姑娘，薛將軍如今還正在前往北疆的路上，怕是沒法做些什麼了。到時沒准會勞煩聖上，讓聖上給薛大人賜婚。」

顧元白翻開了一本奏摺，笑了笑，隨意道：「再說吧。」

給薛九遙賜婚嗎？

第七十二章

原文受想要顧元白給原文攻賜婚。

無奈好笑之餘，顧元白在心中歎了一口氣。

賜婚，除非薛府主動來請，否則他是不會主動賜下的。

一紙婚姻，難為的是兩個人。這種隨手亂點鴛鴦譜的行為，顧元白不耐煩做。

上午剛說完薛遠，下午時分，薛都虞侯便讓人給顧元白送來了一封信，和一件巴掌大小的木雕。

木雕是一把彎刀，彎刀表面削得光滑平整，刻有並不精細的花紋。因著小巧，所以刀刃很厚，無法傷人，如同哄著幼童的玩具一般。

顧元白將木刀拿在手裡看了看，沒看出蹊蹺，就把這木刀扔在了一旁，轉而拿起了放在一旁的信封。

信紙潔白，有隱隱酒香味傳來。顧元白這鼻子敏感得很，一聞到酒香味，腦中就浮現出了薛遠似笑非笑，拎著酒壺從狀元樓二樓扔下瓶子的畫面。

他哼笑一聲，將信紙打開一看，上方只有一句話：臣之棋藝勝常玉言良多，已具局、茶湯，候聖駕臨。

字跡龍飛鳳舞，整張紙都快要裝不下薛遠這短短一行字了。

病了也能這麼折騰。

顧元白將信給了兩旁人看，田福生看完之後便噗嗤一笑，樂了，「薛大人如此胸有成竹，想必棋藝當真是數一數二了。」

顧元白原先沒有察覺，此時一想，可不是？薛遠自己誇自己，古代君子大多含蓄，這麼一看，可不是臉皮厚到極致了。

顧元白沒忍住勾起了唇。

侍衛長擔憂道：「聖上，薛大人身體不適，想必是無法走動，才邀請聖上駕臨薛府的。」

「朕知道。」顧元白道。

他的手指不由轉上了玉扳指，這玉扳指換了一個，觸手仍是溫潤。顧元白低頭看了一眼瑩白通透的玉塊，想起了薛遠落在水中的樣子，眼皮一跳，道：「那就去瞧瞧吧。」

§

午後清風徐徐，厚雲層層，天色隱隱有發黃之兆。

避暑行宮大極了，內外泉山疊嶂，綠意帶來清涼。王公大臣和百官的府邸就建在行宮不遠處，鳥語花香不斷，鳥鳴蟲叫不絕。

褚衛沉默不語地跟在聖上身旁，他看起來心事重重，偶然抬眸看著聖上背影的眼神，更是猶如失了意的人。

雖然相貌俊美，如此樣子也倍讓人所疼惜。但若是讓他「失意」的人是聖上時，這俊美也讓人欣賞不來了。

侍衛長突然朝褚衛道：「褚大人，有些錯事，你最好要知錯就改。」

褚衛回過神，「張大人這是何意？」

侍衛長硬生生道：「我與褚大人俱身為聖上的臣子，聖上是君，我等是臣。」

「所以？」褚衛表情淡淡，含有幾分疑惑。

見他懂裝不懂，侍衛長臉色漲紅，「褚大人只記得，無論是我還是薛大人，都不會讓心有惡意的人靠近聖上一步。」

褚衛的眉頭瞬間皺了起來，眼中一冷，寒意如同尖冰。

瞧瞧。

褚衛看起來清風霽月，明月皎皎，實則心中晦暗，藏著各種大逆不道的骯髒想法。反觀之薛遠，雖然大膽狂妄得很，但至少光明磊落，表裡如一。

一說穿了他，褚衛臉色這不就變了？

侍衛長對這樣的文人印象又差了一分。

褚衛已經明白了怎麼回事，他臉色正難看著，前方卻突然響起一道稚嫩的童聲：「侄兒。」

狀元郎的眉頭一跳，下意識抬頭看去。這才知道原來不知何時，他們竟已走到了褚府的門前，而在褚府門口，正有一個穿著乾淨衣袍、舉止規矩的小童，小童見到了他，矜持地笑了起來，大聲道：「子護侄兒！」

褚衛半晌沒有說話，聖上回頭，笑意盈盈地看著他，倍覺有趣道：「這是狀元郎的長輩？」

褚府的門房見過聖上，此時被嚇得站在一旁不敢亂動，忙低聲提醒道：「叔少爺，這是聖上。」

小童的眼睛慢慢睜大，隨即就連忙跪地，給顧元白行了一個五體投地的大禮，「小童見過聖上。」

「快起，」顧元白，「能起得來嗎？」

小童手腳並用地爬了起來，拘謹地兩手抱在一起，目光掃過褚衛好幾次，著急得想要侄兒教他怎麼跟聖上說話。

這小童莫約五六歲的模樣，看起來卻就像是一個小大人。顧元白走了過去，撩起衣袍坐在了褚府門前的臺階上，對著愣在一旁的小童道：「你叫什麼名字？」

小童肉手合在一塊，又規規矩矩地彎了彎身，一板一眼道：「小童名褚議，家中父母喚小童為褚小四。」

「議哥兒，」顧元白笑了笑，特意指了指褚衛，「你喚他侄兒？」

「這是小童的子護侄兒，」褚小四，「子護侄兒厲害，得了狀元！」

褚衛的耳尖微不可見一紅，在聖上說了一句「確實厲害」之後，紅意加深，片刻功夫，兩隻耳朵已經泛起了清晰可見的紅意。

顧元白微微一笑，「你既是狀元郎的長輩，若是狀元郎犯了錯，你可是要教訓他？」

褚小四點了點頭，表情嚴肅，「子護侄兒若是做錯事，小童不會偏護他。書上說：子不教，父之過。」

「說對了，」顧元白苦惱道，「今日狀元郎就犯了一個小錯，惹得朕心情不快，你身為長輩，你來說說該怎麼做。」

褚小四呆住了，他看看聖上，再看看褚衛，最後還是端起了長輩架勢，教訓道：「子護侄兒，你怎麼可以這樣呢？」

褚衛不由朝著聖上看去，聖上注意到了他的視線，含笑朝他眨了眨眼。褚衛便知道聖上只是在逗他這個四叔玩了，他不由溢出笑，跟著垂下了頭。

褚小四應當很少有機會用上長輩的派頭，等他教訓完了褚衛之後，小臉上已經興奮得紅了一片，強自壓著激動，行禮回道：「聖上，小童教訓完了。」

顧元白沉吟一番，「哦？那狀元郎可知錯了？」

褚衛無奈挑唇，「臣知錯了。」

「那便看在你四叔的面子上，暫且饒了你這一回，」顧元白笑著道，「莫要浪費了你小叔這番心。」

褚小四臉紅得更厲害了。

田福生忍笑忍得厲害，他拿著軟墊來，輕聲細語道：「聖上，小的給您放個墊子，地上太涼，對您不好。」

顧元白索性起了身，「不坐了，走吧。」

褚衛剛要繼續跟上去，顧元白就看了他一眼，笑著道：「既然到了褚卿的府中，褚卿便帶著議哥兒回府去吧，不必再陪著朕了。」

褚衛沒說話，他的小四叔跑過來抱住了他的腿，褚衛彎腰把小童抱在懷裡，看著聖上，沒忍住道：「聖上，瞧著這個天色，應當過一會兒就會有雨，聖上不若先在臣府中歇歇腳？」

顧元白往天邊一看，泛黃的濕氣濃重，帶著冷意的風卷著綠樹晃蕩不止，確實像是有雨的模樣。

顧元白思索，但還沒思索出來，他便感覺臉頰一涼，伸手拂過臉側後，便蹭到了一抹水意。

乾燥的地面有了點點的濕痕，開始下雨了。

§

雨滴一滴一滴，從緩到密地落在了棋盤上。

棋盤兩側放著糕點、茶水還有酒壺，酒壺敞開著，裡頭的酒香和一旁的茶香交織，而這些東西，此時也被雨水一滴滴浸入。

石桌旁，等在這兒的薛遠還在筆直的坐著。他身外披著一件黑衣。高髮束起，靜默得宛若一座雕像。

一滴雨水從他額前落下，再從下頷滑落。

廊道之中的小廝拿過油紙傘匆忙就要朝院中奔來，薛遠這才開了口，他道：「別過來。」

小廝的腳步倏地停下，「大公子，下雨了！」

「你家爺還少淋了雨？」薛遠將酒壺拿在手中，拎著壺口轉了幾圈，配著雨水，揚起脖子大口灌了幾口。

小廝急忙道：「大公子，大夫說了，你可千萬不能飲酒，也不能淋了雨。」

「已經淋了，」薛遠晃著酒壺，「已經喝了。」

他站起身，柔軟的雨滴落在他的面容上。夏末這會兒，雨水都好像溫柔了許多，但再溫柔的雨水，淋在身上還是冷的。

面上慣會騙人，其實心比誰都要來得狠。

薛遠走到了廊道底下。

廊道之中的奴僕這時才鬆了一口氣，拿巾帕的拿巾帕，拿薑湯的拿薑湯，唯獨薛遠一個人站在廊道邊不動，看著雨幕從稀疏逐漸變得密集了起來。

他站得筆直，外頭的袍子一披，一個人便佔了一大片地，薛遠的眼神好，他只要稍微瞇一瞇眼，就能看到石桌上精心準備的糕點被雨水一點點給打散。

薛遠又飲了一口酒，側頭問：「人呢？」

他剛問完，雨幕之中就跑進來了一個渾身濕透的人，「大公子，小的看見聖上在巷頭拐進褚府之中了。」

避暑行宮周圍的這些王公大臣的府邸，都是三三兩兩地靠在了一塊。褚府和薛府很有緣，一個在前頭，一個在尾頭，只是薛遠剛來避暑行宮，他就挨了五十大板，也沒怎麼在府門前露過面。

這句話一說，奴僕們屏住了氣，生怕薛遠發脾氣。但薛遠倒是笑了，「還真的來了。」

薛遠的心情好多了，他扯唇一笑，朝著身後伸出手，「把傘給老子。」

小廝將油紙傘給了他，薛遠又問：「鳥呢？」

另一個小廝又跑去將廊下掛著的鳥籠提了過來，鳥籠裡面關著的不是稀少珍貴的名鳥，而是一身灰羽的小麻雀。

薛遠提起鳥籠到面前，看著裡頭的小麻雀，興致一來，輕笑著問：「你說，聖上手中的玉扳指被叼走的時候，是聖上故意讓你叼走的，還是你當真自己搶走的？」

鳥雀自然聽不懂他說的話，鳥頭左轉右轉，又去啄身上的羽毛。

薛遠咧嘴一笑，打著傘拎著鳥籠悠悠走出了薛府。

第七十三章

顧元白在房中看著雨幕，褚衛在一旁合著雨聲奏琴。

君子六藝，禮、樂、射、御、書、數，這六藝是古代君子的必修課。顧元白是個假君子，比不上純正古代君子的純熟。

褚衛就是一個標準的古代君子的優秀典範。

顧元白不會古琴，但不影響他對其的欣賞。田福生泡好了一壺熱茶，給他倒了一杯送來，顧元白手端著茶，品著茶香，看著外頭的雨幕，神經放鬆，舒適得瞇起了眼。

過了一會兒，褚府中有小廝跑了過來，在外頭稟報道：「少爺，門外有人前來拜訪，來者是薛府中的大公子。」

褚衛彈琴的動作一頓，悠揚的琴聲戛然而止，他抬頭看著顧元白，「聖上，應當是薛大人前來了。」

顧元白懶洋洋道：「讓他進來吧。」

過了一會，提著鳥籠打著傘的薛遠就緩步踏入了兩個人的眼中。

薛遠步子很慢，雨幕將他的身影遮擋得隱隱約約。這人還是一身黑衣，顧元白坐起身，目光放在了薛遠手中的鳥籠上。等薛遠一走進廊道裡，他就問道：「哪裡來的鳥雀？」

薛遠走近，將鳥籠放在顧元白的身前，他也跟著蹲下，一邊打開籠子，一邊隨口說著笑：「臣說要捉隻鳥給聖上看一眼，結果籠子一打開，這小東西就鑽進來了。」

他的手掌伸入籠子之中，將麻雀抓在了手裡，「聖上瞧瞧，像不像是上次叼走您玉扳指的那只鳥？」

被抓住的鳥雀半個身子露在手掌之外，顧元白眉頭一挑，「麻雀不都長得一樣？」

他抬手去摸鳥，麻雀的羽毛色澤灰暗，不似名貴鳥類的光鮮亮麗，但摸著也很是舒服。薛遠的目光落在了顧元白的大拇指上，那裡戴著一個白玉扳指。

薛遠嘴角扯起，「聖上說得對，麻雀都是一樣，誰能分得清誰。」

他收回眼，看到了褚衛，於是客客氣氣道：「褚大人，許久不見了。」

一見著他，褚衛就想到剛剛侍衛長說的那番話。他對薛遠的感官實在好不起來，一見到他便是打心底的厭惡，冷冷點頭，「薛大人。」

顧元白的指尖在撫摸鳥雀時會有幾次在薛遠的手上輕輕掃過，次數多了，癢得難受。薛遠忽地伸手握住了他的指尖，將顧元白的手往上抬了抬，笑道：「聖上，羽毛在這，您摸著臣的手了。」

「……」顧元白收回手，不摸了，面無表情道，「薛卿有心了。」

薛遠笑了笑，把麻雀扔在了籠子裡。放在了一旁，他緩緩站起身，然後左右看了一下，自然而然地擺出了主人家的派頭，「棋盤呢？」

一旁有人聽了話，機靈地把棋盤給搬了過來。顧元白還是面無表情地瞥了一眼，「薛卿和褚卿手談一局吧。」

薛遠也不失望，他伸手，彬彬有禮道：「褚大人請。」

褚衛和他雙雙落座，兩個人分執黑白棋，彼此靜默不語，看著好似和諧，然而棋盤上針鋒相對不絕。

顧元白在旁邊有一下沒一下地看著，他總算是知道為何常玉言會說薛九遙的棋路和他像了。棋面就是個戰場，考驗的是人排兵佈陣的能力和大局觀上的整體思維。

薛遠這個人裝得再規矩，變得再高深莫測，他的本質還是如瘋狗一般，鋒芒從一開始，便直指敵人命門。

顧元白看到一半，就知道褚衛輸定了。

褚衛的棋路四平八穩，根基很深，下一步想了三步，他深謀遠慮，又同顧元白下過棋，對這樣的棋路心中有數。但有數也沒辦法，盤再穩，一個勁地躲也終究會露出破綻。

顧元白站起身，走到廊上看起了雨，聽著雨聲和下棋聲，閉上了眼。

不知過了多久，身後一陣暖意湊近。薛遠將身上的外衣披在了顧元白的身上，而後走到一旁，「聖上喜歡看書，原來也喜歡看雨。」

「聽著舒服，」顧元白有些疲困，「雨天適合休息。」

薛遠道：「睏了？」

顧元白道：「薛卿還是看你的鳥去吧。」

薛遠低笑一下，「臣的鳥就在臣自己身上。」

他這句話說得輕，顧元白以為自己聽錯了，他眼皮一跳，懷疑地轉頭看著薛遠，「你說什麼？」

「臣帶給您看的鳥就在屋裡頭，」薛遠道，「看它做什麼，連話都聽不懂。」

「這話說得有意思，」顧元白，「薛卿是想要鳥雀聽懂你說的話？朕笑了。」

他額前的髮上飄著些微被風吹進來的雨露，薛遠的聲音突然柔和了下來，「聖上，外頭有雨，別站那麼近。」

只是他的聲音沙啞，那片柔和藏在啞得含著石粒的嗓子裡，就怎麼也找不到了。

幾乎是同時，兩人背後也傳來一道溫聲，這聲音清朗而溫潤，好聽得猶如貫珠扣玉，圓轉悠揚，「聖上，進來避避雨吧。」

高下立判。

薛遠似有若無地笑了笑，跟在顧元白身後進了屋子。

房裡待得沉悶，褚衛和薛遠同在的時候，兩個人竟然誰也沒有說話。還好這一場雨很快便停了，前後不過半個時辰的時間。

顧元白無意在褚衛家中多留，他正要走，褚衛卻想起了什麼，急忙道：「聖上稍等。」

他轉身欲去拿東西，餘光瞥到薛遠，冷聲改口道：「薛大人同我一起去拿些給聖上暖身的衣物？」

薛遠雙眼一瞇走上前，兩人一同順著走廊消失在路的盡頭。

顧元白看著他們的背影，兩個人身姿修長，俱都是身子康健的好兒郎，這麼一看，倒是般配極了。

他看了一會兒就移開視線，卻突然看到一旁的圓柱後探出一個小頭，顧元白笑了，「議哥兒，過來。」

褚小四從柱子後走出，神情很是羞愧，他攥著自己的小衣角，給聖上行禮認錯：「小童不是不知禮數的小童，小童是來找侄兒的。」

顧元白道：「你的侄兒現在卻不在這。」

褚小四迷茫得仰著臉，「那子護侄兒呢？」

像這樣乖巧聽話的小孩，顧元白總有些惡趣味。

「你的侄兒啊，」顧元白裝模作樣地思索了一會，突然深意一笑，「議哥兒，朕之前吃過一個相當美味的菜肴，你應當是沒有吃過。」

小童咽了下口水，規矩道：「還請聖上指點。」

「把褚衛放在油鍋裡炸一炸，再沾上醬料和蔥花，」顧元白唇角勾起，故意壓低聲音，「美味極了，饞得隔壁薛遠都哭了。」

褚小四被嚇得一駭，臉色一白，含著淚珠抽泣，「子護、子護侄子被吃了嗎？」

「咳。」小孩真哭了的時候，顧元白又覺得愧疚了，他摸了摸鼻子，正要開玩笑地說出真相，旁邊的田福生猛得開始了咳嗽。

顧元白一頓，轉身回頭一看，薛遠和褚衛就站在不遠處，兩個人一個眉峰微挑，一個面色複雜，俱都在看著顧元白。

顧元白反問道：「站在那幹什麼？還不快過來。」

褚衛一走過來，褚小四便哭著撲到了他的懷裡。褚衛低聲安慰著四叔，心中原本的複雜慢慢轉向了哭笑不得。

田福生接過披風給聖上披在肩上，聖上咳了兩聲，褚衛帶著四叔將聖上給送到了府外，叔侄兩人一同給聖上行禮，恭候著聖上離開。

路上，薛遠跟在顧元白後頭，突然道：「聖上，何為饞哭我？」

顧元白反將一軍，「你還跟著朕做什麼？」

薛遠的手裡還拎著鳥籠，他聞言就停住了腳，「那臣在這裡恭送聖上。」

「……」顧元白心中隱隱的煩躁湧了上來，這股煩躁莫名其妙，顧元白壓著，正要大步離開，薛遠就在後頭啞聲叫了他一句，「聖上。」

顧元白腳步一停。

「聖上的玉扳指給換了，」薛遠，「不知先前那個玉扳指還在不在？」

顧元白抿直唇，沒說話。

「聖上說先前要滿足臣一個要求，」薛遠聲音低低，「臣想想，不若就現在用了吧。」

「要是聖上不喜歡那玉扳指，也請聖上別扔，再還給臣。這個玉扳指臣喜歡極了，可以留給以後的媳婦兒。」

「薛卿，天下都是朕的，」顧元白字正腔圓，聲音一冷，「朕的玉扳指，即便是朕不喜歡，也得好好待在朕的私庫裡面生灰。」

這一句話，就如同他說的「朕的江山如畫一般」，又讓薛遠的心怦怦跳了起來。

顧元白這樣的話，霸道得正合薛遠心意。他到底對薛遠有沒有意思？

一陣風吹來，髮絲撩動鼻尖，顧元白低聲咳嗽了起來。咳聲沉悶，一下接著一下，幾乎沒有給他平息的時間。

周圍的人慌亂地叫著「聖上」、「巾帕」，但周身沒有熱水，誰慌亂也沒有膽子上去扶著他，去拍一拍他的背。

薛遠歎了口氣，快步走上前，推開擋著路的所有人。侍衛、太監，一步步地走到了顧元白的面前，然後將顧元白攬在了懷裡，讓他靠著他，輕輕順著他瘦得骨頭突出的背。

顧元白抓緊了他的衣衫，手指發白，頭靠在薛遠的身前，大半重量都由薛遠支撐。

薛遠一邊給他順著氣，一邊抬頭看著遠處陰沉沉的天。

顧元白咳得頭暈，腦子發脹，他雙手無力要滑落的時候，薛遠替他按住了他的手。

「你身體總是這麼不好。」

語氣低低，像是淋了滿身雨的小狗。

「但你不能因為你身體弱，」他說，「就總來欺負我。」

第七十四章

顧元白知道薛遠是什麼意思。

因為他身體病弱，因為薛遠喜歡他，所以每當他生病他難受，薛遠也會跟著難受。

他將這稱之為「欺負他」。

怎麼聽，怎麼像是含義深長，有告白意思的一句話。

薛遠在示弱，在欲擒故縱，顧元白怎麼能看不出來。

顧元白煩躁，就煩躁在薛遠故意為之的試探上。

每一句話每個舉止都在試探，試探了他一次又一次，是想試探他什麼？是想從他的態度之中看到什麼？

顧元白咳嗽得說不出來話。等可以說出來話、有力氣站直的時候，薛遠就放了手，不必他說已經懂得退後。

顧元白接過手帕，冷眼看著他，心道，又來了，又開始裝模作樣地來試探他了。

「走吧，」顧元白拿著手帕捂住口鼻，又咳了幾下，「回宮。」

薛遠規規矩矩地恭候聖上離開。等聖上一行人不見了之後，他才轉身，悠悠拎著鳥籠回程。

鳥籠裡的麻雀突然撞起了籠子，薛遠低頭一看，笑了，「撞什麼呢，這麼想死嗎？」

他瞥了瞥不遠處褚府的牌匾，恍然大悟，「還是說看上人家褚大人了？」

麻雀叫聲愈來愈大，薛遠打開了籠子，麻雀一飛沖天。

薛遠從褚府牌匾上收回視線，哼著常玉言給他寫的那首詩的小曲兒，心情愉悅。

§

又過了幾日，孔奕林一行人終於進了京西。

大部隊停留在京西之外，孔奕林以及從利州回來的監察官員們，快馬加鞭地趕往河北避暑行宮處面見皇上。

顧元白已經提前收到了消息，秦生帶著東翎衛眾人留守在原處看管犯人，聖上的東翎衛們打足了精神，萬不能在自個兒家門口讓這些犯人出了事。

等這些長途跋涉的官員來到之後，行宮之中已經備好浴湯和膳食。

孔奕林和諸位官員被領著前往泡湯。沐浴完出來後，眾人皆換上了一身乾淨整潔的衣袍，彼此一看，對方臉上的疲憊和倦色已經不見。

監察院禦史米大人左右看了一下，嚴正肅然的臉上也帶上了笑意：「諸位大人如今一看，總算是有了些精神氣了。」

另一位大人哈哈大笑道：「得聖上厚愛，浴湯舒適，裡頭應當還加了清神的東西，連這衣服都合身極了。一身的疲乏都被洗去，下官現在只覺得萬分舒適。」

有人冷不丁接道：「就是餓了。」

眾人大笑不已。

太監及時上前一步，帶著他們前往用膳的地方。

米大人和孔奕林閒談著，「孔大人，你下巴上的鬍子都已長出來了。」

孔奕林苦笑，「在下生得高大，鬍子一長出來便更是野蠻，只希望待會兒別驚了聖上的眼。」

「聖上怎麼在意這個？」米大人笑著撫了撫鬍子，「咱們聖上啊，是最寬仁不過了。」

孔奕林笑而不語，神情之中也是認同之色。

顧元白心疼這一批官員，特地讓御膳房下了大功夫，在官員們沐浴的時候，菜肴已經擺上，酒水也應有盡有。

眾位臣子一看這色香味俱全的佳宴，俱都肚中轟鳴，口中津液頓生，領路的太監在一旁笑著道：「聖上有言，先讓諸位大人先行用膳，待酒足飯飽之後，再請諸位大人一同前去議事。」

「小的們就在門外恭候，若是諸位大人缺了酒水茶水，儘管叫上一聲就是。」

太監們盡數退了出去，在門口等著吩咐。屋裡沒了這些宮侍，不少人都不由鬆了一口氣。

米大人率先入座，難得輕鬆道：「各位大人莫要拘謹了，這是聖上待我等的一片心意，諸位舉杯抬筷，盡情飽腹吧。」

洗完澡便是美食，等各位官員酒足飯飽之後，個個紅光滿面，快馬趕來的勞累已經煙消雲散了。

顧元白這才召見了他們。

諸位官員神采奕奕，他們朝著顧元白行了禮，監察院御史米大人朗聲俯拜：「臣拜見聖上！」

「快起，」顧元白笑了，連聲說了幾句好，「諸位大人此行辛苦，查出如此多的貪官污吏和魚肉百姓的蛀蟲，朕倍感欣慰。正是因為有諸位在，我大恒才能愈加興盛，百姓才能安居樂業。」

諸官連忙謙虛推辭，米大人上前，將此行一些值得稟報的事一一說給了顧元白聽。

他們每個人都上了摺子，一同交予的還有地方官員的摺子，也這是為了防止反貪腐太過，京城監察官仗勢欺人，反而監守自盜。

顧元白一邊看著摺子，一邊聽著米大人的話。其實這些話都被寫進了摺子當中，但米大人是怕摺子中寫得不夠詳細，才因此多說了些。

等他說完了，田福生親自奉上了一杯茶水，米大人忙謝道：「多謝公公。」

「米大人處理得很好，」顧元白頷首贊同，「無論是對利州土匪的處置，還是對貪官污吏的處置，都合朕的心意。」

「臣慚愧，」米大人道，「聖上在反貪腐之前已經定下了章程，貪污了多少錢便定什麼樣的罪，我等只是按著聖上所定的規矩來做事。」

顧元白笑了笑，又溫聲同他們說了幾句話，就讓他們先去休息去了。

孔奕林卻單獨留了下來。

他身材高大，以往有些佝僂的脊背經過這漫長的多達兩個月的歷練，此刻已經完全挺直了起來，沉穩愈重，機鋒更深，「聖上，臣這還有另一份的奏摺。」

田福生接過他的奏摺，顧元白翻開一看，笑了，「孔卿做得很好。」

在一路確定孔奕林的能力之後，顧元白便讓監察處的人前去接觸了他。一番試探下來，孔奕林初時驚訝，但很快就鎮定了下來，恭敬地接過了顧元白特加給他的任務。

孔奕林深深一拜，「臣不負使命。」

顧元白讓他做了兩件事情。其一，是去探尋一路上的民風民情，尋找當地有價值的可發展的資源。第二，則是去查各地百姓隱漏戶口的情況和教化程度。

古代一百萬人之中，識字的也不過是幾萬之數。孔奕林這一查，就發現了一些偏僻的地方，幾十年中甚至未從出過什麼讀書人。

每次朝廷有什麼政令或者好的政策下發時，因為道路不同和消息堵塞，這些的偏僻地方也從來接收不到朝廷的訊息。

而人數，更是發現了不少隱瞞漏戶之事。

荊湖南和江南被顧元白握在了手裡之後，他就立即下發了命令，讓各府州縣鄉鎮整理戶籍和賦役。有些地方遭受了兵災和反叛軍的掠奪，顧元白也免了損失嚴重地方的兩年稅務。

整理戶籍一事，需要官吏親自上門，挨家挨戶的去統計人數和查看百姓的樣貌和年齡，看是否能和官府中記錄在冊的資訊對得上。

這項工程浩大，進度緩慢推進，但只要統計出了這兩地大概的遺漏人數，便大致可知全國了。

顧元白也想趁著反貪腐的熱度之後，將統計戶籍和賦役的事情提上來。

聖上緩慢翻著奏摺，嘴中隨意道：「孔卿應當知道了，朕在暗處還有一個監察部的存在。」

孔奕林精神一振，斂聲屏息，深深一拜，「臣確實知曉了。」

孔奕林看著沉穩，但天性劍走偏鋒，他在知曉監察部的存在後，對顧元白幾乎嘆服了。

在大權旁落、奸臣當道的時候，還能建成這樣的一個組織，皇帝的心性和脾性，是何其的厲害。

所以在瞭解了監察處的作用和意義時，孔奕林幾乎沒有去多想就接下了聖上的密旨。監察處是暗中的一把刀，而這種隱藏在黑暗之中的感覺，對孔奕林有莫大的吸引力。

顧元白笑了笑，將看完的摺子放在了桌上，端起茶杯，什麼都不說，悠悠喝起了茶。

半晌之後，孔奕林苦笑，他率先落敗，又是行了一禮，「臣不知有沒有這個能力，可以進聖上的監察部？」

「孔卿當真要進去嗎？」顧元白忽的嚴肅了面容，他坐直身，雙目有神地看著孔奕林，「孔卿有大才，於治國一道上頗有看法。若你進了監察處，即便是為朕立了功，這些事情也不為旁人所知了。」

孔奕林笑了笑，「臣身有官職，願為聖上分憂。」

顧元白笑了，又輕描淡寫道：「那若是朕想要攻打西夏呢？」

孔奕林凝神，他仔細思索了一番，打好腹稿之後，脫口而出的竟是西夏的地勢。哪方水澤多，哪方林中瘴氣深，哪裡的棧道年久失修。孔奕林將自己現在前往西夏時的所見所聞一一說出，最後說得口乾舌燥才停下，「聖上，臣見識淺薄，只知曉這些了。」

顧元白沉吟片刻，「賜茶。」

孔奕林接過茶水，卻不急著喝，而是微微一笑，誠懇道：「聖上，將我養大的是大恒的水土。讓我得到功名的是大恒的學識。而賦予我如今一切的，是聖上您。」

他頓了頓，又道：「若我有一天在大恒與西夏的戰爭之中會偏向西夏，」孔奕林的雙眼微微失神，「那必定是大恒再也沒有臣的容身之處了。」

因為大恒的皇帝有著一顆極其開明寬仁的胸襟，所以孔奕林才敢說這一句話。只是伴君如伴虎，他這句話也帶著賭的成分，孔奕林連賭都是沉穩地在賭，而他賭贏了。

顧元白讓他退下去好好休息，臨下去前，他不忘叮囑，「孔卿剛剛所說的關於西夏的那番話，十日後給朕遞上一篇策論來。」

孔奕林應是，悄聲退下。

第二天一早，上朝的時候，顧元白宣佈了接下來要重新統計戶籍和整理賦役的事情。

這一事的繁瑣細緻程度堪稱讓人頭大，早朝整整上了兩個時辰，等眾位大臣都饑腸轆轆後，才大致討論出一個具體的流程。

下朝之後，威嚴的聖上還穿著朝服，但臉色已經發白。

侍衛長背著聖上來在桌旁，桌上的膳食剛剛呈上，還冒著熱氣。宮女太監們上前，井井有條地脫去聖上身上所佩戴的配件和衣物。

所有的東西都拆去之後，顧元白撐著自己，十幾次深呼吸之後，眼前才不是一片發黑。

御醫來得匆匆，五六個人站在一旁，顧元白偏頭看了他們一眼，頭上已經滿是虛汗，虛弱伸出手，放在桌子上留給他們把脈。

這些御醫之中，每一個人都對聖上的身體情況爛熟於心，他們仔細地觀察著聖上的面色，又讓聖上伸出舌尖，細細詢問田福生聖上今日的症狀，不敢放過一絲半點的原因。

累著了，餓著了，熱著了。

不外乎這幾種。

顧元白每一步都配合，哪怕有五六個御醫需要一一上前重新診治，他也配合極了。

御醫們湊在一旁商討，顧元白呼吸有些粗重，田福生給聖上盛了一碗白粥，「聖上，還需加些小料嗎？」

「不，」顧元白，「就這樣。」

勉強用完了一碗粥後，胃部終於舒服了一些。御醫們也商討出來了方法，將藥方給了田福生之後，憂心忡忡道：「聖上，您所服用的藥方，需要換幾味補藥了。」

顧元白舉起一勺粥，面不改色道：「換吧。」

「還是同以往一樣，將藥方遞去太醫院，讓每個御醫看完之後簽署姓名，」顧元白道，「九成以上的贊同，那便換吧，不必來告知朕了。」

御醫們欲言又止：「……是。還請聖上保重龍體，切勿疲勞，切勿疲勞。」

「去吧。」顧元白道。

等御醫們離開了之後，顧元白默不作聲，繼續喝著白粥。

宮殿中一片闃然。

「宛太妃的身體怎麼樣了？」顧元白打破寂靜，突然問。

田福生小心翼翼地道：「回聖上，宛太妃因為這幾日天氣轉冷，已經許多日沒有出過宮門了。但太妃身邊的宮侍說過，太妃這幾日的胃口尚且不錯。」

顧元白鬆了口氣，「不錯便好。」

他有些出神。

聖上身形修長，卻有些單薄。衣服層層疊疊，這樣才能顯出些許的健康。只是這健康終究都是顯出來的。

田福生一時有些鼻酸，「聖上，您可千萬要保重身體。」

顧元白笑了，「那是自然了。」

用過早膳，顧元白沒有精力再去處理政務了，他躺回床上休息。外頭的人守在殿外，張侍衛擔憂不已，「田總管，聖上這身子……」

田福生歎了口氣，侍衛長不說話了。

「聖上在啊，就是震住所有人的一座山，」過了一會，田福生小聲，「只要聖上在這，大恒朝裡就沒人敢做些出格的事。」

侍衛長道：「是。」

「不止，」田福生笑呵呵，「外頭的那些小國小地，只要聖上還在，他們再大的膽子也不敢踏過來一步。長城外頭的人天天想著咱們的糧食和好東西，他們被長城給攔下來了，也得被咱們聖上給攔下來。咱們薛將軍不是去打遊牧了嗎？等薛將軍狠狠打回去了，他們才能知道厲害。」

侍衛長不由笑了起來，但這些話不用多說，他們都知道。

對於他們來說，聖上只要還在，大恒就是海晏河清的一天。

但也是因為如此，聖上的身體，才倍為讓他們憂心。

第七十五章

這一批的監察官員在行宮之內休息了兩日之後便請辭離開。

顧元白允了，囑咐他們儘快將犯人帶到大理寺判刑，萬壽節前後數日不理刑訴，要趁著現在就得將這些事情給忙碌完。

這些土匪都是苦力。健壯的男人們分為三批，一批留在利州，為利州人民出力。一批長途跋涉運往京城，用來威懾和宣揚國威，也作開墾京西荒地的苦力。還有一批運往幽州，幽州很缺這些勞動力。

處理好這些瑣事，時間都已到了九月初。從四月到九月，五個月已經過去了。

時間真的是如眨眼一般迅速，等農田裡的糧食開始熟了，棉花也快要到了採摘的時間時，顧元白決定從避暑行宮搬回京城了。

他今年搬來得晚，七月半才來到避暑行宮，還未曾待上多久，轉眼就入了秋。

顧元白知曉整個京城都在忙著萬壽節，他如今回去坐鎮，也好使得這些人莫要鋪張浪費。

說做就做，皇帝一聲令下，行宮之中開始忙碌，轉眼就到了離開避暑行宮當日。

長隊蜿蜒，聖上的馬車被層層護在中央，顧元白朝著行宮門前的宛太妃深深行了一禮，啞聲道：「還請您多多愛護身體。」

宛太妃在避暑行宮中住得舒服，她不願意再舟車勞頓回京西了，也沒有體力回去了。宛太妃心中有隱隱的預感，她朝著顧元白笑笑，上前一步握住了皇帝的手，輕輕拍了拍，殷殷叮囑道：「你才是，吃飯總要記得急事，萬事再急，急不過用膳和休憩。」

顧元白再行了禮，「是。」

宛太妃還不放心，「我聽說你前幾日上早朝的時候，統共在朝堂上待了莫約有兩個時辰。元白，下次不可再這樣，這樣損耗的豈不是自己的身體？」

顧元白微微笑了，「兒子曉得了。」

宛太妃笑了笑，眼眶有些微微酸澀，她眨去這些酸澀，佯裝無事道：「快過去吧，百官都在等著你呢。」

顧元白再三被催促，才轉身帶著百官離開，他走了數步，終究還是沒忍住回頭看了一眼。宛太妃神情認真，正在看著他離開的背影。

顧元白腳步一頓，隨後更大步地邁了出去。

宛太妃沒忍住上前兩步，而後停住，歎了口氣。

她將皇帝看若親生，怎麼也不願意顧元白每日這麼疲憊。皇帝身體不好，其實這樣的身體最適合無憂無慮地富養。

但身為先帝的親子，又怎能不坐上高位呢？

顧元白也坐得很好，坐得比先帝還好，先帝若是知道了，應當也會快慰地大呼「我兒厲害」。宛太妃是個婦道人家，什麼都不懂，但她曉得皇帝威嚴愈發大了，在宮中也開始說一不二了。

她的兒子正在往這厲害的皇帝上靠攏。她就算私心不願他這麼疲憊，也得為他驕傲。

宛太妃擦過眼角，恍惚之間，竟覺得顧元白腳下踏得是一片錦繡河山了。

§

薛遠的傷一直養到了九月初，總算是養好了一些，他從一早就等在馬車旁，等著見顧元白一面。

不知過了多久，身旁一身風襲過。顧元白從他面前匆匆而過，掀開簾子就鑽了進去，片刻後，裡頭傳來了一道悶聲：「啟程。」

駿馬揚起蹄子。薛遠有些失神，他轉頭朝著馬車裡看了一眼，剛剛匆匆一眼，小皇帝眼睛好像紅了。

怎麼回事？薛遠壓低眉。

回程的車隊一直到了午時才停下休息。

田福生進了馬車給顧元白布膳，顧元白沒有胃口，但強撐了著用了幾口，覺得飽了，實在吃不下，就讓他下去了。

田福生愁著臉走出了馬車，跟著周邊的人道：「聖上不開心。」

「莫約是為了宛太妃，」侍衛長歎了一口氣，「宛太妃留在河北，相距京城要數日時間。快馬加鞭兩日可以到，但聖上的身體……若是以後聖上要看一眼宛太妃，怕是一來一回，就得十五日的時間。」

御前侍衛們歎了口氣，聖上怎麼不餓呢？他們肚子都餓得亂叫了。

但讓他們再去勸皇帝？他們不敢。聖上吃不進飯，這哪裡是勸一勸的事。

侍衛長心中憂慮，但還是按著平日裡分批吃飯的方式，讓一群人先去吃飯，他特地記著身上還有傷的薛大人：「薛大人容易餓，不如先去吃飯？」

薛大人眉眼沉著，心道老子怎麼容易餓了，但看在侍衛長蠢的份上，他開了尊口：「最後吃。」

他心情顯而易見的不好，語氣之中隱隱恢復了從前還未前往荊湖南時的惡劣。侍衛長趕緊遠離，納悶極了。

來回路上，顧元白一般會給士兵們充足的休息吃飯時間。

不遠處，三三兩兩的士兵圍在一起吃著飯，除了分發下去的糧食和酸菜醬料之外，還有廚子正在熬著肉湯。這大鍋的肉湯只要香料放足了，香味就能飄十里，跟皇家御膳相比，雖然不精細，但分量足夠多。

士兵們分批排著隊拿著自己的碗筷去等著肉湯，時不時就能聽到前頭有人大聲道：「給我來勺肉最多的湯。」

後頭的人哄然大笑，罵道：「大傢伙都記著啊！他碗裡肉最多，一會吃完了自己的，就去搶他碗裡的肉！」

「給他留下清湯寡水！」

「哈哈哈哈。」

這肉湯的香味一路飄到了馬車裡。顧元白撩起車簾一看，瞧著遠處士兵們的打打鬧鬧，他看了一會，也跟著鑽出了馬車。

外頭等著下一批去吃飯的侍衛們倏地站直，驚訝：「聖上？」

顧元白將袖袍挽起，往大鍋飯那邊揚了揚下巴，「給朕端一碗肉湯去。」

一個侍衛往肉湯處跑去，顧元白左右看看，找出平緩的岩石坐下。

跑過去打湯的侍衛徑直跑到最前頭，後面排隊的士兵有人大聲道：「聖上說了，吃飯領賞銀都要次列整齊，誰也不能無視軍規，你怎麼就直接跑過去了？」

侍衛也大聲回道：「諸位兄弟擔待一下，我要為聖上打份肉湯。」

後頭雜聲頓起的士兵頓時不說話了，生怕耽誤了人家時間。前頭正輪到打湯的士兵連忙護著碗擋住廚子遞過來的勺子，忙道：「先給聖上盛。我不要肉，我的肉都可以給聖上。」

「肉管夠，」廚子要給他盛，但見他頭搖得都要掉了，也不強求，轉而問御前侍衛，「聖上的碗筷可拿來了？」

御前侍衛一愣，「我給忘了。」

廚子趕緊蹲下身翻找著碗筷，半晌才找出了一個完完整整沒有脫色和裂口的碗。在清水之中清洗了數遍，才慎之又慎地盛出一碗肉湯，雙手端至了侍衛的手中。

侍衛很快就來到了顧元白的面前，肉香味也隨之而來。顧元白低頭一看，碗中水為清湯，夾雜著去腥的薑片和花椒，顧元白嘗了一口，鹽味足夠，應當也加了些微的醋，料味充足。

「不錯，」顧元白道，「去拿個大餅來。」

侍衛一愣，隨即又跑了過去。

漢朝也開始有燒餅，唐宋年間燒餅成為了行軍中的主糧。大恒開墾的農田較之前朝多了許多，百姓的糧食多了起來，一日兩餐也變為了一日三餐。糧食足了，吃食的花樣跟著豐富起來，大恒時的燒餅、饅頭，技術已經趨於成熟，並且花樣繁多。

軍中需要的米麵分量奇多，顧元白得知道他費的一番心，到底有沒有用到士兵們的身上。

聖上坐在岩石上，低頭淡淡喝著碗裡的肉湯，他的動作大馬金刀，舉止之間乾淨俐落。薛遠看了他一眼又一眼，軍中很多壯漢做出這樣的動作都是粗魯太過。明明小皇帝身體不好，但偏偏就瀟灑極了。

侍衛拿過來了軍中製作的大餅，顧元白將碗筷放在身旁，撕開大餅，看了看裡頭的色澤，再拿起一塊放在嘴裡嘗了一嘗，稍有些硬，很難咽下去。

他又撕了塊餅泡在肉湯裡，這樣吃就容易多了。顧元白想方設法地去給軍部提高口糧，去給他們搞到足夠的鹽塊和葷腥，還好這些東西經過嚴密的審查，都落實到了基層之中。

他面上流露出幾分滿意，但本身不餓，胃口已足，吃不下這些東西了。時時刻刻看著他的薛遠出聲：「聖上，吃不下了？」

顧元白點了點頭，道：「飽了。」

薛遠：「給臣吧。」

他自個兒過來端起了碗筷和大餅，沒有一點兒的不自在。當著眾人視線，將大餅泡在了肉餅裡，大餅吸足了水，筷子一伸，這些肉和餅就被他扒進了肚子裡。

湯水之聲逐漸稀少，一會的功夫薛遠就吃完了一碗肉湯和大餅，他面不改色，端著碗筷往長隊後面走去，準備再來一碗。

顧元白只覺得自己喘了幾口氣的功夫，他就跑遠了。他沉默一會，轉身看向侍衛長，「你們還未曾吃過飯？」

侍衛長羞赧道：「還未曾用膳。」

顧元白朝著薛遠揚了揚下巴，一言難盡道：「他平日裡也是這般的吃法？」

真是半大小子吃死老子。這樣看，他在邊關餓的那會，那得餓成什麼樣了。

侍衛長想了想，「薛大人似乎極其耐不得餓，有時看著聖上用膳，薛大人也會餓得直咽口水。」

顧元白若有所思，怪不得總有那麼幾次，他用膳時總能察覺到薛遠好似能燒起火的目光。

午膳結束後，顧元白又回了馬車內。

下午時分起了風，馬車顛簸，顧元白被顛得難受，等到田福生送上晚膳時，他當真想撐起來用一些，但身體不爭氣，一口也沒有胃口，還有些反胃。

「不吃了，」顧元白悶聲，「餓了再說。」

聖上午膳和晚膳統共就用了幾口，田福生發愁。他從馬車出來，躊躇了下，還是找上了薛遠，「薛大人，你可有辦法讓聖上用上幾口飯？」

薛遠笑了，其實嘴上急得燎泡，「田總管，臣也不知道可不可行，但要是可行了，沒准臣又得挨一次板子。」

薛都虞侯身上的傷處還沒好，大家都知道。田福生苦著臉想了想，咬咬牙，「要是薛大人真的因此而受了罰，小的和其他大人們一定竭力給薛大人求情。」

話音未落，薛遠已經從他手上奪過了食盒，一躍飛上了馬車。

簾子飛起落下，顧元白還沒看清進來的是誰，薛遠已經湊到了他的跟前。

薛遠瞧見他的模樣就是臉色一沉，徑直伸手摸上了顧元白的胃，皺眉沉聲，「不想吃飯，是這裡不舒服？」

顧元白難受，他揮開薛遠的手，斂眉壓聲，「下去。」

薛遠一笑，俯身而來。他的身形實在高大，陰影徹底籠罩住了顧元白。

下一刻，薛遠就把顧元白給強行樓在了懷裡。掙扎壓下，薛遠給他順著背，拇指輕按了按小皇帝的胃，平平坦坦，一點兒東西都沒有。

顧元白沒吃飯，有些乏力。他積攢了點力氣，一腳踹上了薛遠的大腿肉，聲音壓著，飽含怒氣，「薛遠，你真的是想死嗎?!朕讓你下去！」

「你平日裡說什麼我都是好，都可以聽你的，」薛遠低眉順眼，動作卻不似表情那般溫順，他將顧元白的雙腿夾到自己的腿下，鎖住小皇帝的手腳之後，才單手將食盒拿了過來，「但這會不行。」

盒蓋被扔在了一邊，薛遠將飯菜一一搬到了桌上，他揉著顧元白的胃，知道人心情不好的時候不想吃飯，不想吃飯的時候硬逼不行。

顧元白怒火還沒發出來，結果被這麼一揉，反胃的感覺退下，竟然還有些舒服。他啞了火，最後找了個舒服的姿勢，把薛遠當成人肉沙發，閉上眼，啞聲道：「再往上一點。」

薛遠聽令，給顧元白輕輕揉著，只是手控制不住，揉著揉著就想向上，去揉一揉小沒良心的良心。

顧元白有良心嗎?有的，畢竟他爽了之後，還記得給薛遠賞賜。

薛遠想以色侍君。難就難在，這色能不能勾到君。

要是那個道士的符能管用……薛遠歎了口氣。

他薛九遙沒想到還有那麼蠢的時候。

但此時顧元白吃飯才是最重要的事。薛遠重點揉了一會兒胃，覺得差不多了，移開了手，然後彎腰低身，把耳朵貼近顧元白的肚子，一聽，不錯，開始咕嚕嚕的叫了。

顧元白自己也聽見了肚子裡頭的聲音，他睜開眼，卻見薛遠正趴在他肚子上聽著響動，神情之間竟然很是著迷。

顧元白臉色微微猙獰，「薛遠？」

薛遠收起臉上的表情，面不改色地直起身，抱起顧元白，讓他靠在自己的胸膛上，端起一碗粥給他餵著飯。

說是粥，其實已經稠如米飯。裡頭加了精心製作的肉條和蔬菜，每一樣都最大程度上為了給顧元白開胃。

顧元白勉強嘗了一口，生怕自己會吐出來。

薛遠掌心就放在他的唇邊，眼睛不眨，「能吃下去嗎？」

先前的難受在這會兒竟然好了許多，顧元白將粥咽了下去，啞聲，「繼續。」

薛遠忙得很，既要給他餵著飯，又要給他暖著胃。顧元白很少有這麼乖地待在他懷中的時候，等餵完飯後，薛遠都有些不捨得放下手。

顧元白用了半份粥，胃裡稍稍有了些東西後，就不再吃了。

薛遠收拾著東西，顧元白好受了之後，又成了那個高高在上的帝王，一邊抽出一本奏摺看，一邊漫不經心道：「滾下去。」

薛遠滾下了馬車，臨走之前突然回頭，若有若無地笑了下，低聲：「聖上，您餓肚子的聲音都比尋常人好聽多了。」

「啪」的一聲，奏摺砸落在薛遠及時關上的木門上面。

薛遠無聲笑了幾下，摸了摸腰間的佩刀，大步躍下了馬車。

§

車隊走走停停，八日後到了京城。

進入京城之中，顧元白一路看去，無奈發現，京城之中的主要道路已經被匠人用彩畫和鮮亮的布匹裝飾得絢麗多姿。路邊聚集的三三兩兩的書生，不時皺眉沉思，吟出來的詩句正是祝賀聖上壽辰的詩。

處處歌舞昇平，是一派盛世的景象。

避暑行宮長長的車隊在皇城門前停下，百官從馬車中走出，各自站在各自的馬車旁，齊聲朝著顧元白行了禮。顧元白每說一句話，都有太監挨個傳到後方之中，等到最後下了散去的命令後，百官齊齊應是，就此一一散開回府。

褚衛跟著父親引著馬車離開，未走幾步，就聽到守衛士兵外頭響起了一道耳熟的聲音，「褚子護。」

褚衛回頭，正是自己的同窗，他笑了笑，「你竟然在這。」

守衛士兵將同窗攔在路旁，褚衛走出這一片地方之後，同窗才與他走在了一起。

同窗往後頭看了一眼，反手打開摺扇，打趣道：「當初不屑世俗的褚子護，如今也轉身一變，從狀元郎變身大官員了。」

褚衛遙想從前，卻有些啼笑皆非，他無奈笑著道：「以往是我淺薄了。」

同窗驚訝，收起摺扇上上下下地打量他：「你當真是褚衛褚子護？」

褚衛斂容，冷冰冰地道：「你來找我是想作甚。」

同窗鬆了一口氣，喃喃道：「這才是我認識的褚子護。」

褚衛轉身就要走，同窗連忙跟上。褚府的車夫見自家少爺有友人相伴之後，便帶著老爺夫人先行回了府。

京城的道路上人聲鼎沸，匠人在做著彩畫，身旁有百姓在看熱鬧，偶爾跑過去遞上幾碗水，再讚歎的看著彩畫。

經過一個個滿臉樂呵的匠人，又見到了幾個正在作詩的讀書人。這些人正在談論著今日的《大恒國報》，今日《大恒國報》的最上頭，刊登了一則地方上為聖上生辰做準備的文章。

「他們那些地方豪強也不知在做什麼，」其中一個讀書人不悅的聲音傳來，「搞出那麼大的陣仗，是想要壓過我們京城嗎？」

「《國報》有言，淮南一處地方，百姓自發準備了一千盞孔明燈，」另一個書生苦笑，「豪強們聽聞，立刻補上剩餘的九千盞燈，取的正是『萬歲』之意。」

「有了《國報》，方知世間之大，」讀書人歎息，又振奮起來，「這些地方想搶走我們的風頭，也得看我們同不同意。」

褚衛和同窗對視一眼，忍俊不禁。他們從讀書人身邊走過，前方幾個小童舉著糖葫蘆熱鬧地跑來跑去，此情此景，同窗突然歎了口氣。

「我才是淺薄，」同窗寂寥道，「明明最好的大恒就在眼前，最好的君主就等著我為其效力，我卻瞎了一般，只被大恒之內的不安定給迷了眼。」

同窗苦笑，「我所擔憂的大患，甚至在我還對其還瞭解得不清不楚之前，已經被朝廷解決了。」

褚衛勾唇，笑了。

前些時日數月之間的忙碌，他自然知曉朝廷做了多少事，但同窗不是官身，自然糊裡糊塗了。他的目光在周圍略過，看著這安定的百姓生活，心中感慨良多。正在這時，同窗說話了。

「我也想做官了。」

他字正腔圓道。

第七十六章

同窗說完了這句話，不由笑了，「我先前還笑你去考了科舉，如今我也要開始這般了。只希望不要丟了人，你是狀元，我不同你比，莫要成了三甲就好。」

褚衛輕輕一笑：「你不會。」

同窗哈哈大笑，「承狀元郎吉言！」

兩個人走過狀元樓底下，同窗偶然之間抬起了頭，瞥過狀元樓的窗口時，他想起了什麼，指著那窗口道：「我還記得之前與你同游時，就在這窗戶見到一個唇紅齒白的美男子，你道紅顏枯骨，皮囊只是一具皮囊，你可還記得？」

唇紅齒白？褚衛抬頭往那窗戶上看一眼，想起了聖上，不由有些忍笑，神色之間有了幾分柔和，「我自然記得。」

話音未落，街頭就響起了一陣喧囂。兩個人回身看去，只見一隊人馬橫衝直撞地闖進了鬧市，他們身著金花長袍，腰帶前有垂紳及地，這群人的神情目空一切，樣子高大而五官深邃，正是一隊異國之人。

鬧市之中的百姓和商戶慌忙逃竄，攤販的貨物匆忙之中被撞倒在了地上，先前安寧的一幕被這一行人打得稀碎。褚衛容顏一冷，沒有猶豫，大步走上前呵斥，「我大恒律法上寫得明明白白，縱馬鬧事乃不可為之事，你們是哪裡來的使者，竟如此的囂張大膽！」

這一隊異國人勒住了馬，低頭一看褚衛，旁若無人地用他們的語言說了幾句話，隨即哈哈大笑了起來。

同窗跟著上前，面上帶笑，眼裡不悅，「諸位來我大恒，還嘲笑我大恒官員，這未免有些不好吧？」

這一隊人馬停住了笑，彼此對視一眼。片刻後，他們身後慢悠悠的走出了一個人。這人頭戴氈帽，相貌年輕而面如冠玉，微卷的黑髮披散在氈帽之下，看著褚衛的眼神帶著幾分傲氣和興味。

「大恒的官員都是這個樣子嗎？」男子上上下下地打量著褚衛，挑唇，「都是這般比女人好看的嗎？」

褚衛神色一沉，俊美如珠玉的臉上陰沉一片。

異國人大笑了幾聲，還想再多說些話。巡邏的大恒士兵們就已經趕到了這條街，他們舉著刀槍盾牌將這些騎兵齊齊包圍住，領頭的人臉色凝重，不怎麼好看，「西夏的侍者請先前往鳴聲驛，之後會有我朝官員前去同你們算一算縱馬遊街的事。」

這批西夏人見到這些全副武裝的步兵，囂張的神情才收斂了一些，他們看向了最前頭的男子，男子正要說話，巡邏士兵的領頭人就強硬道：「請。」

西夏人被強行請下了馬，褚衛臉上的陰沉稍稍散去，和同窗冷冷看著他們。

先前同他說話的男子興致還不減，指著褚衛問著巡邏士兵道：「這個人是誰？」

巡邏士兵的領頭人朝褚衛看來，不回他的話，而是點了點頭道：「褚大人，此地有我等在，您自行隨意就可。」

褚衛同他點點頭，手背的青筋已經冒出，同窗低聲：「瞧這衣著模樣，應當是西夏的貴族。子護，莫要衝動，我等先行離開。」

褚衛忍著，道：「走吧。」

§

第二日一早，西夏使者縱馬遊街一事就呈上了顧元白的桌頭。

這事瞧著可真是眼熟，要是沒記錯，薛遠也曾經因為這樣的事情在顧元白這裡留下過名字。顧元白面無表情，沉聲敲著桌子，「西夏使者既然來了大恒，那就按大恒的律法處理。他們要是不滿，就讓他們的皇帝親自給我上書來表達不滿。」

「是，」京城府尹道，「聖上，此次來京的西夏使者之中還有一位西夏的皇子。」

「皇子李昂順，」顧元白將奏摺扔在了桌子上，冷哼一聲，「看好他。」

京城府尹應是，行禮退下。

顧元白的生辰在九月底，九月中的時候，大理寺就停止接受刑訴了。顧元白在大理寺停住工作之前，特意抽出了時間去查探大理寺這一段時間中處理的案子。等從大理寺出來之後，時辰還早，馬車慢悠悠地往皇宮走去。

途徑一座茶樓時，顧元白從馬車外聽到了一道熟悉的聲音，「閣下是想要做什麼？」

這聲音很冷、很冰，如同啐著冰。接著，另一道含著些異族腔調的稠綿聲音響起，「想同大恒的官員說說話。」

顧元白眉頭一皺，半掀起車簾，往外頭一看。張氏書鋪的門前，一身西夏服裝的男子正擋在褚衛的面前。

褚衛的臉色很不好看，手指在掌心之中掐出多道指印，但他還是強忍著怒火，兩國建交，身為朝廷官員，自然不能意氣用事。他生硬地道，「恕不奉陪。」

李昂順面如冠玉，五官深邃而鼻樑高挺，俊秀非常，但行為動作卻是野蠻。他見著褚衛要走，便又往旁邊落了一步，饒有興致道：「你們大恒待客之道便是這樣的失禮嗎？」

究竟是誰失禮，褚衛太陽穴一鼓一鼓，他生平最厭惡的便是這樣的男子，被糾纏的這幾下，他此時幾乎要維持不住表面上的禮節。

正在這時，街旁駛過來一輛低調的馬車，車窗口的簾子微微掀起，有道聲音響起，「褚大人，過來。」

褚衛神色一瞬怔愣，他回頭看著馬車才回過神來，表情一鬆，又有些懊惱，快步走上前低聲行禮：「聖上。」

後方作勢要跟上褚衛的西夏皇子被侍衛們攔下，車窗簾子往上輕輕挑了一下，聖上緊抿著怒火的唇就露了出來，褚衛看了一眼，先前被聖上看到這一幕而生出的隱隱陰翳，慢慢散了開來。

「西夏皇子好膽子，」聖上喜怒不測，語氣沉得逼人，「在我大恒朝的土地上，在我天子腳下，來欺辱我大恒的官員。」

他字字念得緩長，唇角直直，只看這唇就覺得冷酷無比了。

西夏皇子被攔在遠處，直覺此人不可招惹，他彎腰低身，想要從車窗之內窺得此人全部容顏。然而只有瘦弱而緊繃的下頷和淡色的唇，西夏皇子問道：「敢問閣下是？」

車中的人勾出一抹冷笑，繼續說道：「我大恒衣冠上國，禮儀之邦。西夏使者既然入了大恒，也要學學我大恒的規矩。既然如此不知禮，那便在鳴聲驛裡好好待著，什麼時候學好了禮，再什麼時候出來。」

因為國庫充足，糧草滿倉，軍隊士兵健壯而有力，顧元白的底氣十足，對著這些年因為奢靡而逐漸走下坡路的西夏，他可以直接擺出大哥的架勢。

攔住西夏皇子的侍衛沉聲道：「閣下請吧。」

西夏皇子眼睜睜地看著褚衛上了馬車，馬匹蹄子揚起，上好的駿馬便邁著慢騰騰的步子，在眾多侍衛的護衛之下離開了。

西夏皇子臉色沉著，倍覺恥辱，暗中給人群之中的自己人使了個眼色。自己人點點頭，機靈地跟著馬車離去。

§

馬車之上，光線昏暗。

褚衛坐在一旁，低垂著頭，一言不語。看著很是低沉壓抑的模樣。

顧元白神色也不是很好看，他看著褚衛這樣，歎了口氣，低聲安撫道：「褚卿可還好？」

褚衛低聲道：「臣給聖上添亂了。」

顧元白冷哼一聲，溫聲道：「怎麼能算是你添亂？那些西夏人五馬六猴，桀驁不遜。在大恒的土地上還不知收斂，分明是不把大恒放在眼裡。」

他說著這些話，眼中神色轉深。也正是因為如此，所以他才說大恒需要一場大勝，用大勝去給予國內外一場示威。

讓西夏人知道，在這片土地上，大恒以往是大哥，現在也照樣是他們的大哥，並且大哥性子變了，不會再縱容小弟撒野打滾了。

褚衛還要再說話，外頭突然有馬匹聲靠近，聽不清楚的低聲私語響起。顧元白掀起簾子一看，卻正對上了薛遠彎腰下探的臉。

薛遠似乎沒有想到顧元白會掀起簾子，他的眼中閃過幾分驚訝，劍眉入鬢，邪肆飛揚。呼吸都要衝到了顧元白的臉上去，等回過神後，就是一笑，熱氣混著笑意而來。

顧元白在他身上看了一眼，目光在薛遠胯下的馬匹上看了好幾圈，「紅雲怎麼在你這？」

薛遠還彎著腰，一手拉著韁繩，一手壓著馬車的頂部穩住身形，他朝著顧元白笑了笑，「您再看看？」

顧元白低頭，細細打量著馬匹，這才發現這匹馬蹄子上方有一圈深色毛髮，宛若帶著一圈黑色的圈繩。這馬矯健桀驁，正目露凶光地緊盯著顧元白不放。

馬車還在緩步前行，薛遠身下的這匹馬也被壓到了極慢的速度。馬匹不滿地嘶叫了一聲，被薛遠毫不留情地教訓了一頓。

「又來一匹，」顧元白現在見到這種好馬，就跟見到好車一般移不開眼，「怎麼弄來的？」

「京城之中前來為聖上慶賀的外族人逐漸多起來了，」薛遠慢悠悠道，「臣拿著三匹良馬和兩匹小狼才換來了這匹馬。」

見顧元白還在看著胯下駿馬，薛遠就跟說著一個秘密似的低聲道：「聖上，您猜這匹馬是公的還是母的？」

公馬要比母馬更加高大威猛、力量強悍，顧元白只看一眼就知道是公馬，他毫不客氣道：「別管是公的還是母的，這匹馬被朕看中了。」

薛遠沒忍住笑，裝模作樣的苦惱道：「可臣被和親王請去府中一坐，沒馬的話只怕是趕不及了。」

「和親王請你去府中一坐？」顧元白皺眉。

「是，」薛遠挺直了背，他側頭瞥了顧元白一眼，突然皺眉道，「聖上的唇色怎麼紅了些？是茶水燙了，還是被旁人給氣著了？」

顧元白一愣，他不由伸出手碰了碰唇。

薛遠的目光霎時變得有些隱忍，他克制地轉移了視線，就與另一頭的侍衛長對上了眼。

侍衛長著急，無聲地張大了嘴：「薛侍衛，注意褚大人。」

薛遠看出了他的口型，眉峰一挑，面色不改地點了點頭。侍衛長鬆了一口氣，表情隱隱欣慰。

顧元白收回了手，繼續問著先前的事，「和親王是何時邀你前去王府一坐的？」

「正是從避暑行宮回到京城那日，」薛遠眼睛微微瞇起，斯文一笑，「和親王派人來請臣一敘，臣自然不知為何，但王爺有令，不敢不聽。」

說完後，薛遠自己想了想，覺得這話不行，於是悠悠改口道：「臣是倍感榮幸，才覺得不去不行。」

「巧了，」顧元白沉吟片刻，突然笑了起來，「朕也許久未曾去看看和親王了，如今好不容易出來一趟，既然如此，那就一道去看看吧。」

和親王和薛遠。

能扯上什麼關係呢？

第七十七章

馬車停下來之後，身後暗中跟著的西夏人記住了府門牌匾上的「和親王府」四個字後，轉身快步離去。

和親王在府中已經等了薛遠有一會兒的功夫了。

他查完薛遠後，便查出了薛遠好幾次往宮中送禮的事情。和親王知道這件事時，便眉間一攏，神色陰鬱。

帶著這樣的想法去看，看誰都覺得對顧元白的心思都不乾淨。

和親王暗中盯上了薛遠，愈看，就愈覺得得當面警告一番薛遠了。

九五之尊，天下之主，能對顧元白起心思的人，誰給的膽子？

然而和親王沒有料到，和薛遠一同前來的竟然還有聖上。被門房通報後，和親王匆匆前往府門，心中愈來愈沉。甚至已經開始想到，這難道是顧斂故意來給薛遠撐腰來的嗎？是為了讓他不去責罰薛遠嗎？

和親王走到府門前時，心中陰暗的想法已經沉到深淵底。若是薛遠當真勾引顧元白走上了彎路，那麼無論如何，付出什麼樣的代價，和親王都要殺了薛遠。

顧元白不能喜歡男人。

但他在府前一抬頭，就見到顧元白從馬車上走了下來，見到他後微微一笑，道一句：「和親王。」

和親王呼吸一滯，過了一會兒，才低著頭：「臣見過聖上。」

「一家人何須多禮，」顧元白走近，親自扶起了和親王，笑了笑，「上次來到和親王府時還是兄長病重那日，如今時光匆匆而逝，今兒都快入了秋了。」

「……是。」

「我記得和親王府中種了不少夏菊，」顧元白自然而然道，「夏菊在九月還會開上最後一次，不知如今可開了沒開？」

和親王順著他的力度起身，反手握住了顧元白的手腕，又在顧元白疑惑的眼中好似被火燙了一般地鬆開。他移開眼睛，看著聖上的衣裳，能看出了一朵花兒來，「府中花草都由王妃打理，王妃似曾說過，應當前兩日便已經開了。」

顧元白贊道：「王妃溫良賢淑，兄長得此賢妻，可要好好相待。」

和親王緩緩點了點頭：「不用聖上多說，臣自然知道該如何做。」

顧元白便不多說了，由和親王在前頭帶路。臣子們跟在聖上和親王之後，和親王落後聖上半步，在行走之間，和親王低頭看著顧元白的袍腳，顧元白隨口問道：「兄長還與薛卿相識嗎？」

和親王握緊了手，不急不緩道：「臣聽說薛大人曾在邊關待過數年，我駐守地方時從未見過邊關風景，便想邀薛大人上門一敘。」

「那你找對人了，」顧元白笑了，「你們二人都曾征戰沙場過，也算是聊得來了。」

和親王心中突生煩躁，他沉沉應了一聲。

和親王府專門有一片地方種植了許多的夏菊，過了圓洞門後，入眼的便是絢麗多姿的眾多夏菊，這些有著細長花瓣的大花舒展著枝葉，淡香隨著撲鼻而來。

顧元白只覺眼前一亮，看清了景色之後，不由回頭打趣和親王：「你平日裡看起來古板，沒想到堂堂和親王，原來是在府中深藏了嬌花。」

和親王道：「隨它開的野花罷了。」

顧元白笑了幾聲，找了處地方坐下，他點了點對面的石凳，對和親王道：「坐。」

和親王坐下，後頭有人上了茶。顧元白將茶杯拿在手中，卻並沒有飲用，而是悠悠道：「和親王，朕問你，你是不是想要回到軍中了。」

和親王倏地抬頭看他，啞口無言。

顧元白看著和親王的眼中很是平靜，他用杯蓋拂過茶葉，緩聲道：「自從那日暴雨，我與你說了那些話之後，你就變得有些不對了。」

和親王的身形微不可見的一僵。

顧元白笑了笑，「我那日還以為你是生了氣。之後再看時，卻又覺得你還是尋常，好像只是我多想了。」

「前些日子你催促我娶宮妃，可你又不是不知我身體病弱，」顧元白不急不緩，「你是想讓我死在宮妃的床上，還是想等一個什麼都不知道的幼童來代替我繼承江山大統？」

和親王動了動嘴巴，苦澀，「我沒有這樣想過。」

顧元白將茶杯落下，他不說話了。

一時之間，風都好似靜了下來。

熱烈的日光從樹葉之中灑下，隨著婆娑的聲響而輕曼起舞。

顧元白的餘光瞥見圓洞門後有一道人影走過，他轉身去看，在侍衛身後，看到了一個面容平凡的書生。

「那人是誰。」顧元白隨意問道。

出了神的和親王隨之看去，「那是我府中的門客，姓王。」

顧元白點了點頭，不在意地起了身，「走吧，說是看菊，就得好好的看菊。」

在王府之中待了片刻，與和親王說了幾句話之後。顧元白就出了和親王的門，臨上馬車之前，和親王站在府門前突然道：「聖上曾經提過我京郊處的莊子。那莊子現在無人，有幾處泉池對身體有益，聖上若是喜歡，隨時叫臣陪侍即可。」

正彎腰給顧元白掀起車簾的薛遠一頓，瞬間抬頭，銳利視線朝著和親王而去。

和親王目光晦暗，專心致志地看著顧元白的背影，看了幾息之後，又像是幡然醒悟，神情之間閃過一絲掙扎，他倏地偏過了頭。

薛遠眯起了眼。

和親王的名聲，薛遠也曾聽過。

皇家的血脈，以往在軍中領兵的人物。薛遠因著同和親王的年歲相仿，也曾經被不少人拿著暗中同和親王比過。

只是薛遠的軍功被壓著，被瞞著，除了少許一些人之外，和親王才是眾人眼中的天之驕子。天之驕子，就是這個熊樣。

薛遠審視地看著他，和親王看著顧元白的眼神，讓他本能覺得十分不舒服。

馬車啟行，顧元白將褚衛也招到了馬車之上，詢問他與西夏皇子之間的事。

褚衛知無不言，馬車進了皇宮之後，他已將事情緣由講述完了，猶豫片刻，問道：「聖上，這人是西夏的皇子？」

「不錯，」顧元白輕輕頷首，若有所思，「西夏是派了個皇子來給朕慶賀。」

褚衛也沉思了起來，顧元白突然想起，「那日你的同窗也在，據你所言，你同窗還會上一些西夏語？」

「他於四書五經的研讀算不上得深，卻懂得許多常人不懂的學識，」褚衛坦蕩道，「除了西夏語，大越、遼人的語言我這同窗也略通幾分，他曾走過唐朝陸上絲綢之路，據他所說，他還想再見識見識廣州通海夷道。」

廣州通海夷道便是尋常所說的海上絲綢之路，是東南沿海之中通往印度洋北部諸國、東南亞和紅海沿岸等地的海上航道。

顧元白聽完這話，有些感慨，「讀萬卷書，行萬里路，不錯。」

說完了話，馬車也剛好停了下來。顧元白下了馬車，瞧見薛遠也跟進來了之後，才猛然想起他現在還是殿前都虞侯的職位。

顧元白暗暗記得要給他調職，便繼續同褚衛說道：「那你可走過陸上的絲綢之路？」

「未曾，」褚衛神情之間隱隱遺憾，「唐朝安史之亂後，吐蕃、回鶻、大食由此而起，陸上絲路因此而斷，可惜見不到昔日的繁華景象了。」

他說完後才想起面前的人是大恒的皇帝，褚衛抿直唇：「聖上，臣並非有不恭之意。」

「朕知道，」顧元白笑了笑，「與褚卿一般，朕也覺得倍為可惜。」

褚衛聞言，不由勾唇，輕輕一笑。

他知曉自己的容顏算得上出眾，因此這一笑，便帶上了幾分故意為之的含義。褚衛微微有些臉熱，他不喜出眾皮囊，可如今卻用自己的皮囊做上這種事，他也不知為何如此，只是在聖上面前，就這麼不由自主的做了。

他笑著的模樣好看極了，容顏都好似發著光，顧元白看了他兩眼，不由回頭去看看那瘋狗，可是轉身一看，卻未曾見到薛遠的影子。

「人呢？」納悶。

褚衛都笑得這麼好看，薛遠都不給一點反應的嗎？

田福生笑道：「聖上，薛大人說是準備了東西要獻給聖上。」

顧元白無趣搖頭轉回了身，在他未曾注意到的時候，褚衛臉上的笑容僵了，過了片刻，他緩緩收斂了笑。

今日是休沐之日，顧元白帶著褚衛進了宮才想起這事，但等他想放褚衛回去的時候，褚衛卻搖了搖頭，「聖上，臣曾經讀過一本有關絲路之事的書籍，若是聖上有意，臣說給您聽？」

聖上果然起了興趣，擱下了筆，「那你說說看。」

褚衛緩聲一一道來。

他的聲音溫潤而悠揚，放慢了語調時，聽起來讓人昏昏欲睡。聽著他念的滿嘴的「之乎者也」，守著的田福生和諸位侍衛們都要睜不開眼了，更不要提顧元白了。

等薛遠胸有成竹地端著自己煮好的長壽麵滿面春風地走進宮殿時，就見到眼睛都快要睜不開的一眾侍衛，他問：「聖上呢？」

侍衛長勉強打起精神：「在內殿休息。」

薛遠大步朝著內殿而去，輕手輕腳地踏入其中，便見到聖上躺在窗前的躺椅上入了睡，而在躺椅一旁，站著的褚衛專心致志，甚至出了神地正在看著聖上的睡顏。

兩個人相貌俱是日月之輝，他們二人在一起時，容顏也好似交輝相應，無論動起來還是不動，都像是一幅精心製作的工筆畫，精細到了令人不敢大聲呼吸，唯恐打攪他們一般的地步。

窗戶之外綠葉飄動，蝴蝶翩然，也只給他們淪落成了襯托的背景。

薛遠看了看碗裡清湯寡水的麵，突然一笑，他退了出去，將這碗麵扔給了田福生。

田福生道：「這是？」

薛遠：「倒了。」

田福生訝然，薛遠卻慢條斯理地放下了先前煮麵時挽起的袖口，再次踏入了內殿。

高寶書版集團
gobooks.com.tw

FH007
我靠美顏穩住天下 2

作　　者　望三山
繪　　者　黑色豆腐
主　　編　吳珮旻
編　　輯　賴芯葳
校　　對　鄭淇丰、鄭玟俞
美術編輯　Vitctoria
內頁排版　賴姵均
企　　劃　方慧娟

發 行 人　朱凱蕾
出　　版　朧月書版股份有限公司
　　　　　Hazy Moon Publishing Co., Ltd
地　　址　台北市內湖區洲子街88號3樓
網　　址　gobooks.com.tw
電　　話　(02) 27992788
電　　郵　readers@gobooks.com.tw（讀者服務部）
傳　　真　出版部(02) 27990909　行銷部 (02) 27993088
郵政劃撥　19394552
戶　　名　朧月書版股份有限公司
發　　行　朧月書版股份有限公司
初　　版　2021年 11 月

本著作物《我靠美顏穩住天下》，作者：望三山，由北京晉江原創網絡科技有限公司授權出版。

國家圖書館出版品預行編目(CIP)資料

我靠美顏穩住天下 / 望三山作. -- 初版. -- 臺北市：朧月書版股份有限公司, 2021.11
冊；　公分

ISBN 978-986-06814-7-5(第2冊：平裝)

857.7　　110014616